書中自有圓如玉 3

清棠 著

風文創 925

目錄

第二十一章

為防打草驚蛇，讓歹徒拿祝圓當人質，他們悄悄翻牆進院。

仔細一聽，幾人便找到目標所在的屋子，無須旁人動手，謝崢抬腳一踹——

「砰——」

「誰？」

裡頭爭吵的眾人還沒反應過來，安福等人已經衝了進來。

邱志雲帶的這些人雖是習武出身，學的卻是正經的打架功夫，如何比得過謝崢手下這些特地栽培出來、殺人跟玩似的暗衛們？

幾聲悶哼，這些人便成為那永遠無法開口的死人。

謝崢沒管他們，進門後，他一眼便看到軟倚在臥榻上的嬌小姑娘。是祝圓。

他心頭狂跳，急急奔過去。

小心翼翼扶起祝圓，他緊張地檢查其身上裙裳——衣襟已經被扯開，露出些許淺色內衫……

謝崢的手有些顫抖。

若是他來晚一些……若是他沒再問安福……

謝崢差點沒把牙咬碎。
輕輕將祝圓衣襟拉攏，他俯身一把將人橫抱而起。
「安福。」
安福頭也不敢抬。「在。」
「把她的丫鬟找到，一起帶回來。」謝崢頓了頓，掃了眼懷中人兒那微皺的裙裳，道：「準備身乾淨衣服，待會她醒來好換掉。」
如此大的動靜都未見她醒來，可見是中了歪門邪道的藥。
「是。」
交代完事情，謝崢便橫抱著祝圓走了。
早就料到會找到祝圓，安瑞親自駕著一輛低調的舊馬車停在門口。
看到謝崢親自抱著昏迷不醒的人兒出來，他急忙低下頭，完全不敢往他懷裡人兒瞟上一眼。
待人上了車，安瑞馬鞭一甩，馬兒便「嘚嘚嘚」往前小跑。
回到謝崢那處小院，已經接近戌時。
謝崢抱著人回到自己平日歇息的屋子，養在院子裡以備萬一的大夫已經帶著藥箱過來了。
一番望聞問切後，大夫鬆了口氣。「不礙事，只是尋常迷藥。」
他拿出銀針在祝圓後脖頸風池穴輕刺一下，後者彷彿受痛一般黛眉輕蹙。

「再拿濕帕子擦擦臉，約莫就能醒了。」

謝崢點頭，揮手讓他退下。

安瑞親自洗了塊柔軟帕子，恭敬地遞給他，眼睛只敢定在自己腳上。待謝崢接了帕子後，急忙退到外間候著。

謝崢調整了下姿勢，讓祝圓腦袋靠到自己胳膊上，然後開始輕輕擦拭。

飽滿瑩潤的額、微蹙的黛眉、小巧的瓊鼻、桃花般的粉唇……昏迷中的祝圓比平日多了股嬌弱之感，軟弱無力，任人採擷……

不知不覺，謝崢停了下來。

這是祝圓。

祝圓現在在他懷裡。

只要他……

只要他今晚將人留下——不，不需要。

只要他待會光明正大把人送回祝府，祝圓日後便只剩下一條路可走——進他的後院。

若是這樣，祝圓便再也無法與旁人相看，再也無法與旁人成親。

她只能日日夜夜陪在自己身邊，只能對他笑、只能與他說話、只能在他身下……綻放。

壓抑多日的情緒、洶湧的慾潮瞬間淹沒了謝崢理智。

他用力擁緊懷裡人兒，低頭，狠狠攫住那桃色粉唇——

「啪——」

巴掌聲響徹室內，候在外間的安瑞嚇了一跳，急忙望過來，看到內間場景，登時頭皮發麻，忙不迭再次低下頭裝死。

不知何時醒來的祝圓給了謝崢一巴掌，然後脫力倒回他懷裡。

被搧得歪過臉去的謝崢一動不動。

半晌，謝崢慢慢轉回來，陰沈地看著她。「妳打我？」

渾身乏力靠著他的祝圓勾起唇角，回視他的目光帶著厭惡和失望。

「無恥！」她怒極而笑。「我從未想到有朝一日，你謝崢會做出這等卑鄙無恥的事！」

謝崢怒道：「妳以為是我做的？若不是我——」

祝圓怔了怔，繼而怒道：「那又如何？」杏眼幾欲噴出火來，心裡說不出的委屈。「你與歹徒有何不同？趁人之危，下流！」

謝崢大怒。「我這就讓妳看看什麼叫下流！」俯身，用力親下去。

「唔——」祝圓又驚又怒，拚命掙扎。

「嘶——」被咬的謝崢吃痛，鐵鉗似的手臂更是絲毫不放鬆。

既然嘴巴不能得逞，他索性往下。

祝圓驚恐。「不要——」

謝崢聽而不聞，濕熱氣息一路下行，從耳側到頸側。

祝圓咬了咬牙，停下掙扎。

「王八狗蛋……」

有什麼濕熱的東西沾濕了他按住祝圓腦袋的手心，謝崢動作一頓，下一瞬，掌下傳來動靜——

「不要！」謝崢目眥欲裂，一把捏住她兩頰。

祝圓淚眼矇矓地看著他，頜齒依然用力。

謝崢臉色驚惶。「不要，我錯了，不要！」

祝圓閉上眼睛，頜齒力道終於鬆開些，滾燙的淚水不停滑落，炙燙了謝崢的心。

咬舌死不了人，她就是故意的。她就是賭謝崢會放開。

可他真放開了，她心裡又更為酸澀……

許久，祝圓再度睜開眼，定定地看著他。

謝崢意會，急忙鬆開她，飛快退下床榻，神色緊張地盯著她。

祝圓慢慢爬坐起來。

謝崢握緊拳頭。

祝圓深吸口氣。「送我回去。」她冷聲。「不許聲張。」

「……」

縮在牆角大氣不敢喘一聲的安瑞看了眼臉色鐵青的謝崢，小心翼翼站出來，忍著主子千刀萬剮般的瞪視，小聲道：「三姑娘，車馬已經備好了，您的丫鬟也醒了，在外頭等著，您看您要不要換身衣服再走？」

祝圓鬆了口氣，低頭檢視一番，搖頭。「不用了。」然後致謝。「有勞公公了。」

「不用謝不用謝，都是主子安排得當的。」安瑞已經不敢看自家主子的臉色了。「姑娘，咱家扶您下來。」

祝圓動了動手，搖頭。「不用了，我好多了。」慢慢爬下床，看也不看謝崢，逕自往外走。

安瑞瞅了眼宛如石雕的謝崢，縮了縮脖子，快步跟上去。

回到祝府，已經接近戌時三刻，張靜姝竟然絲毫沒有緊張，擺擺手就讓她回屋去。

祝圓有點懵，也不敢問。

退出來後，她悄聲叫同樣懵然的夏至去打聽是怎麼回事，然後領著低頭不敢多說一個字的小滿回了院子。

待夏至回來，祝圓才知道，謝崢也不知什麼時候找秦家老夫人幫忙，傳話說她今兒出門馬車壞了，恰好遇到祝圓搭了把手，送她回去，她便順勢讓人留下用頓便飯以示感謝，改天再送份禮過來云云。

祝圓沈默。

這傢伙，明知道他們倆沒有結果，為何還要……處處照顧她？等等。

今天究竟怎麼回事？為什麼會有人伏擊她們？都怪狗蛋，害她完全忘了問問怎麼回事。

不過當下不是探究事情的時候，驚慌一晚，她身心俱疲，沐浴更衣過後便倒在床上。一覺到天亮。

第二天一早，他們正吃早飯，綠裳快步進來，與張靜姝耳語了幾句。

「什麼？邱志雲死了？」

「……這篇行書詩帖老夫珍藏多年，今日能得殿下讚譽，更是幸甚！」徐叢懷小心翼翼將帖子收起，放進墊了錦緞的匣子裡，輕輕蓋上，再親自抱起來，放到牆邊博古架上。

謝崢看著他動作，謙虛道：「我不過一介小子，有幸賞見傳世書帖，已是欣然，徐先生無須太過謙虛。」

昨夜裡祝圓那一巴掌，其實讓他的臉頰浮現了五道紅痕——可見祝圓有多用力。

祝圓離開後，安瑞便第一時間找來藥膏替他上藥。所幸因為經常遭遇刺殺，他常去之所都會囤放藥物，區區消腫散瘀藥膏，更是不在話下。

今晨醒來，紅痕已消退無蹤，他頓時鬆了口氣。

倒不是擔心於形象有損，只是他身為皇子，臉上出現掌印，他不追究，多的是人會追究，若是挖出祝圓……事情便糟糕了。

言歸正傳。雖然掌痕消失了，可他心情依舊欠佳。

原本他可以不出門。

只是，恰好前兩日他接到了翰林院徐叢懷學士、也即是面前這位老先生的帖子，邀請他前來欣賞一篇前朝留下的行書詩帖。

若是其他人，他早就藉故推了不去。

可偏偏是這位徐叢懷大人。

徐叢懷，翰林學士，正五品，主管文翰，備皇帝諮詢問策。實權不高，但直達天聽。

上回的標點之事，也是得他起頭，現在翰林已經在起草標點符號的使用規範指導，沒有意外的話，年底前便會下發到各州府學習，日後公文書寫皆以此為範本。

最重要的是，他沒記錯的話，徐叢懷將會在承嘉二十二年的時候，一躍成為文華閣大學士，進駐內閣。

還有十年。

故而，即便情緒欠佳……他仍然依約前來。

聽了他的話，徐叢懷捋了捋長鬚。「殿下也無須過謙，您那手楷書在老夫看來，也是相當不錯。以您的年紀，倘若能堅持練下來，後人必定也會對您的帖子趨之若鶩。」

謝崢朝他拱了拱手。「先生過譽了。」他不過是比別人多練了些年分罷了。

徐叢懷擺擺手。「習字者眾，能堅持者少。老夫記得，您彷彿每天都會練字？」

「若是遇上事多，也是要停上幾天。」

徐叢懷笑呵呵。「換言之，若是無事，您必習字？」

謝崢想了想，點頭。

徐叢懷讚賞地看著他。「殿下好學。」勤奮得不像一名皇子。

謝崢語氣謙遜。「圖個寧神靜氣罷了。」

徐叢懷笑了笑，轉移話題。「帖子賞完了，殿下可有興趣賞賞老夫親自打理的菊花園？」

「榮幸之至。」

雖不知這位徐叢懷搞什麼鬼，既然他有意交好，謝崢自然不會推拒。

兩人遂移步小花園。

這處院子不大，周邊栽了數株矮松，園中全是各色綻放的菊花。

輕肌弱骨散幽葩，更將金蕊泛流霞。滿園金蕊，確實宜人。

謝崢讚道：「先生雅興。」

徐叢懷笑得得意。「旁人是詩詞書畫，老夫是詩詞書花，所幸都不負所望。」

他的書法在文人中也是屬於一帖難求的。

「……這是西湖柳月，花瓣大，微下垂；花色明快，如皓月臨水，故稱為西湖柳月……」

謝崢安靜地隨他賞看盛放的菊花，安瑞等侍從靜靜地跟在後頭。

行至園中西北角的月亮門處，徐叢懷駐足，指著拐角處一盆盛放的豔菊介紹道：「這是香山雛鳳，花瓣抱團，外瓣展開如匙，紅白複色，盛放之時，既高雅又美豔，宜家宜室，是不可多得的極品。」

謝崢不解。「既然名貴，為何——」

話音未落，便見月亮門另一側走來兩名姑娘。

一主一僕，一前一後，手挎花籃款款而來。

領頭的小姑娘約莫十五、六歲，頭上是綴紅金枝步搖，身上是紅白複色華麗裙裳，膚白如皎皎明月，唇紅如灼灼烈焰，嫋嫋娜娜，風姿綽約。

榮曜秋菊，華茂春松。與他們面前的香山雛鳳，相得益彰。

謝崢的視線一掃而過，淡淡收回來。

徐叢懷自然也發現了，一臉詫異地問道：「依蕊？怎麼過來了？」

那姑娘已走到月亮門前了，她朝徐叢懷福了福身。「祖父。」眼眸完全不敢往謝崢方向掃一眼，輕聲細語道：「桐華院有客來訪，祖母讓孫兒過來採幾枝菊花回去擺盤。」

「我這兒正跟三殿下賞菊，妳且回去回她，改明兒再送盆菊給客人賠不是。」

「是。」徐依蕊再次福身。「孫兒告退。」

「去吧。」

徐依蕊這才起身離開，轉身之際，才偷偷看了眼徐叢懷身邊的謝崢。

謝崢的視線定在身前的香山雛鳳上，彷彿其華麗芬芳讓人難以移目。

匆匆一眼，已足夠徐依蕊看清他的外型容貌，收回視線之時已是雙頰飛霞，豔若桃李。

目送她離開之後，徐叢懷彷彿才恍然醒悟，一拍額頭。「哎呀，瞧我，都忘了讓她給殿下見個禮了。」

謝崢頓了頓，道：「無妨。」

徐叢懷不經意般感慨道：「我家這孫女兒啊，再過三月就滿十六了，還沒找著人家，家裡人都急得很，天天不是出門做客就是請人回家的。哎，讓殿下看笑話了……」

看到徐依蕊之時，謝崢便明白徐叢懷今日為何而來了——他是想要與自己結親。

十年後的文華閣大學士，想要將嫡孫女嫁給他。

他這輩子行事與上輩子大相徑庭，不說別的，名聲確實好了許多，上輩子艱難十數年才獲得的文人尊仰，如今不及弱冠便已拿下。

倘若他應下了徐叢懷的話，將來必定如虎添翼。

徐依蕊面若芙蓉，顏比秋菊，容貌配得上母儀天下，再有徐叢懷的教導指點，學識修養必定有過人之處。

當他的正室綽綽有餘。

上輩子這位徐家嫡長孫女，似乎是嫁到了儕川望族，遠離皇權……若是他應下了此門親事，京中諸位皇子，連與吏部左侍郎聯姻的謝峸也望塵莫及。

掩在袖下、捏成拳的手用力得指節發白。

只要他應下……

思緒急轉，不過片刻工夫。

終於，謝崢鬆開拳頭。

他慢慢道：「一家有女百家求，先生門風端正、家學有淵，貴孫女必定能找個妥帖人家。」一話說出口，他竟覺渾身一鬆。

徐叢懷何許人啊，謝崢這番說詞完全是客套之話，既不叫徐姑娘，也不讚徐姑娘，更沒有接著話題往下聊，比如問問談了哪些人家、比如有什麼要求……只提徐叢懷，婉拒之意坦露無遺。

徐叢懷笑容微斂，繼而失笑。「欸，我跟您聊這個作甚，走走走，我們接著賞花，賞花呵呵……」

安瑞惋惜地看了眼月亮門另一邊，心裡大嘆紅顏禍水、紅顏禍水啊！

出了徐府，坐進馬車裡的謝崢長舒了口氣。

「主子？」安瑞輕聲請示。

謝崢擺手。「去秦府。」昨夜裡託外祖母幫了忙，今兒得去解釋解釋了。

「是。」

謝崢閉上眼睛。

安瑞看他搭在膝上的手指輕輕慢慢地一點一點，大氣也不敢喘一下——他家主子在思考重大問題的時候，便會這樣。

一路安靜不語，秦府很快便到了。

謝崢從側門直接進入秦老夫人院子。

提前接到消息的秦老夫人已經將屋裡下人遣開，只留了心腹丫鬟一名伺候茶水。

看到謝崢後，她忙不迭便問：「昨夜裡發生了什麼事？你是不是跟那位祝家姑娘……」

她欲言又止。「你可不能做那等、那等事情啊！」

謝崢頓了頓，搖頭。「外祖母放心，我與祝三清清白白的。」

「哪家清白姑娘大晚上的還在外頭跟男人——」

「外祖母，」謝崢打斷她，解釋道：「她的馬車被畜牲驚了，撞壞了車輪子，我恰好經過，便順手幫忙修理了。只是我跟她畢竟男未婚女未嫁，湊在一起總是不當，就找您出個場，打個幌子了。」

秦老夫人了然。「怪不得……沒事就好。」話鋒一轉。「說到這個男未婚女未嫁，我就不得不提一下您的親事了，上回您跟那位祝三姑娘，怎麼回事？」一會兒非君不可，一會兒又不要。

謝崢頓住。

「殿下？」秦老夫人狐疑。

謝崢倏地回神，手指敲了敲扶手，他不答反問。「外祖母，魚和熊掌不可兼得，若是您選，您會怎麼選？」

秦老夫人愣然。「怎麼突然問這樣的問題？」

謝崢抬眼直視她，再問：「倘若所喜與所願有所衝突，您如何抉擇？」

秦老夫人思考了下，慢慢道：「我歷經幾十年風雨，如今安享晚年，實屬不易。雖然不知道你為何事煩惱……」她看了眼謝崢執著的神情，笑道：「我不認為所願所喜會有衝突，喜好之物，為何不能成為願景之途？」

撥開雲霧見天日，謝崢渾身一鬆。

「既然如此，」他勾起唇角，微笑道：「那便煩勞外祖母為我與祝三姑娘的親事奔波一番了。」

秦老夫人。「……啊？」她皺眉。「你跟這祝三姑娘究竟怎麼回事？說清楚。」

謝崢不太自在。「我與她，咳，有些意見相左罷了……」

換言之，吵架了。

秦老夫人。「……」

謝崢那邊馬不停蹄的到處喝茶，祝圓這邊的氣氛則有些凝重。

張靜姝聽說邱志雲死了的消息的時候便開始讓人去打聽，邊上的祝圓自然沒有漏聽她那句低呼，心裡一咯噔。

昨夜裡她沒來得及問問是什麼情況，更沒料想到她前腳剛安然無恙回家，後腳就聽說邱志雲死了？

這令人不得不聯想到昨夜裡突然出現的謝崢……

太巧了。

她昨夜其實並沒有受到太多驚嚇，畢竟她全程暈了，什麼害怕恐懼都來不及感受，只是醒來就遇到謝崢那廝正在——

誠如她所說，謝崢雖然救了她，可他的行為與歹徒有何不同？

她其實是委屈了……

索性消息還未得，她便找了個藉口回房去了。
倚在臥榻上發了會兒呆，祝圓便聽到夏至低聲問了句。「姑娘，昨夜裡……是邱……嗎？」
她回神，嘆息。「估計是了。」
夏至猶豫。「那……那位怎麼得知的？」
祝圓苦笑。「不知道。」
夏至臉色有點發白。「若是這麼說，那……人是那位殺——」
「噓！」祝圓打斷她。「此事莫要再提。」想了想，不放心，再次叮囑。「讓小滿把嘴巴閉緊了，不然，下回丟命的就是她了。」
絕不能讓狗蛋做的事被人知道，他得繼續當他高高在上的皇子，絕不能背上濫殺無辜的罪名……否則，她所做的一切有何意義？
夏至打了個哆嗦。
祝圓嘆了口氣，擺手。「妳昨天也累著了。」主要是心累。「我這裡暫時無事，妳下去歇會兒吧。」
夏至還待猶豫，祝圓又自嘲道：「別多想了，在自己家裡，總不至於擔心被別人擄了去。去吧，我也躺會兒。」
夏至抿了抿唇。「奴婢給您鋪床。」
「嗯。」

待夏至鋪好床出去，祝圓果斷爬上床鋪，迷迷糊糊的便睡去了。

邱家後續如何，祝圓不知道。

她昨天睡了半天又發了一下午呆，今天起來又是精神奕奕一條好漢！

吃早飯時，張靜姝臉色已經恢復如常，還有精神教訓祝庭方，祝圓便鬆了口氣。

照例，用完早膳後她回到房間鋪紙磨墨，隨手挑了本《詩經》開始練字。

「關關——」

剛寫了兩字，蒼勁渾厚的墨字便陡然跳出來。「丫頭。」

祝圓。「……」

她有點懵，沒敢下筆寫字。

對面的謝崢半天沒等到回應，索性直接又寫道：「我昨日一直在外，回來後亦一直不見妳。」

這沒頭沒腦的，讓祝圓更懵了。

謝崢猶自繼續。「那天之事……」

祝圓皺眉。事情過去就算了，能不能別提——

「是我孟浪了，嚇著妳，我很抱歉。」

祝圓一驚，狗蛋竟然跟她道歉？太陽打西邊出來了？下意識看向外頭，太陽還好好地掛在東邊呢……

她嚥了口口水，小心翼翼道：「你喝多了？」

謝崢。「……」

他看了眼外頭，確認安福等人都不會隨意進來，才硬著頭皮繼續落筆。「沒有，我很冷靜。」

「⋯⋯」祝圓的毛筆落在紙上，留了個墨點，卻不知道說什麼好。

說沒關係？她下意識撫向唇瓣……忍不住臉熱。還是有關係的。

說不原諒？那以後還怎麼相處——

不對，不管說有關係還是沒關係，以後相處，都覺得怪怪的。

她索性不說了。

她不說話，謝崢有點著急了。「圓圓。」

這稱呼……祝圓猶豫了下。「你還是叫我佩奇吧。」他倆現在鬧成這樣，還是保持些距離比較好。

謝崢心裡微沈，以為她還在計較前夜的事。「那天晚上確實是我衝動了，只是邱志雲意欲對妳圖謀不軌，我本就心急，妳又誤會於我——」

祝圓怒道：「你還說！你還有臉說！」

謝崢低聲下氣。「是我錯，不該見色起意——」

祝圓脹紅臉。「閉嘴！」

「好。」謝崢聽話非常。「那我不提，妳也不要生氣了。」

祝圓深吸口氣，索性直接問他。「那人……是你的手筆？」她說的是邱志雲。她嫌噁心，連名字都不想提！

無頭無尾，謝崢卻瞬間領會。「是。」他遲疑了下，坦然道：「他竟想害妳，我如何能留他性命？」

祝圓氣憤。「你都制止他了，為何還要殺他？你就不怕東窗事發嗎？」萬一查到他身上怎麼辦？

「不殺不足以滅口。」謝崢眸底閃過抹陰鷙。「他若不死，妳的名聲危矣。」

雖然祝圓只是被擄走不到半個時辰，可流言最是難控，只要邱志雲出去嚷嚷兩句，當夜裡晚歸的祝圓必定陷入萬劫不復之地。

邱志雲必須死。

祝圓咬住下唇，心裡複雜至極。

不要再對她好了……身為受益者，她卻連這樣的話都不敢說出口。

她一沈默，謝崢便有些慌。「別擔心，他已經死了，世上再無人知道此事。」

祝圓無言。

「圓圓，」謝崢再次轉換話題。「我想娶妳為妻。」

祝圓登時皺眉。這個問題已討論過多次，她不想再多說。

「我已經——」

「妳且看我寫完。」謝崢打斷她。

祝圓。「……」

「我心悅妳，想與妳共度餘生，妳對我亦不是全無感情——」

祝圓臉熱，立即反駁。「誰說的？沒有！」

謝崢當沒看到。

「既然妳只擔心妻妾與子嗣，那便不是問題。」

祝圓冷哼，提筆道：「這才是最大的問題。」

謝崢頓住。妻妾子嗣是最大問題，換句話說，感情沒有問題？他的唇角瞬間勾起。

「嗯，我知道了。」

祝圓莫名其妙。知道什麼？

謝崢繼續又寫：「以我之力，將來必能得承天命。我要走的路，既不需要結黨，也不需要營私，百姓的愛戴、朝堂官員的擁護，我自會去爭取。既然我不需要勢力、世家幫扶，侍妾於我而言，實則無關緊要。」

祝圓愣怔。

「至於子嗣，」謝崢組織了下語言。「謝姓之人如此之多，總不至於讓謝家絕了後，有則幸甚，無，便是天意如此。」

這是……生不出孩子就過繼的意思？祝圓驚了。

「如此一來，妳就不會有善妒無子之憂。這樣，妳可還願意嫁我？」

祝圓傻在原地……不會納妾、不會因為子嗣納妾？

這、這還是狗蛋嗎？還是那位高高在上的謝三皇子嗎？

祝圓不敢置信地瞪著紙張，直至墨字消失殆盡。

「圓圓。」謝崢等了許久沒得到答案，又問了一遍。「如此，妳可願意嫁我？」

祝圓完全懵了。

「圓圓？」

祝圓不敢出聲，她怕自己落筆就……

許是察覺她的猶豫，謝崢又寫字了。「我知道妳性子，妳且考慮考慮。」

祝圓咬了咬牙，提筆反問道：「若是我不應呢？」

謝崢非常體貼。「沒關係，我可以等。」

言外之意，時間長短沒關係，但他只接受肯定的答案！

祝圓生氣。「你！不講理。」

「倘若講道理能娶妳，我定會好好講。」謝崢自嘲。「再講道理，我的娘子就該丟了。」他手邊還擺著劉家的資料呢。

昨天確定心意後，他立即讓安福查了祝家這段時日的情況——看來若是無意外，祝圓明年便能出嫁了，這怎麼得了？

祝圓心裡複雜至極，想了想，提筆道：「你身為皇子，什麼美人得不到，何必執著於我？」

對面停了片刻。

「情之所至，難以自禁。」

祝圓。「……」

急忙看了眼四周，確定無人在旁才微鬆口氣，單手拍了拍發燙的臉頰，喃喃道：「天還沒冷呢，夏至怎麼把窗子都關了，悶死人了……」

完了她才提筆。「知慕少艾，你還年輕，一時衝昏頭腦也情有可原。」十幾歲，擱現代還是個中學生，何必呢。「以後不要再說——」

「別忘了，我年長妳幾歲。」

「太小了。」誰沒年輕過，年輕時的誓言都是真心的，只是大多無法堅持而已……

謝崢啼笑皆非。「若是生在農家，我這年紀都該當爹了。」他想了想。「若是妳覺得我們之間感情不夠深厚，可慢慢培養。」

培養？祝圓頓時又火了，譏諷他。「還打算騙我出去？私相授受，你沒事，我是要賠命的。」

謝崢從善如流。「紙上培養亦可。」

祝圓這才甘休。

謝崢又道：「不過，見面也是無妨。倘若我連妳的行蹤都無法遮掩，那皇位我也該放棄了。」

……好大的口氣，好臭不要臉！

「誰要見你了？」祝圓沒好氣道。

謝崢佯裝無辜。「我日後想開學堂、撫孤院，乃至醫院，不與我碰面，妳不想了解、不想參與嗎？」

祝圓驚了，什麼意思？

他倆曾經討論過關於學堂、撫孤院、醫院等社會福利措施，只是當時囿於稅收，兩人只是略微談了談，如今要做了嗎？

不對，重點是，他哪來的錢？

「你騙我！你根本沒錢弄這些！」

謝崢輕咳。「日後總會有的。」他開始慢慢誘惑。「妳看，妳在祝家，出門還得經過長輩許可，嫁給別人也得經過婆婆夫君首肯。倘若妳嫁給我，王府妳最大，妳想出門便出門，想做什麼就做什麼，出了事還有我在後頭給妳當靠山……」

這是利誘，妥妥的利誘。

祝圓掙扎。「我——」

「叩叩。」敲門聲響。

「姑娘，夫人找您。」夏至的聲音從外頭傳來。

祝圓登時醒神。「好，我馬上去。」快速落筆。「有事，回頭聊。」

謝崢。「……」

祝圓才不管他，迅速將寫滿字的紙張全部團起，扔進火盆裡，拿火摺子點燃，團起的紙張遇火即燃，很快便燒得乾乾淨淨。

祝圓這才放心離開。

張靜姝已經在正房等著了，看到女兒來，立刻將她拉到身邊，甚至不等她落坐，立馬急吼吼問她。「妳那天有沒有見過邱志雲？」

「啊？」祝圓裝傻。「哪天？咱們不是很久沒去邱家嗎？」

張靜姝擺手。「不是去做客的，是前天。」緊張地盯著祝圓。「前天妳不是去玉蘭妝了嗎？邱家人剛才派人來，話裡話外暗示邱志雲出事那天正是出門去找妳……娘就問妳一句，妳那天見過他嗎？」

祝圓急忙搖頭。「怎麼可能？我一天都待在玉蘭妝開會，忙到傍晚才出來，他如何見我？不信妳問夏至。」她看向夏至。「夏至妳說對吧？」

「對！」夏至斬釘截鐵。「我那天一整天都寸步不離跟著姑娘，也沒有離開過玉蘭妝，那姓邱的斷不可能碰見姑娘的。再說，我們出入都帶著人呢，這麼多人，總不至於都沒見著吧？」

「就是。」祝圓忙點頭。

張靜姝神色微鬆。「那便好。」說完白了她一眼。「提起玉蘭妝我倒有話說了，妳那玉蘭妝的飯堂得管管了，只是跟妳們走了一趟，就有兩小廝拉肚子拉了一宿，今兒還沒回來當值呢。」

看來是謝崢的手筆。祝圓乾笑。「那我們吃了怎麼沒事？」

「主子吃的跟奴才吃的能是一鍋煮出來的嗎？」張靜姝擺手。「行了，我就是問幾句，那邱家固執得很，拒了之後還隔三差五遞帖子送禮，現在出事了還各種折騰，真是……看妳挑的好人家！」

祝圓縮了縮脖子。「劉家不也是我挑的嗎？」

張靜姝瞪她。「還敢頂嘴？」

「夫人！」綠裳快步進來，臉上帶笑。「劉家來帖了！」

張靜姝眼睛一亮。「快拿來！」

前兩天她收到了族裡姊妹的邀約帖子，她便以此為由邀請劉家同去。

這位族姊名張靜茹，嫁給了明德書院的山長。她與張靜茹兩人相差近十歲，往年交情算不上好，但在異地他鄉，能遇到同族姊妹，依然是很美好的事情。

過幾日書院休沐日，書院裡的學子大多會返家，張靜茹便邀請她到位於京城北郊的明德書院賞花。

她問過族姊意思後，便借花獻佛一道邀了劉家。

現在他們來送答覆，順道還邀請他們明日過府賞桂。

「我得趕緊回個帖子去。」張靜姝說完便急匆匆離開。

被扔下的祝圓。「……」

想到回房可能會遇到謝崢，祝圓也很頭疼，索性起身去找祝庭方那皮猴，管一管他的功課。

可惜，該來的總會來。
當天晚上，終於摸回房間的祝圓瞪著桌上一匣子珠釵，氣不打一處來。
「哪裡冒出來的？」她瞪向夏至。
後者哭喪著臉。「奴婢不知……」
祝圓看看左右。「小滿呢？」
夏至忙道：「她今日歇息呢。」
祝圓無奈地輕吐了口氣，夏至小聲問：「怎麼辦？送回去嗎？」
「怎麼送？」祝圓氣憤。「連人影都沒見著。」她倒是想送，怎麼送？且不說面前這個，上回的琉璃簪子都沒送回去呢。
她頓了頓。「去問問，今兒誰進我這屋子了。」她屋裡還放了許多銀票呢，要是被搬走了她上哪裡哭去？
夏至委屈極了。「我一直在呢，哪有人進來啊……」
祝圓。「……」
「行了，妳歇去吧。」祝圓擺手讓她出去外間歇著。
夏至遲疑。
祝圓盯著匣子發了會兒呆，再抬頭，發現她還在，隨口問道：「怎麼了？」
「姑娘，」夏至吞吞吐吐。「您倆都這樣了……還是趕緊拒了劉家吧？」
祝圓皺眉。「我跟誰倆呢？我清清白白的，到了年紀相看人家不是很正常嗎？若是不出意外，明後年我就要跟劉家訂親了。」

夏至才不信。「那位主子肯撒手嗎？」

祝圓一窒，嘴硬道：「皇帝都不管別人的家事呢，等生米煮成熟飯，他就沒法子了。」

夏至仍舊一副看傻子的模樣看著她，氣得祝圓把她轟出外間，爬上床便蒙頭大睡。

生生作了一晚上的噩夢。

夢裡有道看不見的影子一直追著她，抓住她後還把她按在爪子下搓揉，搓來搓去、搓來搓去……

醒來才發現被子被她踹下了床，只剩下一角捲在腰上——怪不得作這樣的噩夢……

頭痛欲裂。

梳洗一番，再吃過早飯，他們便要出發去劉家了——劉家昨日回帖時說了，邀請他們今日過府賞桂。

祝圓一早就頭疼，本想不去，思及張靜姝接連兩天都茶不思飯不想的，只得偷偷讓夏至去廚房弄來一碗薑湯灌下去，強撐著去了。

為了讓臉色好看點，她還特地換了身桃色裳裙，再抹了點胭脂。

連張靜姝都沒發現她不舒服，一路還跟她說話，指點她倘若劉家提起邱家該怎麼應付之類的。

終於抵達劉家。

慣例的，長輩們在上座聊天，祝圓在下首發呆。

這處是劉家特意栽種的桂花園。

亭亭岩下桂，歲晚獨芬芳。葉密千層綠，花開萬點黃。

四周都是桂樹，坐在亭子裡，那真真是芬芳繞鼻，滿身沁香，可祝圓卻頭疼不已。

她本就不太舒服，這濃香薰得她腦袋更疼了。

丫鬟送茶上來，祝圓鬆了口氣，將茶碗端起，隨意刮了刮，漫不經心地啜飲一口——

唔？桂圓紅棗茶？

祝圓下意識低頭看了眼茶碗。她記得劉夫人喜歡喝香片，也喜歡用香片招待客人，今兒怎麼換了？

狐疑一閃而過，不適讓祝圓渾身發涼。

怕是要糟。她鬱悶極了，好在桂圓紅棗茶溫熱，喝得舒服些。

可惜茶碗小，沒幾口就喝完了，她眉心微蹙，放下空茶碗，這時兩名紫衣丫鬟悄然走進涼亭，依次給在座諸位換了茶盞。

劉夫人笑嘆了句。「這天果真是涼起來了，茶水都換得勤快了。」

張靜姝笑道：「冷便冷了，四時皆有風景，冷了也有冷的好。秋桂冬梅，也只有冷了才能得見呢。」

「也是，喝茶喝茶。」

「桂花香裡品桂花，別有一番風味~~」

「待會還有桂花宴，今天我們也來附庸風雅一把~~」

兩人相視而笑。

祝圓看了眼換了茶便離開的丫鬟，碰了碰碗沿，確認溫度合宜，才端起來，按平日習慣刮了刮，送到嘴邊啜飲一口。

依舊是桂圓紅棗茶。

沒道理長輩喝著桂花茶，她喝的是桂圓紅棗。

祝圓懂了。是謝崢吧？

謝崢能獲知她的行程很正常，可這裡是劉家，國子監司業大人家，難道他在這裡也埋了眼線？

是巧合，還是他的勢力已經如此龐大？

怪不得謝崢昨天早上會那般自信，不需要倚靠世家、官員什麼的……這些世家、官員，分明都已經在他的監控之下了吧？

這就是皇權嗎？祝圓有些不寒而慄。

而且，謝崢今年似乎才十七。尋常的十七歲男孩，會有這麼深的城府嗎？

等等，三年前，狗蛋謝崢才十四歲。

端著茶盞的祝圓陷入了沈思。

十四歲，書法老道，性格沈穩，說話做事滴水不漏，十五歲就能派人到蕪山縣給她送錢……

她當時確實不信對面的狗蛋是年過五十的老頭，可十四……也太小了吧？

她進京後被狗蛋的身分嚇著，又發生一連串的事情，竟然忽略了這個問題。

謝崢，難道跟她一樣，也是穿越過來的？

不，不可能。

謝崢對現代科技發明等認識都是空白的，他的思想、行事作風，甚至上位者的姿態，都沒有作偽。

那他究竟是怎麼回事？

在院子裡喝了兩碗熱呼的桂圓紅棗茶，又遠離那馥郁濃香，回到屋裡後，祝圓覺得自己終於好些了，還有心情好好品嘗劉家精緻的桂花宴。

祝圓猜測自己約莫是昨夜裡著涼了，頭疼發冷都是感冒徵兆。

感冒嘛，就要吃好睡好。所以，雖然她胃口不開，依然逼著自己吃了大半碗——又不是要幹活的普通百姓，這些人家裡的碗一個賽一個的精緻小巧，大半碗還不夠她平日的一半。

吃的時候還挺好，吃完就開始難受了。

宴客的菜色再怎麼雅致地混上桂花，也脫不開蒸煮炸煎，味道都不錯，只是她不消化，甚至開始犯噁心了。

祝圓忙灌了兩口茶壓下去——好在某些人沒有把她飯後解膩的茶水換掉。

等兩位夫人吃完又聊了會兒，張靜姝估算著時間差不多了，才告辭離開。

劉夫人也沒多挽留，還笑著打趣道：「後日還得蹭妳的光去明德書院賞花呢，今兒我就不留妳了，省得妳看膩了我，後日不帶我去。」

張靜姝好笑。「這我可不敢，妳家的香片好，我還想多喝幾回呢～～」

「去去去，前幾日才給妳包了些回去，今兒可不許再打我香片的主意。」

說說笑笑，三人走到了二門處，卻見劉新之等在那兒。

胃裡一直翻騰的祝圓捏了捏虎口。忍住忍住，這小子再磨唧也說不了幾句話。

可惜，兩位夫人聽不到她的心聲，甚至還都笑了起來。

劉夫人打趣般問兒子。「這麼巧啊？」

劉新之赧然地看了眼微微低頭的祝圓，拱手道：「聽說外邊近日出了人命官司，兇手還未查出，為防萬一，請允許新之送兩位回府。」

張靜姝婉拒。「光天化日之下，諒歹徒不敢行兇，你的好意——」

劉夫人揶揄。「妳就讓他送唄，小年輕想的跟咱們能一樣嗎？」

祝圓突然捂住嘴，要糟……

張靜姝頓了頓，也笑了。「行吧，那就煩勞——」

「三妹妹！」

看祝圓臉色不對勁，劉新之擔心地喊出聲，大步過去，一把扶住祝圓。

祝圓顧不得避開他的手，彎下腰，「嘔」地一聲吐了，污穢物吐了一地，酸臭味撲面而來……

第二十二章

攙著祝圓的劉新之下意識鬆手，掩著鼻子退開兩步。

後頭的夏至攙住祝圓，急聲問道：「姑娘，妳怎麼了？」

張靜姝更是嚇了一大跳，提起裙襬小跑回來，繞過劉新之扶住她。「怎麼突然吐了？」

祝圓接過夏至哆嗦著遞過來的帕子擦擦嘴角，有氣無力道：「好像著涼了。」

吐完了胃舒服了，整個人卻彷彿快掛了，腦袋卻一抽一抽的，像是有人拿錘子在裡頭敲敲敲。

「好端端怎麼突然著涼了？」

站在幾步開外的劉夫人遲疑片刻，問：「要不別急著走了，我讓人去找找大夫吧？」

祝圓實在不想說話，靠在夏至身上，半合的雙眸平靜無波地掃向幾步外緊張不已又躊躇不前的劉新之，暗嘆了口氣。

終歸是有緣無分……

那頭張靜姝也冷靜了些，強笑道：「謝了，都走到這兒了，我直接帶她去醫館吧。」

劉夫人也不強求。「那行，看了大夫後派人給我報個信，省得我們擔心。」

「好。」

福了福身，張靜姝便與夏至一起攙扶著無力的祝圓上了馬車，鞭聲一響，馬車便「嘚嘚嘚」地快步離開。

馬車裡，祝圓蔫蔫地伏在張靜姝懷裡，感受著馬車行走帶來的顛簸——又想吐了。

張靜姝擔憂不已，問綠裳。「怎麼這麼慢？」頓了頓，又道：「慢些也好，城裡人多，別撞著人了。」然後低頭問祝圓。「妳不舒服怎麼不早說？」

祝圓有氣無力。「早上那會兒還好好的呢。」她也沒想到會這麼嚴重啊……

張靜姝也不是真要怪她，就是心裡著急。

祝圓想了想，拉了拉她的手，低聲道：「娘，劉家的親事，可不可以作罷？」

趁生病，趕緊打同情牌。綠裳是娘的心腹，夏至也是知情人，周圍行人也聽不到馬車裡的聲音……索性就在這裡說了。

張靜姝一驚，看了眼夏至和綠裳，訓道：「妳病糊塗了？說什麼傻話呢？」

「娘，」祝圓摟著她撒嬌。「您想想辦法嘛……」

「不想！」張靜姝沒好氣。「妳不是覺得劉新之挺不錯的嗎？為何要作罷？」

祝圓心虛。

「再說，咱們不是說了要趕緊訂下親事，省得——」張靜姝靈光一閃，瞪大眼睛。「妳、妳不是還跟那位不清不楚的吧？」

什麼不清不——好吧，還真是。祝圓苦著臉。「我也不想的，他纏著我不放。」總之，先扔鍋。

「……」張靜姝仔細打量女兒，喃喃自語。「妳是長得好，可比妳長得好的也不在少數……堂堂皇子，不至於眼皮子這麼淺吧？」

祝圓。「……」老娘這是貶她還是讚她？

不等她說話，張靜姝又瞪她了。「妳什麼時候見過他了？」

祝圓忙搖頭，下一瞬便「嘶」了聲扶著腦袋不敢動了，頭疼死了。

張靜姝又心疼又惱火。「行了行了，有什麼事回頭再說。」忍不住給她揉按太陽穴。

埋首在她懷裡的祝圓暗自吐了吐舌頭。

到了他們家慣常合作的醫館，看過大夫後，確認是著涼，腸胃有些受寒，然後讓接下來幾天清淡飲食。

看起來沒什麼大問題，張靜姝稍稍鬆口氣。

取了藥後，一行人便打道回府。

回到府裡，祝圓洗漱換衣後，藥也熬好了。

喝了藥，她便暈暈沈沈地睡了過去，夜裡連晚飯都不想吃，再次喝了藥，便一覺到天明，隔日醒來整個人還是蔫蔫的。

張靜姝讓人熬了一碗稠稠的白粥，只撒了些鹽末，然後端來給祝圓。

祝圓勉強吃了半碗，便不吃了，將碗遞給夏至。

張靜姝看了夏至一眼，坐下來。「來，好好跟我說說怎麼回事！」

祝圓。「……」

粥呢？她還能再吃兩碗！

「別看了。」張靜姝面無表情。「夏至也跑不了。」身為貼身丫鬟，不是失責不知情，就是隱瞞包庇。

夏至頓時跪下了。「夫人饒命。」

祝圓連忙道：「娘，連我都沒轍，妳罰她有何用啊！」

張靜姝瞪她。「怎麼沒轍了？難不成他還能搶人嗎？」

祝圓無奈，示意夏至。「去把東西拿過來。」

夏至看了眼張靜姝，應了聲是就起身去取東西。

片刻後，張靜姝面前便擺了兩個匣子，她逐一打開翻了翻，神情便凝重起來。

祝圓小聲補了句。「幾個月前送進府裡的點心也是他的手筆。」

「那會兒咱們才剛進京吧？」張靜姝神色詭異。「他什麼時候看上妳的？」

祝圓老實道：「不知道。」

張靜姝不悅地道：「……盡走這些歪門邪道！咱家這幾月都在相看人家，他也沒個表示，轉頭還拚命往妳這裡塞東西……哼，我看這人不是什麼好東西！」

祝圓縮了縮脖子，連夏至也低下頭。

張靜姝頓覺不對，瞇眼問：「什麼情況？」不等祝圓開口，她斥道：「讓夏至說！」然後警告夏至。「從頭招來，否則，今天就讓人伢來把妳帶走！」

祝圓不敢吭聲了。

夏至打了個哆嗦，跪伏在地，慢慢將祝圓幾次與謝崢碰面的事道了出來，連邱志雲的事情也不敢隱瞞。

待聽說那天晚上竟然發生這樣的事情，張靜姝臉都嚇白了。

她忙拉過祝圓一頓打量，顫聲道：「妳、妳真的沒事？」

祝圓搖搖頭。「沒事。」然後小聲道：「妳看，他殺幾個人眼都不眨的，我要是不順他意，咱家怕是……」

張靜姝氣苦。「難不成咱家就這樣等著？」完了問她。「妳呢？妳是什麼意思？」

祝圓沈默，片刻後，道：「總歸是要嫁人……」

張靜姝明白了。說一萬道一千，她家閨女也是動了情的。

她怔怔然，半晌，嘆息。「妳啊……」瞪祝圓。「那位真有那麼好？」

祝圓看看左右，小聲道：「好不好誰知道啊？不都是權衡利弊而已嗎？」

張靜姝又要嘆氣了。「行了，這事交給我。」她沒好氣。「別人家嫁女兒怎麼一看一個準，到了妳這兒卻事兒一件接一件的。」

祝圓心虛。

好不容易哄走了擔憂不已的親娘，祝圓坐在桌前發了半天呆，直到熟悉的墨字出現在牆上掛畫裡。

「圓圓，在否？」

她登時氣不打一處來，拖著無力的身軀走到書桌邊，鋪紙磨墨。

「你不說什麼事，我怎麼知道在不在？不要問在不在，問就是不在。」

對面的謝崢。「……」

咳，還能嗆他，看來身體還行。

他微鬆了口氣。「身體好些了？」

祝圓不寒而慄，這人果然在監視她。這才多久，他就知道了？

她心情複雜，答道：「死不了。」

「妳總是生病——」

「打住打住，怎麼說話的呢？」祝圓不高興了。「誰總是生病了？」

「只論我知曉的，這半年妳已經病了兩回，其餘時候呢？」在他不知道的時候，也不知道是何情況。

祝圓當即道：「就這兩回！」

「兩回已太多。」

祝圓狡辯。「算起來只有一回，其中一回是你害的！」

謝崢。「……」

「吃點涼的病倒，吹點風再病倒。」謝崢直接下定論。「身體太弱，日後我教妳騎馬射箭。」

祝圓怔住。

謝崢猶自繼續。「多動動，多發汗，身體才康健些。」

祝圓噝了口口水。「女人也能騎射？」

謝崢以為她介意，解釋道：「放心，就在莊子裡，不會讓旁人看見。」

祝圓。「……」

總比不能好。

不過，跑馬還能不讓別人看見，這莊子是有多大？萬惡的土豪！

「那你還在這裡磨磨唧唧？」祝圓開始為自己的騎射事業努力了。「再拖下去，以後你就要叫我劉夫人了。」

謝崢。「……」

祝圓看著紙上多出的一點墨漬，暗自偷笑，又加了把火。「好了，我得去看看劉家給我送了什麼東西，回頭聊。」

謝崢。「……」

祝圓說完立刻擱筆燒紙，一氣呵成，完全不給他反應機會，然後喜孜孜去拆禮物——真是劉家送來的禮物。

但不是那種名義的禮物，是為昨日之事而送的賠禮。

雖然是祝圓自己生病，可畢竟是在他們家吐了，還吃了他們家的午飯才吐，劉家過意不去，便讓人送了份禮過來，當做賠禮和慰問。

當然，昨天張靜姝也給劉家送了禮，畢竟污了別人的地方還讓人受驚，總得賠個不是。劉家送來的禮昨天就到了，張靜姝轉手就送到她這兒。

這等普通走禮，與親事無關，她收得理所當然，順便還能氣一氣某人。

兩天時間飛快過去，祝圓感覺自己不過跟狗蛋聊了兩次，再睡了幾覺，便到了要出門的日子。

喝了三天苦藥渣子，她除了胃口還有些不開，別的問題都沒了，張靜姝便放心地帶她出門，前往明德書院。

明德書院在京郊，出了城還得走一刻鐘左右，張靜姝一行早早出門，沒想到劉夫人一行更早，已經在路上等著她們了，毫無意外的，劉新之也跟了過來。

在外頭不方便說話，兩家打了個招呼，便一前一後繼續前行，抵達明德書院時，時間也不過巳時一刻。

山長夫人親自接了他們，引著他們前往賞花之地。

三名夫人走在前頭，兩名晚輩順勢跟在後頭，剛走幾步，張靜姝便想到這樣不太妥，急忙回頭看去。

果不其然，劉新之正亦步亦趨跟在微微低頭的祝圓身後，好在兩人中間還隔著夏至。

夏至也機警，劉新之往左她便挪到左邊，往右她又挪到右邊，就是不讓其越過去跟祝圓搭話。

張靜姝微微鬆了口氣轉回身子，劉夫人正聽著山長夫人介紹書院的佈局，便沒看到她的動作。

明德書院占地遼闊，要賞景還是得往裡頭進去些，幾人一路說說笑笑，剛走幾步，便看到一名丫鬟從另一方向疾步而來。

山長夫人登時皺眉，停下腳步，張靜姝等人詫異，跟著停下腳步。

那名丫鬟氣喘吁吁走到跟前，朝諸位夫人福了福身，湊到山長夫人耳邊低語了幾句。

山長夫人眼睛一亮。「當真？」

「是，奴婢不敢妄言。」

「好，那趕緊出去。」山長夫人剛說完，想起身邊還有客人，登時笑了。「瞧我這腦子。」她朝張靜姝等人歉然道：「有貴客到，我得先去門口迎一迎，我讓人先領你們去後頭看看吧。」

張靜姝與劉夫人交換了個眼神，然後道：「既然是貴客，我們也一塊兒去吧，省得失禮了。」能讓山長夫人當貴客的，非貴即重，他們自然也該去迎。

山長夫人一想也是，遂不再多言，領著他們往外走。

在後頭裝淑女的祝圓自然得跟著走，劉新之這大呆子依然繞前繞後的，試圖突破夏至的封鎖。

過院門之時，因有門檻，夏至不放心，順手攙了把祝圓，可好，就被劉新之找著機會突圍，直接站到了祝圓右側。

「三妹妹，」劉新之喚了聲，然後小聲問她。「妳身體好些了嗎？」

謝崢剛扶秦老夫人下了馬車，一抬眼，便看到祝圓被一賊眉鼠目的死胖子纏著說話，那臉刷地一下，黑了。

就這外型，也有臉纏著他的圓圓？癩蛤蟆想吃天鵝肉！
謝崢平日就是一張冷臉，黑臉不黑臉的，除了他的近身內侍，旁人還真的看不太出來。
今日伺候的安瑞順著自家主子的視線看過去，還有什麼不了解的？心裡登時直嘆氣。
那頭山長夫人跟秦老夫人已經會面了，謝崢收回視線，跟著秦老夫人上前。
雙方相互見禮後，秦老夫人笑道：「聽說今天書院休沐賞景，我老婆子沒來看過，往日也沒跟山長夫人打個交道，索性便厚著臉皮直接來了，希望山長夫人萬勿怪罪。」
山長夫人自然不會，她笑道：「老夫人撥冗前來，蓬蓽生輝，我們歡迎還來不及呢，怎會怪罪呢！」
「那就好、那就好～～」秦老夫人大鬆了口氣，然後指向身側的謝崢，介紹道：「這是我外孫，今兒是跟著過來湊個熱鬧，希望夫人別介意。」
秦老夫人的外孫？倘若沒記錯的話，這位秦老夫人就只育了一女……也就是說，面前這位年輕人，是淑妃的兒子，承嘉帝第三子，謝崢。
山長夫人大驚，立馬跪下行禮，後面諸人也跟著紛紛跪下。
祝圓也不例外。
早在山長夫人跟秦老夫人開始說話，她就發現謝崢了，不光她，連張靜姝都回頭剜了她一眼。
祝圓一臉無辜，她什麼都不知道啊！瞪她幹麼啊！
這廝只要一出來她就得下跪……她更嫌棄呢！

正嘀咕，她就被人攙了起來——是位面善的太監。

那位笑咪咪的太監扶起她後，立馬跟著其餘太監回到謝崢身後。

祝圓視線一掃，發現前頭幾名夫人都是被太監扶起來的，她這邊被扶便不明顯了。

她微微鬆了口氣，忍不住抬頭瞪了前頭某人一眼。

「夫人免禮，諸位免禮。」謝崢的視線掃過她臉上，唇角勾起，語氣溫和。「今天純是賞景，大家無須太過客氣，隨意便可。」

山長夫人微鬆了口氣，笑道：「謝殿下，老身便恭敬不如從命了。」

謝崢點點頭，將場子繼續交給秦老夫人。

秦老夫人掃視了眼面前眾人，笑道：「看你們一群人浩浩蕩蕩的，連茶具都帶上了，可是正要出門？」

山長夫人點頭。「我們正準備去書院四處逛逛……」頓了頓，她有些忐忑道：「不如一道同行？」

「趕早不如趕巧了。」秦老夫人大樂。「走走走。」

一行人便再度出發。

秦老夫人與山長夫人領頭說話，張靜姝與劉夫人跟在後頭，偶爾湊兩句，謝崢這種不說話的，便漸漸走到了後頭。

祝圓剛才在門口跪了下，再起來，夏至便藉機把劉新之擠到一邊。

隔著夏至，劉新之看不到祝圓，只得落後幾步，從後頭繞過去，打算站到祝圓左側。

夏至氣憤，正想繞過去擋呢，祝圓左側突然便多了道高大的身影。

祝圓。「……」

夏至。「……」

這位尊貴的皇子殿下，什麼時候竄到隊伍尾巴的？

喔不，可不是隊伍尾巴，他們後頭全是端著茶水帕子等雜物的下人。

「咳。」謝崢清了清嗓子，側頭看她。「三姑娘，又見面了。」

裝！

祝圓磨牙，頭也不抬回了句。「殿下貴人事忙，竟然還記得民女，民女倍感榮幸。」

誰不會裝呢？

謝崢果然卡殼了一下，下一瞬聲音裡便帶出幾分笑意。「三姑娘還記得我，我也倍感榮幸。」

不要臉，竟然順竿往上爬！

「呵呵。」祝圓祭出經典的嘲諷之笑。

謝崢。「……」

平日在紙上不覺得，現在聽祝圓用平音發出「呵呵」二字，他頓時覺得這嘲諷力直接飆升。

在謝崢開口與祝圓攀談之時，劉新之便面露詫異，再聽祝圓的回答，他便明白過來了。

可惜祝圓被夏至隔著，他索性微微揚聲，問祝圓。「三妹妹，妳跟殿下竟是認識？」

祝圓正想隨意搪塞一句，還未開口，便看到左側的大長腿停下了。

「劉公子是吧？」低沈的嗓音帶著冷意。

祝圓心裡一咯噔，立馬停下來，回頭看他。劉新之聽到聲音也跟著停下。

兩人並列在前，齊齊回頭看他的樣子，刺得謝崢眼睛生疼，若不是中間還隔著夏至……

劉新之猶自懵懂，彬彬有禮道：「回殿下，小生正是姓劉，名新之。殿下喚我新之即可。」

謝崢卻不接話，冷冷道：「非禮勿言。大庭廣眾之下，請你對三姑娘放尊重些。」

劉新之愣了愣，意會過來後，瞬間脹紅了臉。他吶吶然道：「小生與三妹——」收到對面森冷的視線，下意識頓了頓，改口道：「小生與三姑娘……」與三姑娘怎樣，他突然一時不知該怎麼說。

「三妹妹」的稱呼只是他自己叫的，算起來，兩家啥事都沒挑明呢，他確實不宜在外人面前這般稱呼祝圓。

他忙回轉身，朝祝圓一鞠躬。「三姑娘見諒，是小生失禮了。」

祝圓忙福身回禮。「劉大哥不必太過在意，論年齡，你叫我一聲妹妹不為過。」

謝崢。「……」

劉新之頓時大喜。

「只是，畢竟於禮不合，」祝圓話鋒一轉。「以後還是喚我三姑娘吧。」

劉新之。「……」

謝崢頓時渾身舒暢，趁劉新之懵然，愉悅道：「走吧，幾位夫人已經走遠了。」完了率先前行。

祝圓從善如流，跟著轉身。

謝崢腿長，兩步便到了她身邊，與她並肩前行。

劉新之反應過來之時，夏至再次佔據了祝圓右側，路也開始變窄，他只得悻悻然跟在後頭。

接下來彷彿就沒他什麼事，只能看著前頭兩人有一句沒一句的聊天。

謝崢配合祝圓的步子慢悠悠地走在路上。「聽說妳前幾日身體不適，好些了嗎？」

這是沒話找話聊嗎？有事還能站在這兒？祝圓皺了皺鼻子，輕聲道：「已經好多了，謝殿下關心。」

她沒發現後頭劉新之陡然瞪大了雙眼。

「天氣寒冷，三姑娘要注意添衣保暖。」

「謝殿下關心。」

「這樣吧，改日我找名太醫上門幫妳看看，沒病也當調理調理身體。」

「……不必了，謝殿下美意。」

話題越發詭異，劉新之的視線在兩人身上來回遊移。但前面兩人，一個直視前方，一個微微低頭，中間還隔著近三尺寬，怎麼看怎麼正常。

「既然是美意，妳就別推辭了。」謝崢直接拍板。「擇日不如撞日，恰好我請了太醫下午到秦府給外祖母診平安脈，這邊賞完景，妳便隨我去秦府吧。」

「……」祝圓磨牙。「民女何德何能，如何敢讓太醫為我診脈？」看了眼四周，她左移了兩步，低聲斥道：「適可而止啊！」

還沒拉開距離，就聽得左側傳來一聲輕笑。

「好，聽妳的。」男人低沈的嗓音彷彿近在耳側。

祝圓後脖子汗毛都豎起來了，忙不迭再次與他拉開距離。

兩人靠近再拉開，不過是幾步路工夫，旁人看來是再自然不過，落在後頭的劉新之眼裡，卻大不一樣。再者，他分明聽到兩人剛才都說話了，只是聲線太小，他聽不真切罷了。

他心中疑雲頓起。

前頭的謝崢還待再說話，前邊幾位夫人突然停下，張靜姝轉頭招呼祝圓。

「圓圓，過來。」

祝圓忙加快腳步，趕到她們身後。謝崢依舊不疾不徐，慢慢靠近。劉新之則快步跟上。

張靜姝沒管他們，拉著祝圓朝秦老夫人介紹。「這就是我家閨女，大名一個圓字。」

祝圓朝秦老夫人一福身。「秦老夫人萬福。」

秦老夫人「哎喲」一聲。「小姑娘水靈得很啊～～今年幾歲，許了人家沒有？」

劉夫人皺眉。

張靜姝笑道：「翻過年才十五呢，還未訂親。」

「不錯不錯。」秦老夫人拉過祝圓的手，上上下下打量她，然後意味深長地看了眼跟過來的謝崢，笑吟吟道：「這容貌氣度真是不錯，當個王、咳咳，也是使得。」

在場眾人都不是小孩子了，那個突然斷掉的詞兒，從語境上來看，是要說「王妃」吧？不說別的，未訂親的三皇子殿下就在旁邊，秦老夫人都一把年紀了，又是慣常交際的老油條，怎麼可能說漏嘴？

所以，這是故意的吧？所有人的視線齊刷刷看向謝崢。

謝崢唇角銜笑，朝眾人頷首。「我亦有同感。」

眾人。「……」

有這樣相看人家的嗎？整個跟搶親似的。

這裡就那麼四家人，除卻不知情的山長夫人，剩下兩家，便是正在議親的劉祝兩家，秦老夫人的話，分明就是對著他們說的。

若說原本還有些不太確定，謝崢補了一句，視線還落在俏生生站著的祝圓身上……這還有什麼不明白的？

不光劉夫人，連張靜姝的臉都黑了。

祝圓第一時間低下頭裝死。

秦老夫人完全沒想到自家外孫能這般厚臉皮直接把事情戳破，笑容僵了僵，急忙轉換話題。「前邊花檻漂亮得很，那種的是什麼花？」順勢放開祝圓，走到山長夫人身邊。

山長夫人正狐疑地打量這幾家人呢，聽了話忙回神，順著話轉移視線，介紹道：「那是秋海棠，本來該謝了，我們家老爺一直養在屋裡，今兒才搬出來，大夥賞完今天這一波，明兒估計就謝了。」

「喲，我們還真趕上了。」秦老夫人笑道：「那我可得好好賞賞了。」

兩位長輩當先起步，其餘人等只能按下心思跟上去。

祝圓垂眸停在原地等她們走遠，夏至上前扶她，低聲喚了句。「姑娘……」

祝圓朝她搖搖頭，低聲道：「走吧，賞花呢。」一轉頭，對上劉新之的複雜神色，頓時頭疼。「劉大哥——」

高大的身影插進來，擋住了她的視線不說，還直接打斷她的話。

「三姑娘。」謝崢眼底帶著警告，聲音卻沈穩如常。「該走了。」

祝圓忍不住瞪他。男人勾唇，作勢伸手——

祝圓扭頭就走，謝崢莞爾，信步跟上。

祝圓心裡明白他這般做的用意，但，太突然了，還是用這樣的方式……

她心裡氣憤，便不願意搭理他。

好在謝崢也知道收斂，沒再說話，只緊跟著她，絲毫不給劉新之半分靠近的機會。

他們此刻位於書院後方，依山而建的書院，地勢也是高低起伏，配上彎彎曲曲的迴廊花檻、假山涼亭，一步一景，一檻一韻，前面還有山長夫人親自講解。

若是尋常，大夥的注意力不是在山長夫人身上，便是在貴客秦老夫人身上。

謝崢身分雖高，可在場的都是女眷，除了劉新之，別人也不好招呼他——劉新之自己都是客人呢，怎麼招呼？

好在謝崢進門便說是以晚輩身分陪同秦老夫人過來賞景，這會兒當晚輩跟在後頭，也是得宜。

只是他前頭才跟秦老夫人一唱一和，把目的坦露得明明白白的，轉過頭還不避嫌，依舊亦步亦趨跟在祝圓身邊，大夥的視線便總忍不住往他們這兒飄，連張靜姝都警告般看了祝圓兩眼。

祝圓幾欲吐血。她也不想好嘛！她走快了，這人跟著加快。她慢了，這人跟著放慢。讓她怎麼辦？

再一次收到張靜姝警告的視線，祝圓磨了磨牙，微微側過頭，瞪向某人雲紋銀繡藍袍一角，聲音從齒縫擠出來般。「你是不是故意的？」

謝崢聽到聲音低下頭，對上她躲躲閃閃的眼神，眸底閃過一抹笑意。「三姑娘何出此言？」

祝圓終於忍不住抬頭瞪他。「離我遠一點。」

若不是聲音太小，氣勢也真挺能唬人的。

謝崢勾唇。「嗯。」

「嗯」完了依然如故，腳下半點不挪動。

祝圓氣不打一處來，低斥道：「你是不是傻了？趕緊走開！」

謝崢似乎輕笑了聲。「別擔心。」不等祝圓發作，他低聲道：「我差不多該離開了，再陪妳走幾步。」

終於要走了？祝圓還沒來得及驚喜，就聽這人又開口了。

「我走之後，妳不許搭理劉新之，知道嗎？」

祝圓。「……」

滾！快滾！

謝崢自然聽不見她心聲，說完那句話後略停了停，見她沒有回答，補了句。「乖乖的，回頭給妳送好玩的東西。」

祝圓。「……」哄小孩嗎？

謝崢卻不再多言，幾步追上前頭的秦老夫人。

也不知道他說了什麼，幾位夫人皆是點頭，山長夫人還讓一名小丫頭領他出去。

謝崢拱了拱手，便帶著人轉道離開。

祝圓只來得及看了他背影兩眼，人便走沒影了，估計是走另一條近一些的路，她微微鬆了口氣。

「三妹、三姑娘……」劉新之的聲音從側方傳來。

祝圓剛鬆下去的那口氣頓時提了起來。

「妳與三殿下……早就相識？」劉新之的語氣澀然。

祝圓乾笑，氣虛道：「見過幾回。」

劉新之看著她，神情有些茫然。「那、那咱們的親事——」

祝圓立馬打斷他。「劉大哥慎言。」

劉新之啞然。是，他孟浪了。

他跟祝圓……劉家與祝家兩家雖然意合，但也只是在談的階段，他娘連祝圓的八字都沒拿到。

沒合八字沒定媒妁，何談親事？

所以，適才謝崢那些話，是衝著他們劉家來的吧？因為他們兩家走得太近？

謝崢此舉，竟是將他當成勁敵一般……何至於呢？以劉家家世，如何爭得過皇子？

劉新之苦笑。「我沒想到有朝一日竟然能跟皇子爭……」爭什麼自不必言說。

祝圓沈默。她原本是真想跟劉新之成親的，儒雅溫和，進退有度，家世簡單……沒有感情，可以慢慢培養——或者直接不用培養，只當個長期合作夥伴……

祝圓嘆了口氣。「世事無常。」

劉新之神色黯淡。「是我配不上妳……」

祝圓也苦笑了。「劉大哥何必妄自菲薄，是我……」是她配不上才對。

她冷心冷血，劉新之也只是她權衡利弊下的選擇，就算再優秀，她也不會與之琴瑟和鳴。他若是冷心納妾，兩人更不會有好結果。

當個合格的正室和主母，就是她能做到最好的。

謝崢橫插這一桿子，也不知道將來會是什麼結果，今天的事傳出去，她估計是別想在京城找人家了。

算了，多想無益。不就是被皇子看上嘛，不損名節，不傷姊妹們的名聲。

若是她跟謝崢的親事不成，她索性到時便找個小院子搬出去，過自己的小日子……扯遠了。

接下來的賞景之路便有些漫長。

前頭幾位夫人有說有笑，祝圓這邊卻是安靜如雞。

好不容易晃完一圈，回山長夫人的院子時，劉新之便被悄無聲息地領去了前院。

沒了劉新之杵在旁邊，祝圓頓時鬆了口大氣，吃吃喝喝的，時間便過得飛快。

秦老夫人率先告辭，臨走之前還拉著祝圓說了兩句話，完了卸下手上玉鐲，套到她手腕上。

祝圓。「……」

這兩人果真是親祖孫，連土匪作風都遺傳的嗎？她無措地看向張靜姝。

後者站出來，勉強笑道：「老夫人，她還是小丫頭呢，如何受得起？」

秦老夫人擺擺手。「受得起受得起，也不是什麼貴重玩意，留給小姑娘戴著玩的！呵呵。」然後拍拍祝圓手背。「得空過來秦府玩玩啊。」完了不等其他人說話，轉頭上了馬車。

張靜姝。「……」

待馬車走遠，她暗嘆了口氣，轉回來，朝山長夫人道：「茹姊姊先回去忙吧，還有許多客人等著妳招待呢，我們說幾句話就走了。」

山長夫人看看她，再看看笑容有些勉強的劉夫人，了然道：「行，那我就不送了，回頭再約妳們過來喝茶聊天。」

「誒。」

目送山長夫人離開後，張靜姝轉回來，端端正正朝劉夫人福了一禮。

劉夫人嚇了一跳，忙扶起她。「妳做什麼？」

張靜姝苦笑。「姊姊妳想罵我就罵吧。」

劉夫人跟著苦笑。「我罵妳作甚……」她想了想，忍不住問：「妳早就知道了？」

張靜姝遲疑了下，點頭，道：「只是沒想到他這般執著……」頓了頓，急忙補充。「也是前幾日圓圓生病，我才得知的。」

劉夫人愣怔片刻，嘆了口氣。「真是……」

張靜姝也想到上午那一幕了，咬牙道：「我也沒想到這傢伙竟然如此厚顏無恥……」

劉夫人有些同情。「圓圓以後若是不能嫁給他，怕是只能……」絞了頭髮當姑子去了吧？如此一來，她竟然不知該同情自家，還是該同情祝家了。

想到那種可能，張靜姝臉色鐵青。「不可能，大不了我將圓圓遠嫁出去！」

劉夫人拍拍她胳膊。「別想太多。」

張靜姝回神，再次福身。「旁的不論，只是對姊姊倍感歉疚。」

「哎，我倒是沒啥，誰家相看不得看幾年呢……」劉夫人惋惜。「就是可惜我那傻兒子，沒有這個福分。」頓了頓，她壓低聲音。「這位三殿下，是不是太魯莽急色了點？」渾然不像傳聞中那位年少有為、多智近妖、短短兩三年便做出許多功績的三皇子殿下。

張靜姝一頓，皺眉。「終歸是未及冠的孩子。」

「說的也是。」

離了明德書院，謝崢便打算回宮了。

回宮路上，他還不忘吩咐安瑞。「把今天的消息散出去。」

安瑞忐忑。「主子，這樣不太好吧？」

謝崢挑眉。「如何不好？」

安瑞小心翼翼。「此舉，對三姑娘……似乎不太妥當吧？」

「……」謝崢彷彿看白癡般看著他。「你打算如何傳？」他敲敲車內小几。「把事由往我身上推。」

安瑞一怔，苦下臉。「主子，這不是往你身上潑髒水嗎？」他怎麼能做？

謝崢勾唇。「正是要這盆髒水。」他也不多解釋。「去吧。」

安瑞完全摸不清楚主子的想法，但不妨礙他去執行，主子既然定下來了，他便不再多言。

謝崢閉上眼睛，骨節分明的長指在膝上輕敲——

一個為了情愛魯莽急切的年輕皇子……聽起來不錯。

馬車嘚嘚，很快便抵達皇宮。

回宮後謝崢快步走向昭純宮，安瑞抱著一長木匣屁顛屁顛地跟在後頭。

提前派人來打過招呼的昭純宮裡安安靜靜的，淑妃慢吞吞抿了口茶，放下茶盞。「說吧，突然來找我，所為何事？」

謝崢也不拐彎抹角。「母妃，兒臣想娶……戶部尚書劉大人家的孫女。」他跟劉大人私交不錯，先借他家孫女兒打個幌子。

戶部尚書，正二品，比祖訓要求的三品之下何止高了一個品階？能上二品的，基本就是朝廷要員，將來稱相也不是不可能。

一名皇子，要與朝堂大員聯姻，圖什麼？

淑妃驚了。「你是吃了熊心豹子膽了？祖訓都違？」

謝崢輕描淡寫。「所以，兒臣來找您幫忙。」

言外之意，他搞不定，淑妃可以。

淑妃。「……」

這種兒子，要來何用?!

「我不答應。」淑妃果斷拒絕。「什麼戶部尚書工部尚書，你都別想了，有違祖訓之事，我斷不會幫你。」

謝崢皺眉。「那您為兒臣挑了哪些人家？」

「不是正在相看嗎？著什麼急？」淑妃不鹹不淡地瞟他一眼。「還能少了你的不成？」

「兒臣過了年就是十八，二哥十八歲成親開府。」謝崢語氣淡淡。「兒臣也不指望十八能成親了，好歹訂個親，別好姑娘都讓人搶了。」

淑妃沒好氣。「滿京城的好姑娘，沒了一批還有別的，你這急色模樣，還像個皇子嗎？」

謝崢絲毫不在意。「倘若像個皇子便娶不到媳婦兒，那這形象不要也罷了。」

淑妃一窒。

謝崢敲了敲茶几。「安瑞。」

「是。」安瑞立馬將手裡抱著的木匣子呈遞給淑妃身邊的宮女。「請淑妃娘娘過目。」

宮女忙接過去，打開看了眼，稟道：「娘娘，是卷軸。」

「是畫像。」

「畫像？」下一瞬淑妃便反應過來，登時皺眉。「你去秦家拿來的？」

謝崢看著她。「兒臣也不多廢話了。兒臣既然生為皇子，娶妻當然還是得有點要求。」

他的視線落在那匣子上，道：「老二娶了侍郎家的女兒，長得不差，那兒臣的正妃，要麼得比她的家世強，要麼比她漂亮。」

他與謝峸不合是人盡皆知，拿他當由頭出不了錯。

淑妃皺眉。也就是說，這匣子裡的畫卷，都是各家姑娘的畫像，還都是那漂亮的？

淑妃狐疑地打量謝崢。「你在打什麼鬼主意？」

謝崢無辜。「有何問題？」

太有問題了。「誰家相看是看這些的？還有，這些事輪不到你一小輩去管。」

「靠你們相看？看個幾眼能看出什麼結果？」謝崢嗤之以鼻。「兒臣的王妃，自然得讓兒臣掌眼。」他看向淑妃。「母妃若是不樂意也沒事，兒臣親自去請旨，以兒臣的功勞，求不到二品大員的孫女，找個侍郎的也不虧。」

淑妃不悅地瞪眼，但也只能道：「……拿來，我看看。」

將木匣裡的畫軸展開一看，排在第一位的就是正三品侍郎之女。

謝崢還跟著評論。「這位最合適，官階、家世相當，長得也漂亮，若是——」

淑妃刷的一下合上畫軸，扔給宮女，板著臉。「不行。」

謝崢皺眉。

淑妃再翻出一卷。

「這個也不錯，通政司上達天聽，將來必能助我——」

「不行。」

「翰林院徐學士家的姑娘是出了名的美貌，而且徐學士深得父皇重用，將來必定入閣——」

「不行。」

「這名最漂亮，可惜其父官職太小，只是區區七品縣令，若不是看在顏色——」

「就這個了。」淑妃不耐煩了。

謝崢不滿了。「這祝家連個五品上的親戚都沒，娶了他家姑娘，走出去我豈不是低人一等？」

「妻憑夫貴，進了你的門就是王妃，何來低等之說？」淑妃拍下畫卷。「就挑這個……」她看了眼畫軸署名。「祝家三姑娘。」

謝崢皺眉，彷彿正在遲疑。

淑妃打發他走。「行了，這些事情你懂什麼？回頭我找老太太進來說說話，看看後頭怎麼安排。」她嫌棄道：「老太太是不是糊塗了，怎麼把畫像給你？還踩著線挑人，一個比一個……」最後一詞她含在嘴裡沒說出來。

「行，畫軸兒臣便帶走了。」示意安瑞收起畫軸。

淑妃不樂意。「帶走作甚？你一年輕男人，拿著姑娘家畫像是想幹麼？倘若被人知道，這些姑娘家還要不要做人了？」

謝崢佯裝無辜。「母妃無須擔心，兒臣不是那等『先斬後奏』之人。兒臣是要將畫軸帶回去給外祖母，『這麼多畫軸』總得還回去吧。」

「先斬後奏」重音、「這麼多畫軸」重音，淑妃下意識皺眉。謝崢這死孩子，最喜歡先斬後奏才對……這麼多畫像，由他拿出去……她想了想還是不妥。

「我寫封信，你帶去給你外祖母。」

謝崢皺眉。「母妃這是不信兒臣？」

淑妃瞟他一眼，沒搭理他，只讓宮女拿來紙筆，簡單寫了幾句，折好，塞入信箋，遞給他。

謝崢不想接。「畫軸呢？」

淑妃瞪他。「拿著信。」就知道這小子想走陰的。「畫軸暫放我這兒，改天我自會讓人拿回去給老太太。」

謝崢這才不甘不願地眼色示意，一旁的安瑞立即上前接過信。

淑妃輕哼一聲。「趕緊走，看著你就煩。」

謝崢。「……」

出了昭純宮，謝崢搓了搓臉頰。

安瑞忍俊不禁，忍不住打趣。「主子演技不錯。」活脫脫一名心高氣傲又貪慕好色的年輕人。

謝崢瞟了他一眼。「信呢？」

安瑞立即將淑妃娘娘的信箋翻出來。

只是日常信箋，淑妃也懶得讓人封火漆，倒是方便了謝崢。

揭開信箋掃了眼，謝崢滿意點頭。

「接下來，就剩下……等了。」

今兒在明德書院出了這麼大的事，張靜姝不敢自專，回府後立即帶著祝圓到了祝老夫人院子稟報。

祝老夫人一聽，登時皺眉。「怎麼是祝圓？」她利眼一掃。「三殿下何時與圓丫頭攪和在一起的？」

張靜姝急忙解釋道：「娘，圓圓沒跟他攪和在一起，如今是他衝著我們家圓圓來的！這事情影響不好，或許會——」

祝老夫人輕哼。「早知道影響不好，就別總是讓圓丫頭出去。十幾歲大姑娘了，還整日往外跑，招惹上皇子算是好的，哪天招個亂七八糟的人回來可怎麼辦？」

張靜姝臉色鐵青。

祝老夫人又覺不足。「小小年紀就這麼妖妖嬈嬈的——」

「娘！」張靜姝不滿了。「玥丫頭隔三差五去聊齋，怎的不見您說她？還有，我們是來問接下來有何章程，不是來聽您責罵我家圓圓的。」

祝老夫人一窒，惱羞成怒。「有何章程的？能進皇子府，就算是個側室，那也是她撿來的福分！還需要什麼章程？等著嫁人就是了！」

話不投機半句多！

「成，兒媳這就回去準備嫁妝。」撂完氣話，張靜姝拽著祝圓便回了蘅芷院。

進了屋，張靜姝便坐在屋裡生悶氣。

祝圓沒敢吭聲，小心翼翼給她端茶遞水捏肩膀。

「行了。」張靜姝沒好氣，拉下她的手讓她坐下，苦笑道：「果真如妳所料，這位主兒做事真是……半點不帶含糊的。」

祝圓「嗯」了聲。這幾年跟狗蛋不是白聊的，多少還是了解一點。

「這事得趕緊告訴妳爹。」張靜姝捏了捏眉心。「既然接下來咱也不用成天去做客，不如明天就出發。」去章口。

「好。」

見娘神情依舊鬱鬱，祝圓忙讓人把剛滿一歲正在學走路說話的小妹妹抱過來，一起逗著玩了半天，看到她臉色好些了，才告退回房，但進了門就癱在臥榻不動。

夏至擔心。「姑娘，要是累了就去歇歇吧？」她病剛好呢。

祝圓擺手。「這個點了，歇了晚上就睡不著了。」冬天黑得早睡得早，再睡就天黑了。

夏至一想也是，拉過靠墊。「那妳在這靠會兒，我去給妳泡壺茶醒醒神。」

「去吧去吧。」

祝圓靠著墊子發呆——

腦袋一點，她一個激靈，醒了，揉揉眼睛，發現夏至還沒回來。

她索性爬起來，跑到桌邊練字——

「圓圓。」蒼勁墨字陡然冒出來。

祝圓目不斜視，不想搭理他。

對面的謝崢也不在意，繼續往下寫：「還記得我說要送妳一個小玩物嗎？」

祝圓筆鋒一頓，好奇心起。「什麼東西？」

「妳過來聊齋取？」

祝圓。「……」

「滾！」

謝崢莞爾。「那我讓人送上門？」

祝圓。「……」似乎也不對？
「先告訴我是什麼東西。」
「可讓妳在院子裡活動手腳的什物。」
祝圓撓頭。「那豈不是很大？研究院折騰出來的新東西？」
「嗯。」
祝圓好奇了，她抓著筆想了想。「賣嗎？」
「暫時不。」
「那我不要了。這麼大，怎麼也偷渡不進來。」祝圓哼了聲，大義凜然道：「私相授受沒有好結果的，年輕人，收手吧！」
謝崢。「……」
話又說回來，祝圓八卦兮兮地又問：「你那研究院究竟折騰出什麼東西？上回的琉璃怎樣了？」
謝崢想了想。「似乎開店對外販售了。」
……似乎？祝圓無語。「你的生意你自己不知道的嗎？」
「我只需知道結果。」
祝圓笑了。「你看什麼結果？營收結果？每週看一次？每月看一次？」
謝崢想了想。「有空就單月看一次，沒空就數月一併。」
「這麼長時間？你不需要給他們定經營方向嗎？」

謝崢挑眉。「定什麼方向？有盈利便夠了，具體如何做，何須我操心？」
祝圓震驚了。「你這樣……要是過程出問題怎麼辦？要是虧損了怎麼辦？」
「做不好換人便是了。」
祝圓。「……」這就是統治階級的底氣嗎？
謝崢再次落筆。「現在無功無過掙點小錢，待我們訂親後，這些就交給妳打理。」
祝圓。「……」
看著紙上幾個墨點，謝崢勾唇。

第二十三章

第二天一早，大家慣例齊聚老夫人院裡。

昨日的事情大夥自然都知道了，張靜姝頂著大房的譏諷和老夫人的質問，四兩撥千斤地將皮球滾回三殿下身上，又藉著三殿下的名義狠狠懟了一通，好歹是把章口之行定了下來。

出了正院，張靜姝舒了口氣，苦中作樂朝祝圓道：「妳看這一堆破事，要是妳真能嫁進皇家，除了……倒是不用看婆婆臉色，進去就能當家做主，也算是幸事一樁。」

祝圓皺眉。「尋常人家也不會這樣吧？」

張靜姝擺擺手。「妳進去就是跟人搶兒子，哪個婆婆會看妳順眼？差別只在於涵養，有些涵養好的不折騰妳，涵養差些的，不磋磨妳都要偷著樂了。」

祝圓啞然。

「多想無益，回去收拾收拾，出發了。」

張靜姝說的收拾，可不是帶些細軟了事。

她既然打算帶著祝圓去避風頭，那少說是要住到過年的，這行李自然不會少。雖然昨晚就開始收拾，但東西太多，又要搬上車，好一番折騰，待她們出門時，已是巳時，去到章口，正好可以吃午飯。

早就收到信的祝修齊自然欣喜萬分，特地從衙裡回來跟他們一塊兒吃了頓午飯。

接下來便是安置住處和行李。

章口不愧是京城腳下的貿易樞紐，連縣令官邸都比蕪山縣的大。

張靜姝大手一揮，直接給祝圓和祝盈分了一個小院子，這下不光有自己的屋子，還能騰出一間當書房了，兩姊妹興高采烈去收拾了。

如此這般，一整天下來，祝圓完全沒看書，不是在跟祝盈玩小遊戲聊天，就是在收拾行李，自然沒看到謝崢給她寫的字。

隔日，因初到章口，又沒有祝老夫人在上頭壓著，祝圓醒來吃過早飯，便帶著祝盈、祝庭方逛街去。

南邊過來的新亮布料好看，買一些回頭給家裡人做幾身新衣服；北邊過來的皮裘漂亮得很，給她爹拿來做大氅加毛邊……

竟然還有東邊過來的海鮮乾貨？祝圓登時買了一大堆回去，帶著祝盈直奔廚房，給家裡倒騰出一桌子好菜。

別人不說，祝修齊連連讚嘆，直說好幾月沒吃得這麼合口了，惹得張靜姝嗔怪不已。

「瞧你說的，咱家慣用的廚子都留給你了，倒還不如你閨女做幾頓新奇的。」

祝修齊捋了捋短鬚。「不一樣，不一樣，這是我閨女做的，就算是一樣的菜色，那也是不一樣的。」

張靜姝。「……」

祝圓、祝盈對視一眼，都笑了。

祝圓笑完，跟張靜姝說：「娘，章口這邊的東西好多，還比京城便宜，以後咱們帶點回去。」

張靜姝自然點頭。

祝修齊笑呵呵，逗她。「妳逛了一日，只得了這個結論嗎？還沒給爹提幾個意見呢。」

祝圓汗然，趕緊給她爹拍馬屁。「爹，您現在可厲害了，各類集市井井有條，行商旅客、走卒小販都各有條理，連招商引資的政策都根據這邊情況做了修改……」她豎起大拇指。「今年稅收肯定不錯啊！」

祝修齊微微自得。「那是自然。」對上家人揶揄笑容，他輕咳一聲。「當然，還有許多待改進的地方。」

「別總是忙得忘了吃飯就行了。」張靜姝嗔怪道。

祝修齊撓頭，轉頭看到祝圓正偷笑，頓時板起臉，開始教訓她。「妳也老大不小了，出門注意著點。」想了想不對。「算了，妳以後別老出門了。」

祝圓不服，抗議道：「不出門怎麼知道有這麼多好吃的？」

祝修齊。「……」

張靜姝也不贊同。「以後嫁人了更不得出門，就讓她逛吧，出門戴上淺露就得了。」斜了眼祝圓。「反正章口這種地方也碰不上皇子，也沒人指指點點。」

章口是商貿大縣，來往商賈多，規矩沒有京城大，路上便有許多姑娘、媳婦子，連那湊熱鬧的老太太也有不少，故她有此一說。

祝圓總不能解釋她不是在路上閒逛撞到皇子的吧？只能尷尬地笑笑。

提起這事，祝修齊便有話說了。「京城裡的傳聞且讓它傳罷，沒有正式的媒聘之禮或旨意，我們都當不知道。十來歲小子說的話，算不得數，你們就在這兒安心住著，什麼時候沒人惦記這事了，什麼時候再回去吧。」

張靜姝擔憂。「這樣要等到何時？圓圓還得議親呢。」

祝修齊渾不在意。「那三皇子過了年就得十八，他的府邸都建好了，親事再晚也拖不過明年。屆時，咱家圓圓正好開始議親，無須太過在意。」

一家之主發話了，張靜姝只能按下憂慮不提。

隔了大半年，全家再次齊聚，彷彿又回到蕪山縣那段無憂無慮的日子，不說張靜姝幾人，連祝修齊都樂呵得很。

三皇子？區區未及弱冠的小孩，過幾天就沒興趣了，祝修齊完全不當一回事，該幹麼幹麼去。

可惜，輕鬆的心情只維持了兩天——

祝圓一行抵達章口的第三天，正在章口縣衙辦公的祝修齊，收到了京城祝家傳來的報訊。

他面色凝重，顧不上滿座恭賀的幕僚同僚，帶著信箋急匆匆返回官邸。

進門就看到張靜姝等人正聚在一起，面朝院子方向說話，小的幾個更是吵吵嚷嚷的。

「姊姊妳快點，妳太慢了！」祝庭方蹦蹦跳。

「該我了該我了，姊姊妳快點！」難得活潑的祝盈也興奮不已。

祝修齊詫異，順著他們的視線望過去。

只見祝圓正坐在一個……奇形怪狀的東西上面不停踩踏。

那玩意有兩個大輪子，輪子一轉就會往前行走，後輪子上還掛著兩個小輪子，看著就彆扭得很。

上頭的祝圓還眉飛色舞的喊：「要不咱們拿去城郊玩吧？這地方太小施展不開啊～～」

祝修齊皺眉，走過去問：「這是在做什麼？」

院子裡的嚷嚷聲一頓，大夥齊齊轉過身行禮，祝圓忙不迭跳下車。

「姑娘當心！」夏至連忙撲過去扶住她。

祝圓擺擺手。「無事。」頂著紅撲撲的臉走過來行禮。「爹。」

祝修齊依然在盯著那部奇奇怪怪的東西。

張靜姝不解。「您怎麼這個點回來了？」

祝修齊瞬間回神，瞪了祝圓一眼，將信箋遞給張靜姝。「妳看看吧。」

祝圓有些心虛地看了眼那輛自行車——沒錯，剛才她正在玩的，就是自行車。她爹這麼快收到消息了？她才剛摸到手沒半刻鐘呢……

看信的張靜姝驚呼出聲，然後怔在原地，半天沒有動彈。

眾人詫異，銀環忙詢問道：「夫人，可是主家出了什麼事？」

張靜姝回神，苦笑了下，看了眼祝圓，道：「沒事，徹底沒事了。」

祝圓一咯噔，又聽張靜姝長舒了口氣，道：「好了，接下來可以專心給庭舟找媳婦兒了。」

啥、啥意思啊？祝圓瞪著她父母。

祝修齊沒好氣。「看什麼看？皇上親自下旨了，妳明年及笄後，就跟三殿下完婚。」

祝圓。「⋯⋯」

銀環驚呼。

張靜姝怔了怔，嘆道：「怪不得敢明目張膽送東西過來。」

「送什麼？」祝修齊皺眉。

張靜姝朝院中那輛奇形怪狀的馬車努了努嘴。「就這個，剛送到呢，叫什麼健身車來著，原本還想等你回來再商量怎麼處置⋯⋯」她揚了揚手裡信箋，自嘲道：「這下好了，連商量都省了。」

祝圓不敢置信，搶過她手裡的信箋，一目十行地看起來。

是祝老夫人的筆跡，信箋開頭便說了祝府今早收到聖旨，將祝家三姑娘祝圓指給了皇三子謝崢，待女方及笄後擇日成親。然後便是讓張靜姝等人速速回京，需得進宮覲見淑妃並謝旨。

祝圓懵了。

她糾結這麼久的事情，怎麼到狗蛋這兒這麼迅速便了結了？

距離謝崢說要娶她，彷彿還不到……十天吧？

就這樣定了？

張靜姝看她那呆樣就想嘆氣，話到嘴邊又不捨得，只道：「哎，這才剛安定下來呢，又得回京了……」

祝修齊也想嘆氣了。

捏著信的祝圓愣了半天，提起裙襬衝了出去。

「誒這丫頭怎麼了？」張靜姝懵了下，看夏至追上去了，轉頭看向祝修齊。「這事就這樣定了？」

祝修齊沒好氣。「妳還想如何大張旗鼓？」他輕吁了口氣，喃喃道：「也不知道這樣的結果是好是壞……」

再看祝圓那邊——

她一口氣奔回自己院子，鑽進書房。

夏至神色驚慌地追過來。「姑娘——」

「無事。」祝圓喘了口氣。「我練會兒字靜靜心，妳去忙吧。」

夏至自然要幫忙，祝圓三言兩語將她哄出去，關門落門。

被夏至這麼一打岔，她的心情反倒平復不少。

她深吸了口氣，慢慢走回桌邊，磨墨、鋪紙、提筆。

「狗蛋。」

沒反應。

「狗蛋！」

蒼勁墨字慢吞吞浮現。「如此興奮，是收到禮物還是收到消息？」

「都！收！到！了！」

怪不得這般激動。謝崢勾唇。「嗯，妳的喜悅我亦收到。」

「……」

蒼勁墨字如行雲流水。「所以，什麼時候回京？」

祝圓不答反問。「你怎麼做到的？」

謝崢傲然。「倘若這點事都辦不成，我如何敢說娶妳？」又不是娶當朝宰相之女，區區九品縣令之女，有何難的？完了他還補一句。「若不是妳數月前拒絕，何至於浪費如此多時間？」

祝圓。「……」

怪她嘍？

但她還是有許多問題。

「然後你就這樣直接去找皇上？娘娘呢？娘娘怎麼說？還有秦老夫人，你是怎麼跟她說的？」

一連串問題砸過來，墨字都快連在一起了，謝崢忍不住莞爾。「待妳回京，給妳詳細說說。」

祝圓急不可耐。「現在說現在說。」不知道其中過程，她總有種不太真實的感覺……

謝崢拒絕。「字太多。」

祝圓。「……」

「懶死你得了！」

謝崢無動於衷，甚至還轉移話題。「玩具好玩嗎？」

提起這個，祝圓就來勁了。「好玩好玩！沒想到你那研發中心竟然做出自行車！」

「自行車？」

「只是我隨口取的名字，不重要！」祝圓開始吐槽。「讓你的人重新設計一下啊，前後輪子弄這麼遠，騎起來太費勁了。」

「太近了，卡裙子。」

好吧。「那後頭兩個小輪子呢？為什麼要加兩個輪子？你是看不起我嗎？小孩子才需要安全輪！」

小孩子？謝崢摸摸下巴。「提議不錯，回頭讓他們做些小車，專門給小孩子玩。」

祝圓。「……」

她暴躁了。「看沒看到我說話啊？」

「不知可否拆卸，」謝崢坦言。「且等我問問。」

這還差不多。

未等她寫字，謝崢又落墨了。「何時歸京？」

祝圓想了想。「最快也得明天吧？本來我們打算住到過年的，行李都帶了老多，現在又要全部整裝起來了。」她抱怨。「你做什麼這麼急？我都沒逛完章口呢。」

謝崢。「……」

這丫頭，該收拾了。

祝圓渾然不知，猶自打聽。「聽說回去還得進宮去見你娘？」

謝崢回神。「嗯。」

「你娘性子如何？」

謝崢想了想。「端莊淑雅。」

祝圓翻了個白眼。「你這跟沒說有什麼區別？我是問她的喜好。」雖然是明年才成親，但聖旨都下來了，當然得提前準備起來。

謝崢沈默，老實回答。「不知。」若說討厭的事物，他還能說上一二。

祝圓。「……」

「你怎麼當人兒子的？」她恨鐵不成鋼。早聽說他倆不合，但當兒子的這態度，肯定也有問題。

謝崢不說話了。

祝圓還想再問，夏至在外頭敲門。「姑娘，夫人喊妳過去。」

「好～～」祝圓應了聲，低頭快速揮墨。「有事，回頭聊。」

擱筆燒紙，麻溜出門去找張靜姝。

剛拿出來沒兩天的行李再次收拾起來，接到祝府信箋的第二天，張靜姝一行再次浩浩蕩蕩趕回京城。

回到祝府已經中午。

張靜姝一行吃過飯，聚到祝老夫人的院子裡聽了一頓酸話，然後便被告知明兒一早得進宮覲見淑妃。

雖早有預料，祝圓心裡依然惴惴不安。

因第二天要進宮，她被張靜姝攆著早早歇下，在床上翻了半天才慢慢睡去。

感覺沒睡多久，就被夏至叫醒了。

迷迷糊糊地梳洗打扮，她才終於醒過神來，隨著祝老夫人、張靜姝一起坐車出門。

當然，車馬只能送達宮門口，連丫鬟也不能跟隨。

因提前遞了覲見牌子，早有宮人候在宮門，看到她們，便領著她們直接往昭純宮去。

在宮門口還有些許車馬人聲，走了一會兒，四周便安靜得只剩下她們的腳步聲，跟在長輩身後的祝圓眼睛都不敢亂看——也無甚可看的，兩邊都是高高的紅牆，跟電視裡拍的沒啥兩樣，差別只在於，電視裡遊客眾多，這裡前後無人。

領路的宮人小聲跟她們介紹著宮裡的規矩，諸如進門後無娘娘允准不許抬頭，進門先叩拜磕頭，待娘娘叫起才可起來……云云，祝圓聽得渾身不自在。

好不容易穿過長長的宮牆路段，能看到些許花草，來去的宮人才多了些。

只是進了這兒，領路的宮人便不再說話了。

大冷天的，他們這般一路快走，竟生生走出一身汗意。

好在，昭純宮終於到了。

將她們三人交給宮門口候著的太監，那名宮人便要離開，張靜姝忙快速塞了塊銀子給她。「謝謝姑姑為我們介紹。」

那名宮人若無其事袖起銀子。「應該的。」福了福身，轉身走了。

張靜姝輕舒了口氣。

祝老夫人也感慨。「這宮裡姑姑都挺好的嘛。」

祝圓心裡一動，正想問兩句，就見跑進去傳話的太監回來了，還帶回來一名紫衫宮女。

這位宮女便是淑妃娘娘身邊的玉容。

她走到近前，略打量了眼三人，便笑著福身。「祝老夫人、祝二夫人、祝三姑娘大安，奴婢玉容，前來迎接諸位。」

祝圓忙學著兩位長輩的模樣行了半禮。

玉容忙不迭避開，笑道：「諸位無須客氣，奴婢可受不起。」頓了頓。「娘娘已恭候多時，奴婢帶妳們進去吧？」

「有勞玉容姑娘。」

昭純宮很大，從宮門走到正殿都走了許久，待到了殿前，玉容也沒停步，直接帶著她們入內。

「娘娘，客人到了。」

這就是到了。

祝老夫人幾人不敢多看，一一跪下，齊聲道：「拜見淑妃娘娘。」

「都起來說話。」低柔嗓音響起。「玉容，看座。」

「謝娘娘。」

祝圓頭也不敢抬，順著殿內宮女的指引坐在下首一張椅子上。

打量的視線落在自己身上。

「這位就是妳們家的三姑娘？」上座的嗓音溫溫柔柔，卻聽不出絲毫喜怒。「抬起頭我看看。」

兒媳人選都定下來了，這當婆婆的還未見過人，也確實說不過去。

祝圓暗暗給自己打氣，抬起頭來，當然，眼睛依然不敢亂看，只盯著自己面前一畝三分地。

屋裡安靜了下來，祝圓彷彿能感覺到落在身上的視線。

上座的淑妃確實正在打量她。從她頭上的珠花看到腳上繡花鞋，最後回到臉上，仔細打量片刻，她點了點頭。「確實長得不錯。」

但也就那樣。

宮裡什麼顏色沒有，比這丫頭好看的多了去……謝崢那小子，眼光不過爾爾。

不過，小門小戶的，倒挺適合謝崢。

「會些什麼？」她聲音溫和道。

祝圓忙答道：「回娘娘，民女會的不多——」

淑妃微微笑。「揀妳平日常做的說說。」

祝圓偷偷看了眼不吭聲的祝老夫人和娘親兩人，想了想，道：「平日就練練字、練練琴，偶爾做幾道點心小菜。」

祝圓暗鬆了口氣。

中規中矩。淑妃點點頭。「不錯，姑娘家文文靜靜的挺好。」

淑妃接著轉向張靜姝兩人。「前幾日我兒莽撞，讓妳們家困擾了，我替他向兩位夫人道個歉。」

說的是謝崢在明德書院幹的事。

祝老夫人忙不迭擺手。「娘娘言重了，不過是小事一樁。」

聖旨都下了，以後祝圓就是板上釘釘的三皇子妃，再看這些，自然是小事。

淑妃微哂。「也罷，都過去了。」然後又道：「我第一次娶媳婦，也不知道該是什麼章程，後頭就得多煩勞兩位夫人了。」

祝老夫人登時笑了。「娘娘謙虛了，何須勞動娘娘，這種事情自有禮部會跟進打理。」

「正是這個理。」

淑妃點頭。「也是，畢竟時間充裕得很，慢慢來也不打緊。」

「回頭——」

一名紫衫宮女快步進來，淑妃皺了皺眉，停下說話。
那名宮女福了福身，附耳過去說了幾句。
淑妃臉一沈。「都鬧得沒邊了！」
紫衫宮女不敢說話了，祝圓幾個茫然，不知道發生什麼事。
不過，也無須她們問了，一行或美豔或清麗的婦人魚貫而入。
「喲，我們來晚了呀～～」
「姊姊也是，也不派人通知一聲。」
祝圓等人嚇了一跳，急忙起身跪下。
衣香鬢影依次從她們面前經過，宮女們趕緊搬椅子的搬椅子、上茶的上茶，一通忙亂，這幾人才安靜下來。
跟淑妃並列坐在上首的嫻妃看向底下跪著的祝家幾人，笑道：「哎呀，都別多禮了，趕緊起來。」完了教訓宮女。「妳們還愣著幹麼，還不趕緊把客人扶起來？」
祝圓幾個連忙道謝，完了才坐回位置上——雖然進來了一堆人，能坐下的，也就那麼幾個，她們的位置半點都不挪動的。
淑妃笑容有點僵。「妳們過來作甚？」
「崢兒好歹是我們幾個看著長大的，他家媳婦兒我們怎麼能不看一看呢？」
「哎，姊姊不會生氣吧？」
淑妃只能乾笑。「怎麼會……」

「那就好。」嫻妃說完，轉去打量祝家幾個。

她們在上頭打機鋒，祝家幾個都低著頭不吭聲。

嫻妃笑了。「都別拘謹啊，咱幾個就是過來認認人，以後都是一家人，年年節節都得見面，要是人都不認得便要貽笑大方了。」

祝老夫人唯唯諾諾，好在大家的注意力也不在她身上，嫻妃視線一轉，看向低頭的祝圓。「這位想必就是祝三姑娘了，抬起頭讓我們看看。」

祝圓只能再次抬頭。

「喲，怪不得三殿下五迷三道的，這小臉蛋長得真不錯啊！」

「再過兩年，長開些，怕不是把咱們都比下去了。」

「哎，妳好意思跟晚輩比，妳都幾歲了？」

「打住打住，別嚇著人家小姑娘了。」嫻妃再次開腔，看了眼淡定抿茶的淑妃，她笑著問祝圓。「妳叫什麼名字？今年幾歲了？」

「回娘娘，民女祝氏，單名一個圓字，今年十四。」

淑妃放下茶，道：「還小得很，妳們不要欺負她。」

嫻妃笑得明媚。「瞧妳說的，我們是那樣的人嗎？」完了看向祝圓，問了跟淑妃一樣的話。「平日都做些什麼啊？」

祝圓只能再說一遍。

嫻妃笑咪咪。「怎麼我還聽說妳掙錢有一手？聽說還開店打理生意呢……」她佯裝回憶。「叫什麼、什麼玉蘭妝是吧？」
祝圓有點緊張。「都是些上不得檯面的活兒。」
「什麼上不得檯面，這生意可不小呢。」坐在嫻妃下首的榮妃立馬接話。「幾個月前，《大衍月刊》上不是還刊了廣告嗎？都上月刊了，哪裡還上不得檯面？」
嫻妃笑得意味深長。「看來三殿下這心思啊，早早就見端倪了呢。」
淑妃不緊不慢。「《大衍月刊》的廣告給錢就能上，妳若是想要，我讓崢兒給妳留一個版。」
嫻妃啞然。
淑妃轉向垂眸不語的祝圓，溫聲道：「妳將來要當主母，會打理銀錢倒是不錯。」斜了眼嫻妃。「我可比不得嫻妃，沒有那麼多的底子去貼補兒子。」
嫻妃的笑容僵住了。謝峸今年開府又娶妻，幾場宴席下來，把今年的分例都用光了，家底當然還有，只是這手頭有些捉襟見肘，她沒法，補貼了幾次。
嫻妃瞪向自己的貼身宮女。這淑妃是從何處得知此事的？
帶頭的嫻妃被淑妃暗懟了一把，其他位分低一些的妃子就不太敢接話了。
祝圓更不敢，好在淑妃也沒打算讓她摻和進來，見嫻妃吃癟，微微笑笑，再次將話題拉到祝老夫人兩人身上。
「老夫人今年貴庚？」
「回娘娘，五十有八了。」

「看起來健朗得很。平日都在家裡做些什麼？」

接下來淑妃便一直把場子控住，但凡嫻妃等人想說點啥，她輕飄飄幾句，便把人擋了回去。

祝圓聽得嘆為觀止，不愧是一宮之主。

不過一想也是，能坐到妃位，還能得承嘉帝信任，與其他妃子一起管理後宮，怎麼可能是善茬。

沒討著好，淑妃幾人聊的又是些家裡長短，幾名妃子便覺得無趣，略坐了片刻就走了。

待她們出去，張靜姝母女還好，祝老夫人直接大鬆了口氣。

淑妃聽見了，登時笑了。「把妳們嚇著了？」她溫和道：「別擔心，她們就是來看個熱鬧。」

祝老夫人尷尬，連連點頭。「誒誒，老身曉得了。」

淑妃看了眼祝圓，笑著道：「第一回見面，總不好讓妳們空手而歸。」招呼玉容。「去把東西拿來。」

「是。」

張靜姝自然推拒。「我們來拜訪娘娘，理應我們備禮，哪裡還能拿您的東西呢？」

「妳們歸妳們的，我的歸我的。」淑妃笑吟吟。「咱以後就是親家了，這見面禮可得收了。」

話已至此，張靜姝兩人也不好再說什麼，恰好玉容帶人抱著東西出來。

淑妃笑著道：「也不知道妳們喜歡什麼，我便讓人看著準備了。」

三人忙起身謝禮，淑妃擺擺手。「客套話就不多說了，往後啊，多進來陪我說說話。」

祝老夫人笑得見牙不見眼，連連應喏。

辭別淑妃，三人沿著來路出了宮，閒話不說，直接歸家。

回到祝府，祝圓也沒得休息，被帶去祝老夫人院子裡，聽長輩們分析。

「淑妃娘娘態度挺好的，還給我們送禮，想必對咱們家還是滿意的。」祝老夫人摸著淑妃娘娘賞賜的錦緞，笑咪咪道。

王玉欣羨慕地看著，強笑道：「看來是不計較前些日子三殿下先斬後奏的行為。」

「不好說。」張靜姝搖頭。「這些都是人精，哪個會把情緒掛臉上的。」

祝老夫人不無樂觀。「那不更好？反正板上釘釘的事她也改變不了，還不如好好跟我們搞好關係呢。」

張靜姝扶額，合著一宮之主還得跟您套近乎呢？

「倒是其他妃子。」祝老夫人皺起眉頭。「怎麼消息那麼快？」想到什麼，她瞪向祝圓。「妳那鋪子趕緊關了，省得別人又指指點點的。」

祝圓小聲抗議。「祖母，淑妃娘娘支持我呢。」

祝老夫人啞口。

張靜姝忙將話題接過來。「咱家以後就是妥妥的淑妃一派，關鍵還得看淑妃娘娘跟三殿下的意思，旁人怎麼說，我們聽個響就好了。」

「也是。」祝老夫人再傻也知道這一點。「行了，今天也就是認個門，這麼多外人在，估計淑妃娘娘也不好說什麼，以後咱走一步看一步。」

「誒。」

這臨時小會議便散了。

終於回到自家院子，張靜姝母女一起草草用了點飯食，飯後張靜姝要去帶娃娃午覺補眠，祝圓可沒心思午睡，換了身家居服，再洗了把臉，她坐到桌前。

「狗蛋～～」

謝崢的墨字很快出來。「不歇晌？」

「……不歇。」祝圓想了想，問他。「你要午歇？」

「不。」

哦。「還以為你的作息這麼中老年呢。」

「……」這回輪到謝崢點點點了。

祝圓偷笑，想到什麼，她忙提筆。「今天謝了啊～～」她猜測今天領他們進宮的宮女，是謝崢安排的。

果然——

「應當的。」

祝圓忍不住眉眼彎彎。「不過，你娘真厲害。」頓了頓，她補了句。「跟你挺像的。」

謝崢沈默片刻，反問道：「何處相像？」

祝圓想到那幾名妃嬪被懟得啞口無言的樣子，笑咪咪寫道：「氣死人不償命的地方。」

謝崢。「……」

「我以為，」他慢吞吞寫道：「這是妳擅長的。」

祝圓。「？？？」

「不是一家人不進一家門，看來妳與我，很般配。」

祝圓。「……」

哥們，臉呢？

祝圓氣死了。「但凡你有一點憐香惜玉之心，用得著我氣你嗎？」

謝崢勾唇。「但凡妳能展露些許糊弄外人的端莊賢淑，我也氣不到妳。」

祝圓。「……」

反了他！

「你是仗勢欺人！」

謝崢答曰：「妳是恃美行兇。」

祝圓。「……」

她搓了搓胳膊上的雞皮疙瘩，問：「你哪學來的話？磣人得很。」

謝崢扶額。這丫頭真是不懂風情。

祝圓已經跳到下一個話題了。「那個健身車不用問啦，我待會去找家裡匠人，讓他們拆卸了事！」

謝崢登時皺眉。「不許拆。」許是覺得語氣太重，他又補了句。「拆了不穩當，會摔。」

祝圓渾不在意。「沒事，我平衡感好得很，區區健身車不在話下！話說，你家匠人怎麼會弄出這個？太厲害了！」雖然木輪踩踏得累了點，也是方便啊。

「水泥路太費蹄鐵，我讓他們改良馬車。」

怪不得。「那，算是成功了嗎？」

謝崢無奈。「沒有，做成貨車，人力不如畜牲。」

祝圓安慰他。「沒事，弄個健身車出來也不錯，肯定能大賣。」

「承妳貴言。」

又略聊了幾句，謝崢便要去忙活了，祝圓才意猶未盡地停下筆燒紙。

哎，好久沒跟狗蛋聊得這麼愉快了，前些日子的糾結也不知道是為哪般⋯⋯

因親事塵埃落定，她不用成天出去吃茶做客，陡然間便閒了下來。

每天早起練練字、練練琴，遇到狗蛋的話就隨意聊幾句，然後幫母親帶帶小娃娃，或者帶著祝盈做點女紅，半天便過去了。

下午則邊看書，邊帶著祝庭方習字背書。

一天下來，倒也充實。

難得空閒，謝崢正捧著一本書慢慢翻閱。

安瑞拿著一沓紙張，哈著腰進來，將手裡信箋放到桌上，退後兩步，眼巴巴地等著他。

謝崢放下手裡書冊，慢條斯理團起紙張。「哪邊的信？」

「回主子，是秦二爺的信，還有邱家的事。」

邱家？謝崢頓了頓，先問正事。「南邊的事情有眉目了？」

「二爺拖了這麼許久才回信，想必是有眉目了。」看到他團紙團，安瑞麻溜竄到火盆邊，拿起火鉗等著。

謝崢將紙團扔進火盆，先翻出秦又的信，檢查了遍火漆，慢慢拆開，一目十行地看了起來，完了唇角勾起。「可以進行下一步了。」

安瑞愁眉苦臉。「真要做嗎？主子您最近好不容易安穩些……這事一出，那些個賊人又要冒出來刺殺你了。」

謝崢不以為然。「不做，刺殺也不會少。」

「主子……」安瑞苦著臉。最近已經少了許多——好吧，江南鹽案之事後，又多起來了。

雖然江南鹽案之事沒有明確線索指向謝崢，但靖王一系受損，寧王謝峸與謝崢是最大嫌疑，不光謝崢的刺殺多了，連謝峸的都多了不少。

謝崢淡淡掃他一眼，安瑞立馬捂住嘴，表示不再多言。

謝崢繼續看下去，只不過幾個呼吸，他的眉峰便皺起，同時，彷彿自言自語道：「竟然是真的……」骨節分明的拇指在信上某處摩挲片刻。

於壽命有礙……謝崢發了會兒呆。

「主子？」

謝崢回神。「說說，邱家又是怎麼回事？」

邱志雲已死，痕跡也掩埋了，順天府查無可查已然結案，那還有何可說道的？想到那邱志雲所做之事，他連資料都不想看。

終於還是說到這個話題，安瑞遲疑片刻，小心翼翼道：「那邱家不知怎地，將案子扯到三姑娘那頭，說她為了攀高枝，對邱志雲始亂終棄、痛下——」

「什麼時候的事？為何今日才來報？」男人低沈的嗓音帶著怒意。攀高枝？他家圓圓若是肯攀高枝，他兩人何至於折騰這麼久？

還始亂終棄？男人氣笑了，祝圓從始至終都只跟他有瓜葛。

「正是近幾日，當時您正忙著與祝府訂親……」安瑞對上男人森冷的視線，打了個冷顫，急忙道：「邱家散播謠言之人已經被我們拿下——但這樣下去總不是辦法，恰好前些日子主子您讓咱們查邱家，正好查出了點東西……」快速翻出桌上那疊紙張，恭敬遞給謝崢。

謝崢接過，一一翻看起來。

「……邱岳成竟有此嗜好？」邱岳成就是邱志雲的大伯，也就是五城兵馬指揮使。這位置向來是皇帝親信擔任，邱家雖一直不顯，位置卻坐得穩穩當當的，過幾年甚至升遷兵部侍郎……沒想到將來的兵部侍郎，竟然是這樣的人。

「奴才不敢欺瞞主子。」

謝崢厭惡地扔下資料。「盯緊他，什麼時候他再玩這種……」他連提起都嫌噁心。「當場把他弄死。」

安瑞意會。「是要讓他名聲掃地？」

謝崢「嗯」了聲。「邱家就靠他立著，他倒了，」還是以這般名聲倒下。「邱家二房便是那秋後蚱蜢，蹦躂不起來。」

「是。」

「夏至姊姊！」

「誒，」夏至抱著針線簍鑽進來。「怎麼了姑娘？」

祝圓正在翻弄小炭爐。「我的炭爐滿了，來搭把手。」

「哎喲！」夏至嚇了一跳，放下針線簍急急過來。「這些活就交給奴婢，您莫碰，當心燙著了。」

「嘿，沒事，我就是剷剷灰。對了，等會兒灰涼了，妳端去灑花盆裡。」

「曉得曉得。」夏至搶過小鏟子，哄她離開。「趕緊去洗洗，手上都是灰了。」

「不著急。」祝圓拍拍手，想到什麼，隨口問了句。「對了，怎麼沒看見小滿？早上還見到她來著。」

夏至動作一頓，小聲道：「早上被夫人送走了。」

祝圓愕然。「送走？送去哪兒了？」

夏至搖頭。「奴婢不知。」

祝圓想了想。「我去問問。」

將東西交給夏至處理，她快步走向正院。

正逗弄著娃娃的張靜姝聽了祝圓來意，一拍額頭。「我給忘了。」然後讓人把娃娃抱下去，拉著她坐下。

「前幾天巡夜的婆子發現小滿半夜不睡跑到花園裡晃悠，我就讓人留意著了，昨夜裡發現她又去花園，」張靜姝皺眉。「我立刻讓人逮了，今早就送去莊子裡了。」

祝圓震驚。「是不是有什麼誤會？小滿她……是不是睡不著去園子裡晃晃？」等下，是不是謝崢在裡頭搞了什麼鬼？

張靜姝白了她一眼。「瓜田李下的，再睡不著也不能大半夜到處晃，萬一出了事，不光她毀了，連帶妳的名聲也壞了，屆時怎麼辨？」

祝圓吶吶。「她、她還小，說不定是不懂？」

「再小也比妳大一歲呢。」張靜姝不以為意。「再者，妳嫁去普通人家便罷了，將來妳可是親王妃，再留著這麼毛毛躁躁的丫頭，早晚出事，還是趁早送走得了。」

祝圓想了想，求情道：「她怎麼說也伺候了我兩年，給她找個好人家嫁了吧？」做不了什麼，但給小滿爭取好一點的待遇，應該還是可以的。

「不過是一小丫頭……」張靜姝皺眉，對上她求情的目光，心軟道：「行了，好歹是伺候過妳的，這點體面我還是會給的，回頭我讓人給她配個管事什麼的，讓她日子過得舒服些。」

祝圓連連點頭。「謝謝娘！」

對於這時代的女婢而言，嫁給管事約莫就是最好的歸宿了吧？

她再一次慶幸自己穿越的身分是官家女兒，而不是一名奴僕。

第二天，慣例吃過早飯齊聚長福院。

祝老夫人今日罕見的臉色鬱鬱。「這幾日早上都不用過來了。」

王玉欣原本想說的話立即嚥了回去，驚問道：「娘，您是不是身體不適？」

祝老夫人擺擺手。「不是，再過幾天就是老爺子的忌日，我這幾天念念佛。」

王玉欣這才鬆了口氣。

張靜姝回憶了下，問：「算下來，爹走了也有十年，要不要去廟裡做場法事？」

祝老夫人一盤算。「還真是。」她琢磨片刻。「去，老大家的，妳去聯繫下，過幾日咱們去慈恩寺住兩天，好好給老爺子做場法事。」

「誒。」

然後又聊了幾句家常，祝圓乘機把自己要去玉蘭妝的事提了出來。

祝老夫人擺手。「去吧。帶著人，現在天黑得早，酉時前必須回來。」

「祖母放心，孫女記得了。」上回出了那樣的事，她肯定會注意安全的。

事情說完，大夥便散了。

一路回到蘅芷院，張靜姝回神，拍拍女兒胳膊。「這段時間都忙暈頭了，現在妳的親事定下來了，理家這些事也該學起來。」看向祝盈。「回頭盈盈也跟著聽一聽。」

還不到十二歲的祝盈似懂非懂地點點頭，祝圓眨巴眼睛。「那我現在……」

「行了，知道妳要出門了。」張靜姝擺手。「早去早回。」

「好嘞，下午見～～」祝圓提起裙襬就跑，夏至連忙跟上。

祝庭方當即要追，立馬被丫鬟拽住，他連忙掙扎。「姊姊，我也要去！」

「不行！」祝圓頭也不回。「你好好背書，下午我回來檢查～～」

氣喘吁吁跑到側門處，車夫小陸哥跟另一名奴僕已經在等候她們了。

很快，馬車便駛出祝家所在巷子，匯入街上車水馬龍之中。

祝圓輕呼了口氣，問夏至。「跟小陸說了走哪邊嗎？」

上回她們在後門遇險，她打算以後去玉蘭妝不走後門，直接從人多的大門進去，馬車便得繞一繞了。

夏至點頭。「早上安排的時候就說了呢。」

「那就好。」祝圓掀起簾子看外頭的熱鬧。

夏至遲疑片刻，低聲問道：「姑娘，小滿被帶走，是不是因為那天保護不周的事？」她跟著祝圓經歷了這許多，自然知道「那位」多有能耐，弄走小滿一名丫鬟……壓根不在話下。

那她呢？會不會也……

祝圓頓了頓，放下簾子，輕聲道：「別擔心，妳是我娘給我的陪嫁大丫鬟，他不會動。」

估計狗蛋這傢伙已經摸透了她屋裡的情況，他要是敢動夏至，她肯定會鬧的。

夏至用力點頭。「好！」

「倒是妳。」祝圓歪了歪頭。「妳過了年是不是也有十九了？」三年——哦不，四年前夏至被調到她身邊的時候，都已經十五了。

「是，明年十九了。」

祝圓擊掌。「那敢情好，接下來，得開始給妳物色對象了。來，跟我說說，妳喜歡什麼樣的人？」

夏至登時鬧了個大紅臉，急忙打斷她。「姑娘，這件事有夫人做主呢。」她一未婚姑娘，說這些不合規矩。

祝圓打趣。「那妳自己去跟我娘說？」

夏至頓住。祝圓樂了。「所以啊，還不是得跟我說——」

「吁——」

馬車停了下來。

夏至如蒙大赦，忙不迭掀簾出去。「到了嗎——」

祝圓伸了個懶腰，跟著要下馬車，一掀簾子。「誒？怎麼站著不——」

「三姑娘大安。」熟悉的老白臉安瑞笑咪咪地站在馬車外。「許久未見了，姑娘越發漂亮了。」

拍馬屁也沒用，祝圓假笑了下。「安瑞公公。」同時不著痕跡地打量四周。

熟悉的巷子、熟悉的毫無人煙，以及熟悉的那處小門，她這是又被掉包弄過來了？

果然，壓根不需要她詢問，安瑞便笑咪咪道：「姑娘放心，已經有人替您跑一趟玉蘭妝了。」

掩人耳目嘛，她懂。問題是……祝圓皮笑肉不笑。「順帶幫我把帳本看了、方案定了、錢收了？」

安瑞傻眼。

祝圓笑容一收。「帶路！」不必在這裡為難奴才，直接去找正主算帳！

安瑞鬆了口氣，伸手要來扶——祝圓直接提起裙襬跳下來。

安瑞暗抹了把汗，忙引著這位主兒進院子。

第二十四章

一路靜悄悄的，半個人影都見不著，祝圓帶著氣，腳步生風，安瑞都擔心她會不小心摔倒。

還是那熟悉的小院，祝圓視線一掃，目光所及之處，只有兩名略有些眼熟的太監候在書房外。

看到她，兩名太監忙不迭躬身行禮。

「三──」

祝圓風一般颳過這兩人，蹬蹬蹬走上廊道，「砰」地一聲開門衝進書房。

正準備親自去敲門遞話的安瑞。「……」

驚恐地看著自家姑娘衝進去的夏至。「……」

果然，裡頭立即傳來不悅的質問。「怎麼回──」

戛然而止。

「王八蛋，不是說好不見的嗎？」帶著怒意的清脆嗓音如是道。

安瑞。「……」

他看向夏至，後者已經臉色煞白了。

這才是正常反應啊……裡頭那位怎麼回事？以前不都是恭恭敬敬的嗎？

安瑞有點懵，也有點心驚膽戰，仔細聆聽裡頭，打算等主子大發雷霆的時候進去打個岔緩個場——

卻聽到一聲低笑。

「我可沒答應妳。」

安瑞。「……」

再看夏至，這丫頭已經鬆了口氣，得，這小年輕的世界，他這種閹貨是搞不懂的了。

他在外頭一驚一乍的，裡頭也不遑多讓。

祝圓被謝崢的厚臉皮氣得跳腳。「你、你王八蛋，說話不算話！」

謝崢已經放下手裡冊子走了過來，面上神情愉悅而輕鬆。「我何曾說過不見妳？我可有事要找妳談啊。」而後將話題拐到生意上。「妳以前說過的小吃生意，我考慮過了，食物利低，也無甚風險，妳可以自己做，無須找我白白分掉利潤，我看妳的玉蘭妝便做得挺好的。」

祝圓「啊」了聲，想起兩人曾閒聊過的速食麵食品，瞬間被帶跑。「可是我一個人很難做出規模啊。」

「為何難？」謝崢引著她往茶座上走，待她落坐後，接著道：「妳有錢，要人要地皆便宜，何來難處？」

祝圓皺皺鼻子。「你想得倒是簡單，我怎麼跟別人解釋我有這麼多銀錢？」靠玉蘭妝那點分成，還不夠京城買間鋪子的。

謝崢想了想。「我贊助的？」

祝圓。「……」

俏麗杏眸瞪過來，謝崢從善如流。「看來是不太合適……還是我開鋪子妳分成吧。」

祝圓心想，這還差不多。

未等她開口，謝崢似乎有些苦惱。「可我實在忙不過來……」頓了頓，他隨口道：「這樣吧，這生意我做了。」

祝圓一喜。「好──」

「不過，」謝崢似笑非笑地打斷她。「妳得先把我府裡的帳本接過去。」

祝圓當即拒絕。「我才不要，我為何要幫你管帳？我玉蘭妝的帳──」

話語一頓，她眯眼看向對面安然落坐的謝崢，琢磨了下，便反應過來。

她倏地站起來，怒道：「你轉移話題？」

謝崢一臉無辜。「我以為妳比較想談生意。」

祝圓氣不過，抬腳就要出去，謝崢無奈。「都到這裡了，坐下說會兒話。」

恰好外頭的安瑞跟著敲門。「主子、姑娘，奴才給您二位送茶水。」

祝圓頓了頓，謝崢忙道：「送進來。」

半掩的雕花木門被推開，安瑞當先進來，後頭還跟著一名端著托盤的太監。

看到站門口處的祝圓，安瑞誠惶誠恐。「哎喲，何須勞動三姑娘，您坐，您坐。」

這貨分明是聽見她跟謝崢的話了，祝圓有點尷尬。

謝崢不知道何時走到她身後，牽上她的柔荑，柔聲安撫。「別生氣了，下回我定然與妳商量後再行動。」

祝圓看到安瑞快速低下去的腦袋，登時臉熱，忙不迭甩開他的手，忿忿走回座位上。「你在我這裡沒有信譽了！」

他說的對，人都到這兒了，走不走，有什麼差別？再磨唧就是矯情了。

謝崢也不惱，慢條斯理跟在她後面。「妳對我似乎誤會過深。」挨著她坐下。

兩人之間只隔著張小茶几，祝圓斜他一眼，不吭聲。

安瑞領著太監輕手輕腳地給兩人上了茶碗，然後恭敬地朝祝圓躬身。「三姑娘，屋裡暖和，奴才幫您去了大衣服吧？」

天兒冷，祝圓披了件柳青色遊魚戲藻紋大氅。剛才激動沒留意，這會兒聽他一說，才發覺身上竟出了層薄汗。

她遲疑了下，站起來，解下衣帶，拽下大氅——反正大冬天的，她穿得裡三層外三層的，不差這一件。

安瑞立刻上前接住，搭在臂上，躬身。「奴才給您拿去隔壁屋子烘上。」待會出門穿上就是暖烘烘的。

祝圓點頭。「煩勞公公了。」

安瑞躬身出去，順手把門帶上。

祝圓輕舒了口氣，回頭就對上男人深潭般的黑眸，她頓了頓，瞪他。「看什麼看？大衣服都被拿走了，走不了了！」一屁股坐回去。

謝崢語氣溫和。「別擔心，不會被旁人得知。」祝圓擔心的也只是這個而已，她本人其實並不介意。

「我不管了，」祝圓破罐子破摔。「要是被知道了，我名聲壞了，你也討不了好。」她齜牙。「要是親事被取消，我就去擺流水席慶祝。」

謝崢。「……」

他搖了搖頭。「第一次直面妳的……」他斟酌了下。「伶牙俐齒。」

祝圓回憶起他被懟的經歷，忍不住也笑了。

她進門後第一次笑——不，應當說，他們幾回碰面，祝圓這是第一回在他面前笑。

謝崢眼裡閃過抹異色。

祝圓沒注意，揭開她面前碗蓋，眉毛一挑。「喲，桂圓紅棗。」

謝崢回神。「愛喝？」

祝圓白了他一眼。「分明是你總給我弄這個。」連劉家那裡都能伸手，這傢伙手真長。

她端起茶碗，刮開漂在上面的紅棗，呼了呼，小心地啜了口。

謝崢目不轉睛地看著她喝甜湯。「我問過二舅娘了，她說妳體寒，平日可喝些溫潤的飲品調理。」

祝圓動作一頓。狗蛋的二舅媽、蘆州的辛夫人？她不敢置信。「你怎麼問的？」

謝崢輕描淡寫。「寫信。」

祝圓。「……」

蘆州她又不是沒去過，從蘆州到京城，快馬往返一趟，少說要一個多月吧？

「你就為了這點小事送信過去？」她不敢置信。

謝崢自然不會告訴她還有別的事情。「妳隔三差五忽悠我，我自然得查一查。」

他指的是幾個月前兩人為子嗣妻妾爭吵之事。

祝圓一愣，放下茶碗，她看著謝崢。「所以，你是覺得我能生，才決定娶我？」畢竟前年去蘆州調理過，大夫說了，她只是身體比旁人虛寒些，也較不容易受孕，但並非不能生。

謝崢看著她。「子嗣只是錦上添花。」他活了兩輩子，該如何取捨，他自有論斷。

祝圓不信。「好話誰不會說？」她撇嘴。「反正訂親了，你愛怎樣就怎樣。」跟誰成親不是成，她決定管好自己就算了。

謝崢也不再多言，轉移話題道：「這回找妳過來，是真有幾件事想請教妳。」

祝圓詫異。「什麼事？先說好啊，我對朝廷政事不在行啊。」

「……不是政事。」

祝圓不上當。「你先說說看。」

謝崢也沒打啞謎，直接進入正題。「妳還記得在蕪山縣之時，做了些招商、助農方案嗎？」

祝圓眨眨眼。

「我暗地裡拉攏了一些官員，分別在各地城府任職，各地情況皆有不同，我便讓人仿照妳當時的樣式改了新方案，想要妳幫忙看看。」謝崢說著，起身去書桌邊，拿起一沓薄冊子，轉回來，遞給她。

祝圓不接。「這麼機密……給我看不好吧？」

謝崢勾唇，深潭般的黑眸直勾勾看著她。「我信妳。」

祝圓。「……」竟然使用美男計，犯規！

沒有節操的她只遲疑了三秒鐘，就接了過來，開始翻看。

她穿得多，藕荷色的襖子裹得她整個人圓滾滾的，裹著厚襖子的胳膊托著一沓冊子，另一手還得翻頁，便顯得有些費勁。

謝崢皺了皺眉，再次伸手。「給我。」

「啊？」祝圓茫然抬頭。

謝崢上前一步，直接將她手上的冊子全部拿回去。

「我還沒看完──」

謝崢已經回到書桌邊。「妳到這兒看。」

哦……祝圓起身跟過去。「可以坐嗎？」這可是皇子的座椅誒～

謝崢莞爾。「這會兒才跟我客氣了？」

祝圓裝作沒聽到，東摸摸西摸摸。「你這裡書好多，待會借我幾本？」不還的那種。

謝崢將他早先翻看的書冊、紙張撿起來，隨手往一邊扔，順口應了聲「嗯」。

祝圓一回頭就看他亂扔，搞得半張桌子都亂糟糟的，頓時無語，走過去。「我來！」

謝崢一錯眼，那些紙張就被祝圓撿過去疊好。

「你真是……收拾書冊都不會。」祝圓吐槽，三兩下便將書冊、稿紙疊整齊，然後一屁股坐到大書桌後方，伸手。「拿來。」活脫脫一副大爺模樣。

謝崢眼底閃過笑意，將那些方案冊子放到她面前。「姑娘請看。」

「嗯。」祝圓目不斜視，做了個退下的手勢。「下去領賞吧。」

謝崢。「……」

祝圓已開始翻看冊子。謝崢莞爾，將剛才看到一半的奏冊撿出來，回到茶座上，打算在那邊繼續辦公，誰知翻開後卻半點看不下去。

鼻端縈繞著淺淡幾不可聞的幽香，抬眼是祝圓被屋裡熱意烘得紅撲撲的俏臉。

天有些陰，屋裡燒著炭爐不能開太大的窗，下人早早便將燈檯點燃。

燈下看美人，越看越美。

謝崢索性放下書冊，單手撐額，安靜地看美人幹活。

祝圓又不是死的，翻了半天，這人還絲毫不收斂，她便不忍了。

「你是不是閒得很啊？」

謝崢挑眉。「我覺得我挺忙的。」

祝圓沒好氣。「忙著發呆嗎？」瞪他。「既然你這麼閒，給我磨墨。」

謝崢。「……」

認命起身。

祝圓掃視桌面。「哪些紙能用的？我給你這些方案寫點建議。」

「乾淨的都行。」只要沒字就隨便寫。

「哦。」祝圓從善如流，拿了幾張素白的上好宣紙，鋪好，順手拿起桌上紙鎮——

「哇，這是整塊玉石雕成的？」

已經開始磨墨的謝崢掃了眼紙鎮。「嗯，普通青玉而已，不值錢。妳若是喜歡，回頭我讓人送妳幾塊更好的。」

大老就是大老，一出手就是不一樣。

祝圓擺手。「別了別了，給我我還怕摔了。」然後開始挑毛筆。「你這筆真多啊～～」完了感慨。「果然是大戶人家。」

謝崢。「……」

大衍朝最尊貴的皇家，豈止是大戶……

祝圓挑了支與她平日所用大小差不多的毛筆，伸到他磨好的墨硯上，蘸了蘸，停住，抬頭看他，謹慎道：「先說好啊，這些地方我都沒去看過，也不了解實際情況，我只能就方案上的情況提幾個建議，你們要斟酌著參考啊，不能一概而論。」

「嗯。」

祝圓這才放下心，將吸飽了墨汁的毛筆在墨池邊沿壓了壓，另一手挽起袖子，開始書寫，邊寫還邊給他講解。「這處城府是在西南邊，山地居多，那經商……」

謝崢順勢望過去，先入目的是祝圓那瑩潤姣好的纖長玉指，以及，袖子被挽起而微微露出的皓白手腕。

「還有這處，我沒看明白，究竟是要發展山——」祝圓一抬頭就看到這人壓根不在狀態，登時氣憤。「你有沒有在聽啊？」

謝崢回神，抬眸望向她氣鼓鼓的臉，面不改色道：「聽著。」略一沈思，接話道：「這處氣候合宜，下邊人想要發展山林經濟，種些果子之類的，只是山地通路艱難，果子運輸不易，此舉只是空想。」

還真有在聽。祝圓狐疑地看了他兩眼，繼續道：「我倒是覺得這法子不錯，果子運輸不易，若是做成果醬、果脯呢？又能放，又方便運輸，多好。」

說完，她喜孜孜低頭。「這個得記下。」

謝崢隨意望向她筆下紙張，看到那熟悉的墨字，忍不住勾起唇角——

等等，他目光一凝。

「圓圓。」

「嗯？」祝圓頭也不抬，繼續寫字。

「我看不到妳的字了。」

祝圓沒好氣。「這麼大的字你都看不到，你瞎啊——」她也愣住了。

謝崢看不到她的字？

是她想的……那個字嗎？

祝圓反應過來，立馬抬頭看謝崢。「真看不到了？」

謝崢沒說話，繞過桌子，來到她身側。「妳再寫幾個字。」是要再確認一遍嗎？祝圓順手寫了幾筆。

謝崢點頭。「看不到了。」他隨手抽了支毛筆，蘸墨，在祝圓那行字旁寫了個「圓」字。

祝圓愣愣然瞪著紙張，白紙黑字，墨字還是熟悉的蒼勁渾厚，卻沒有消失。

「真看不到了啊……」她低喃道。

謝崢卻不覺得會如此簡單。

他擰眉思索片刻，放下筆，道：「妳在這兒等著。」

「啊？」祝圓還沒回神呢，就看到他轉身往門口行去，忙喚住他。「你去哪兒？」

「待會便知。」

說話間，大長腿便到了門口，轉瞬便不見了人影。

外頭傳來低低的說話聲，應當是那些太監在詢問，祝圓悻悻然收回視線，搞什麼鬼啊……

再次看向桌上的方案書。算了，不管了，看不了便看不了唄……

因為能跟狗蛋通筆墨，她一直覺得自己毫無隱私，可陡然看不見了……她竟然還覺得挺不捨得的？

祝圓呆了會兒，打起精神，接著看方案。

很快她的注意力便被拉到方案上頭，開始在紙上寫寫畫畫——

「圓圓？」

祝圓。「……」

說好的看不見呢？

她頓了頓，重新抽了張紙，寫道：「怎麼回事？」

「可算看見了。」

祝圓皺眉。「什麼意思？你去哪兒了？」

「我在外院。」

祝圓茫然。「有事？」

「不。」

祝圓瞪著紙張，等著他解釋，對面那廝卻彷彿寫完一個「不」字就扔了筆，半天沒動靜。

祝圓簡直快氣死。他是不是故意的？吊她胃口呢！

抓起紙張揉成團扔一邊，她繼續寫方案建議。

彷彿只是過了一小會兒，門外陡然傳來行禮聲。

祝圓頓了頓，抬頭望向門口。

謝崢推門而入，對上她圓溜溜的杏眼，神情柔和下來。「等許久了？」

祝圓收回視線，撇嘴道：「誰等你啊？」揚了揚手裡毛筆。「忙著呢。」

謝崢勾了勾唇，視線掃過書房一角的日晷，朝外頭的安瑞低聲吩咐了幾句，然後才踏入屋裡。

祝圓雖然好奇他交代了什麼，卻知趣地當做不知道，只問：「你好好的跑去外院作甚？」拍拍桌上書冊，瞪他。「你這是找我聊正事的態度嗎？」

謝崢慢條斯理走過來。「我只是……」他停頓，對上祝圓帶著不滿的杏眼，慢慢道：「去測試距離。」

「測試距離？」祝圓懵了一瞬，立馬反應過來。「你是說……？」

「嗯。」

謝崢點頭，走到她身邊，再次撿起筆，示意她看紙張。

「妳看。」

紙張再次安安靜靜的，除了謝崢毛筆下漸次展現的墨字，別無他物。

再聯想到謝崢剛才所說之話……祝圓張了張嘴。「你是說，距離？」

謝崢點頭。「我試了幾處地方，旁邊屋子、隔壁院子，還有外院。」

想到他倆剛才聯網通墨時謝崢說他在外院，祝圓瞪大眼睛。「也就是說，我們倆要是距離太近，這墨字就不會出來？」

謝崢點頭。「如無意外。」

祝圓嘖嘖。「萬一哪天我要用來作弊，豈不是要先把你攆得遠遠的？感覺很雞肋啊。」

謝崢忍不住輕笑出聲，這倒是讓他想到一事了。

祝圓不解。「你笑什麼？」

謝崢盯著她。「看來，我的親王府有處院落需要調整部分格局了。」

……為何突然提起他的親王府？祝圓茫然。

「得將妳的書房往外挪一挪，更靠近我的外書房。」

祝圓做了個鬼臉。「我才不稀罕看你的東西呢！」

謝崢莞爾，忍不住撫了撫她的鬢邊，放柔聲音。「我是為了妳安全著想。」

誰知道他的鬼心思呢！祝圓避開他的手。「趕緊來做正事，我還得去玉蘭妝呢。」

「不急。」謝崢隨口道：「改明兒再去。」

祝圓瞇眼。「什麼意思？你打算讓我在這裡待一天？」

謝崢挑眉。「有何不可？」

是大大的不可！祝圓抗議。「我去玉蘭妝又不是去玩，我還得幹活呢！」

「不過我聽說……」謝崢似笑非笑。「某位準王妃得了長輩應允可自由出行。」明明隨時都能去？

到底有什麼是他不知道的？

祝圓氣得磨牙。「我嚴重懷疑，你每天喊忙，都是在忙著打聽京城各家的八卦！」

謝崢輕輕朝她腦門敲了下。「亂說話。」

祝圓捂額。「既然我天天都能出門，你怎麼不改天再找我？」

謝崢反問。「不攔妳一回，如何見得了妳？」

祝圓心虛。

知道心虛就好，謝崢滿意了。「下回再見妳，想必就容易多了。」

祝圓暗自撇嘴。哼，誰管他。

「好了，廢話不多說了，來談正事！」既然跑不了，還是談正事吧，談正事安全！「剛才我們談的那座城府，我已經看完方案了……」

一個站著一個坐著，兩人開始就著各地城府的發展方案討論了起來，安瑞敲門進來的時候，看到祝圓鳩占鵲巢坐在主位上，眼睛都看直了。

「安瑞！」謝崢視線一掃，登時不悅了。

安瑞一哆嗦，急忙低下頭。「奴才失禮了。」

正在寫字的祝圓詫異抬頭。「安瑞公公。」

「主子、三姑娘，午膳已經備好，請移步。」

「啊？都該吃午飯了啊！」祝圓放下筆。「你們吃吧，我得走了——」

謝崢按住她肩膀。「吃了再走。」

「啪」地一聲，祝圓拍他的爪子。「君子動口不動手。」

謝崢。「……」

頭也不敢抬的安瑞心裡直咋舌。就該讓安福那傢伙來看看，看看這位主兒在主子面前是怎麼作威作福的。

謝崢的爪子紋絲不動，皺眉看她。「陪我吃頓飯再走。」

祝圓。「……」

「吃吧吃吧。」祝圓放棄抵抗。「先說好，不許嫌我吃飯吧唧嘴。」

謝崢緩下臉。「嗯，不會。」

當天，祝圓果真被謝崢押在書房裡核了一天的方案，順帶還看了好幾個營運策略。

至此，她才發現謝崢名下竟然有如此多的產業！聊齋只是其一，其他還有南北貨行、酒樓客棧，糧鋪、雜貨鋪……

祝圓眼紅極了，雖然沒看到營收帳本，這麼多鋪子，有一半掙錢就不得了，可她竟然從來沒聽旁人提起。

提起三皇子，旁人只會說攤丁入畝跟聊齋……好吧，這兩樣已經足夠震懾別人了，別的皇子想要還沒有呢，低調些是對的。

言歸正傳，他們窩在書房裡忙活，直到又對完一份策劃書，祝圓開始打哈欠，謝崢這才回過神來，一看日晷，已然申時正了。

他暗自惋惜，道：「今日辛苦妳了。」

祝圓眨眨眼，大喜。「可以走了？」

謝崢點頭。「我讓人送妳出去。」

「好好好。」祝圓麻溜放下筆，起身。「我家夏至呢？趕緊的！」

謝崢無奈，伸臂攔住她，道：「再說兩句。」

祝圓急吼吼。「有事紙上說。」

謝崢。「……」

行，回頭別怪他就好。

可以脫身的興奮讓祝圓完全沒發現他那一丟丟異樣，等夏至被領過來，立即帶著人興沖沖離開。

馬車先繞道玉蘭妝，再慢騰騰轉回祝府，祝圓還不忘在路上買了些糕點、果脯，準備拿回去哄孩子。

進了家門，果真無人起疑，張靜姝甚至還跟她說了個消息。「五城兵馬指揮使死了。」那不是邱家的靠山嗎？祝圓悚然。「怎麼死的？」

張靜姝似乎有些難以啟齒，遲疑片刻，道：「反正妳也差不多該知道些事了，我也不遮遮掩掩的了。」她附耳過去，小聲說了幾句話。

祝圓。「……」

這位五城兵馬指揮使，竟然是，馬上風死的，死在小倌身上！

祝圓畢竟不是真小丫頭，這年代的小倌，那就真的是小……十四、五歲怕是都還好，最怕是更小些的……

這麼一想，這位五城兵馬指揮使真是死得活該啊！

「這一家子怎麼都不太正路啊……」祝圓忍不住感慨。

張靜姝也嘆氣。「泥腿子乍然暴富，大多會出現這樣的情況，見怪莫怪了。」

祝圓默然。

沒去成玉蘭妝，第二天祝圓只得再次出門了。

祝圓勤勤懇懇的在玉蘭妝和家裡兩頭奔波，另一頭的謝峥卻翻著祝圓幫忙總結的各地發展方案，認真思考了兩天。

「因地制宜，實踐出真知嗎……」

在祝圓的提點下，他幾乎已擬定了全盤的計劃，即知即行，他索性直奔御書房。

承嘉帝聽說謝峥求見，沒好氣。「這小子又搞什麼么蛾子？」

這話德慶可不敢接。

承嘉帝想了片刻，還是道：「算了，讓他過來吧。」

「是。」

一刻鐘後，謝峥與承嘉帝一起坐在御書房旁邊屋子裡喝茶。

承嘉帝硬是只喝茶不理他，謝峥也閒適得很，慢悠悠地刮茶盞、看茶、抿茶，完了還點評一番。「茶湯清亮，入口淳厚……父皇的茶真不錯。」

承嘉帝斜他一眼。「不給。」

謝峥。「……」

承嘉帝自覺有些失言，輕咳一聲，索性自己主導話題。「你翻過年就該十八了，你大哥二哥都已經開始歷練，你想去哪個部看看？」話音剛落，想到什麼，立馬補了句。「戶部不行。」

攤丁入畝才剛緩過來呢，他年紀大了，禁不起反覆折騰。

「兒臣想離開京城，去地方上歷練。」謝崢如是道。

「……你想去何處？」承嘉帝只愣了一瞬，瞇眼看他。

謝崢隨口道：「還沒想好。」

承嘉帝抹了把臉。「你又在打什麼鬼主意？」

「讀萬卷書不如行萬里路，兒臣想出去看看。」

「你們兄弟幾個，就你還去了趟潞州，順帶還拐去蘆州溜達了幾天。」承嘉帝沒好氣。「這一路來去，走得還不夠多嗎？」

「不一樣。」謝崢搖頭。「兒臣是想切實地看看老百姓的生活。」

承嘉帝眼帶深思。「你在京裡也能看到。」

謝崢搖頭。「京城乃天子腳下，老百姓們不說大富大貴，比別的地方卻是富庶許多。」

承嘉帝也不想跟他繞彎子了。「朝廷六部二十四司統管天下事，但凡你能想到的事情，你在朝廷都能找到應對之司……所以，你去地方作甚？」

謝崢直視他。「兒臣在京城是三皇子，將來可能是親王。如此身分，不管在哪部哪司，至多只能是去當個擺設──」

「你謙虛了。」承嘉帝輕哼。「攤丁入畝可不就是你去戶部折騰出來的嗎？」

謝崢挑眉。「準確的說，是潞州之行引發的思考。」當然，功勞是祝圓的，可惜，不能將她擺在檯面上。

承嘉帝。「……」

「以你的身分，下去地方更是只能當擺設。」他依然拒絕。

謝崢不以為意。「那就換個身分下去，只需要父皇協助掩蓋一二，兒臣便可以普通官員身分下去歷練。」

承嘉帝頭疼不已。「好端端的，你折騰這些作甚？」

謝崢見火候差不多了，勾了勾唇，拿起手邊簿冊，遞給他。「因為這個。」

兩人中間就隔著張酸枝木圓桌，也無須德慶等人上前，承嘉帝順手接過來，同時狐疑地看他一眼。「這是何物？」與他想要下地方有何干係？

「父皇看過便知了。」

承嘉帝瞪了他一眼，翻開冊子一目十行地看起來。

謝崢絲毫不緊張，端起茶盞，悠哉細品這難得一喝的御用好茶。

不過半盞茶工夫，承嘉帝「啪」地一聲將簿冊拍在桌上。「豈有此理——豈有此理！」

謝崢慢條斯理放下茶盞，輕鬆道：「父皇，這下，可允兒臣下地方躲兩年了吧？」

承嘉帝。「……」

「合著你在這兒等著呢！」他磨牙。「你是怎麼挖出這些東西的？別跟朕說這是秦又的功勞，他區區一名州府守備，如何能查出這許多？」

謝崢坦言。「我提出想法，秦守備協助調查。」他的母妃雖是一宮之主，實際上也只是身分高些的妾，在皇帝這兒，他的舅舅只能是先皇后的兄弟，也就只在秦家面前，他才會稱呼秦又等人為舅。「光是一個州府便有如此巨大的隱患，別處呢？西邊北邊是不是也有？」
承嘉帝瞇眼。「你怎麼會想到查這些？」
帝王氣勢一出，屋子裡氣氛瞬間變得凝重。
謝崢卻淡然自若。「父皇忘了，兒臣曾經在封坮大營待了近一年。」
承嘉帝。「……」
「你可知，如此一來，你可能將滿朝文武都得罪了？」他眼底帶著深究。「你不怕將來在京城無法立足？」
謝崢微詫。「兒臣也不看他們臉色吃飯，為何要顧忌他們？」
理是這個理，但他是皇子。
但凡他有幾分野心，都不應在得罪了諸多文官的當下，再次得罪武官。雖說他提出的問題，都是利國利民的好事……
思及此，承嘉帝輕嘆了口氣。「行吧……你想去何處？」
謝崢微笑。「窮鄉僻壤最佳，不行的話，窮山惡水也行。」
……就不能挑個好點的嗎？承嘉帝捏了捏眉心。「你剛訂親，明年總得把親事結了吧？」
「不著急，祝家姑娘今年不過十四，再等兩年也使得。」
承嘉帝一頓。「……那你的府邸呢？建好了？」
「有些地方還需要修繕調整。」

「還有鋪子，你這幾年也開了不少鋪子吧？還有聊齋，你走了，誰打理？」他若是換個身分去地方，短則一年，長則兩、三年也未可說。

謝崢佯裝皺眉。「這確實是個問題。」

「哼，那是自然，你走得倒是輕巧，丟下一堆攤子，誰接手？」

謝崢思考了片刻，彷彿下定決心般抬起頭，道：「兒臣有個建議。」他慢慢道：「兒臣可以將這些東西，託給一個人。」

「誰？」淑妃還是秦家？承嘉帝暗自猜測。

「祝家三姑娘。」

「……」

祝府。

祝圓捲起一冊書輕輕敲了敲祝庭方腦袋。「昨天幹麼去了？昨天到現在，一篇四十句的短文，你只背了十二句，你這兩天光吃飯了？」

祝庭方捂著腦袋裝哭。「好痛——」

祝圓瞪他。「別裝，我壓根沒用力！」

祝庭方瞬間改口，哭兮兮道：「姊姊，這不能怪我，這文章太難了，半點都不朗朗上口，我背不住啊！」

「我給你寫的解釋——」

「姑娘！」夏至快步進來。「老夫人讓您去正院。」

祝圓茫然。「怎麼突然讓我過去？」正院是招待外客的地方，找她過去幹麼？「娘呢？」

「夫人似乎也在那兒。」

「哦……」祝圓扭頭瞪向祝庭方，指著書頁上的句子。「等我回來，你必須背到這兒，不然，接下來三天，沒有零嘴。」

祝庭方苦著臉應了聲。

祝圓這才放下書冊，帶著夏至施施然往外走。

踏入正院，還未來得及進堂屋，便聽到祝老夫人愉快的笑聲。

祝圓更放心了，看來不是壞事——

才怪！

踏進屋裡，她還沒來得及向長輩行禮，就看到一名眼熟的太監坐在祝老夫人下首，笑呵呵地跟老夫人聊著天。

看見她進門，旁人還沒反應，那名太監倏地便站起來，快步走到她跟前，恭恭敬敬地躬身行禮。「三姑娘大安，奴才安清，是三殿下身邊跑腿的。」

祝圓乾笑，回了一禮。「安清公公有禮了。」

安清忙不迭避開。

祝圓不忙問他來意，先朝老夫人等人行禮，然後問：「不知道祖母喚孫女過來，所為何事？」

祝老夫人收回訝異，道：「咱們也不知道呢。」然後笑著問安清。「敢問公公，可是三殿下有何指示？」

安清笑著點頭。「正是。」他神色一整，肅道：「奴才奉皇上、三殿下之命，將殿下手上事務暫交三姑娘。」

祝圓。「？？？」

眾人。「？？？」

說完話的安清再次露出笑容，招手讓邊上幾名抱著小箱的小太監，笑呵呵朝祝圓道：「三殿下不在京中的日子裡，三殿下的府邸、聊齋的事務、以及殿下名下鋪子，都勞三姑娘費神了。」

祝圓。「……」

竟然真的把帳冊交給她？王八狗蛋！

祝圓殺人的心都有了。

「這個，」她艱難地找回自己的理智，強笑道：「公公是不是搞錯了？」

安清笑呵呵。「怎麼會呢？奴才辦事，三姑娘放心。您可是咱殿下親自舉薦、陛下親自下令，給奴才天大的膽子，也不敢弄錯啊。」

狗蛋親自舉薦……好，好得很吶！祝圓暗自磨牙。

安清說完再次躬身作揖。「往後三姑娘有什麼吩咐，儘管讓奴才跑腿。」

不等祝圓說話，他又道：「體諒姑娘您較少出門，殿下讓奴才給您送來兩名下人。」他再次朝後頭招手。「過來。」

還送人？祝圓跟著他的視線望過去。

那頭站著一老一少，老的約莫四十來歲，看著有些嚴肅，小的那名約莫十六、七，笑起來眉眼彎彎的，甚是可親。

聽見安清叫喚，兩人快步過來，雙雙給祝圓行了個福禮。「三姑娘大安。」

祝圓忙道：「無須多禮。」然後看向安清。

後者意會，介紹道：「這是徐嬤嬤，這是穀雨。以後這兩人就跟著姑娘您，有什麼事情，可直接吩咐她們，她們知道在哪兒能找到奴才。」

徐嬤嬤便罷了，穀雨、穀雨……祝圓的丫鬟一個叫夏至，還有個剛送走的叫小滿，連名字都是依她給丫鬟取名的習慣改……

這擺明了就是給她的丫鬟啊。

祝圓還能說什麼？她乾笑一聲，無措地看向張靜姝。

張靜姝也被這前無古人的操作震傻了。

祝老夫人率先回神。「這個……安清公公，這，似乎於禮不合啊……」

安清擺擺手。「有何不合的？三姑娘是三殿下的未婚妻，又有陛下欽定，再名正言順不過了。」

話已至此，其他人也無話可說。

張靜姝想了想，小心翼翼打聽道：「敢問公公，殿下是要去何處？離開多久？」若是走個十天半月，斷然不至於讓祝圓管著，鐵定是要離開許久了。

果不其然，只聽安清道：「約莫得一年半載吧，具體多久，奴才可不敢妄言。」

張靜姝震驚。「那、那……」她看看瞪大眼睛的祝圓，急急道：「那殿下的親——」醒過神來，急忙住口。

安清卻明白她的擔心，笑呵呵。「夫人莫擔心。」他指了指那些裝著帳冊資料的箱子。「殿下的家當都在這兒呢。」

張靜姝。「……」

該交代的事情都交代完了，安清最後朝祝圓道：「三姑娘得空也可以去府裡、鋪子裡逛逛，看看有何地方需要改進。」

祝圓艱難地點點頭。「煩勞公公跑一趟了。」

「嘿嘿，姑娘不嫌奴才討嫌，奴才還想天天過來，給您端茶遞水呢～～」

祝圓。「……」

終於送走安清，祝府一行回到大堂。

在座其實就只有祝老夫人、聞訊回來的祝修遠夫婦，以及張靜姝母女。

因都是內宅管家之事，對方又是名公公，祝修遠自恃身分，並沒有多說什麼，這會兒人走了，他神色慈和地朝祝圓道：「陛下與三殿下看重妳，是好事。好好幹，別辜負他們的期望。」

祝圓福身。「是。」

一家之主發話了，其他人也無甚可說了。

王玉欣眼紅得不得了，看了眼留下的穀雨和徐嬤嬤，強笑道：「咱家也不是什麼大富大貴的人家，按照規矩，嫡系姑娘一人兩名丫鬟，圓丫頭這……」怎麼安排？

祝圓暗嘆了口氣。「我自己——」

「回大夫人。」徐嬤嬤走前兩步，恭敬地福了福身，道：「奴婢兩人的月銀，是由殿下帳上支。」言外之意，她們是三殿下的人，無須參照祝府的規矩。

王玉欣僵了僵。

祝圓忙道：「伯母，我身邊的小滿前幾日送去莊子上了，現在多了徐嬤嬤兩個，暫且就不用再幫我補上了。」

王玉欣的臉色這才好看些。

「行了，這麼點小事回頭再商量，趕緊找人幫圓丫頭把這些箱子搬過去。」祝修遠起身，拍拍衣袖。「我得先回去幹活了。」

「誒，我送您。」

折騰半天，得了十幾個箱子的帳冊，還附帶一名丫鬟一名嬤嬤，祝圓的心情極度複雜。

將箱子安置在她的臥房裡，再跟張靜姝商量著安置好徐嬤嬤和穀雨的住處，最後回到自己屋。

祝圓還沒喘口氣呢，徐嬤嬤跟穀雨便跪在她面前，齊齊磕了個響頭。

「奴婢穀雨、徐小花叩見姑娘。」

「做什麼？」祝圓嚇了一跳。「趕緊起來。」

兩人沒起，徐嬤嬤先開口。「適才在外頭，奴婢兩人怕姑娘難做，按照殿下的吩咐，暫且打著他的名號，這會兒沒人了，自當給姑娘解釋一二。」

穀雨接上。「奴婢兩人的身契都在箱子裡，殿下送我們過來，是讓我們以後跟著姑娘，斷不會一奴事二主，請姑娘放心。」

祝圓愣了愣，忙去攙扶她們。「知道了，趕緊起來，地上涼。」

「誒。」兩人這才起身。

穀雨接著掏出一串鑰匙，恭敬地遞給她。「姑娘，這是那幾個箱子的鑰匙。」

「哦。」祝圓接過來順手放到桌上，想了想，道：「我這兒平日也沒什麼事，這幾日我先過過那些帳冊，妳們隨夏至四處熟悉一下，不必急著來伺候。」

「好。」

祝圓看向同樣還在懵逼狀態的夏至，道：「剛才娘怎麼安排的，妳也聽見了，先帶她們下去梳洗歇息。」

夏至遲疑片刻，點頭。「是。」

將人打發走了，祝圓瞇眼看著桌上那一大串鑰匙，抓起來，走向那些箱籠——

第一箱，王府修繕用度明細及各院落圖紙。

第二箱，皇子歲供支出，及謝崢平日用度支出。
第三箱，聊齋書鋪各營運專案支出帳冊，及各月報表、營運方案。
哦不，還有第四箱也是。
第五箱，南北貨行收支帳冊、各月報表、營運方案……
祝圓開了幾箱就不再開了，不是因為她不想開，是她看到某人的字了。
她飛快鎖上箱子，怒氣沖沖直奔桌前。
「你在哪你去哪你想幹麼?!」
對面正在翻查資料，打算抄點有用內容的謝崢頓了頓，笑了。「收到東西了？」
「你說呢？」祝圓的字差點寫成草書。「我告訴你，這活兒我不幹！你別想丟下爛攤子給我，自己跑去瀟瀟灑灑、風流快活！」
謝崢輕笑出聲。「無事，扔給妳只是為了定個名目，省得我離開太久，回來發現妳又開始相看人家。」他不清楚祝夫人的秉性，還是預防萬一的好。
祝圓一頓，等一下，離開太久？
「你這是打算去周遊列國嗎？十年八年後再回來那種？」
謝崢啼笑皆非。「不是，妳不是說實踐出真知嗎？我決定聽妳的，下去地方歷練一番，一、兩年內許是不能回來了」
祝圓震驚了。「你？堂堂皇子，去地方上歷練？」
「嗯。」

「我屮艸芔茻，你不是要謀朝篡位當皇帝嗎？怎麼還往鄉下跑！」

謝崢愣了會兒才反應過來她寫的是什麼，登時臉黑了。

他什麼時候說要謀朝篡位了？這丫頭，越發口無遮攔了。

「不許胡說八道。」謝崢黑著臉教訓她。「這些話是能隨意訴諸於口的嗎？」

網上衝浪，隔著老遠呢。祝圓才不怕他。「我沒說。」她分明是用寫的。

謝崢。「……」

「說真的，你下鄉是不是不太對啊？別人都在京城裡勾勾搭搭，你跑去鄉下種地？你是打算帶著特產回來，以親手種植的田產感化你爹嗎？」

「別鬧。」謝崢啼笑皆非。他再如何實踐也不可能下田啊。

「那不然呢？」

謝崢不欲與她多說，只道：「我這兩年鋒芒過盛，得出去避一避。」

祝圓頓時明白了。「韜光養晦？」

「嗯。」

祝圓小心翼翼。「你不怕出點什麼意外，你爹……那個了？」

那個是哪個？謝崢很快回神，沒好氣道：「他老人家身體康健得很。」再撐個十幾年不是問題。

「哦……」要是皇帝老兒身體好，只有十七歲的謝崢，確實該四處走走。祝圓撓頭。

「那你放心去吧，多出去幾年，掙點功績，風風光光回來！」

這才像樣。謝崢如是想。

「你打算去哪？」祝圓又問了。

「暫且未知。」

好吧。「何時出發想必也還沒確定嘍？」

「嗯。」

「那穀雨兩人又是怎麼回事？」

「給妳的，妳身邊得有個可靠的人。」

是說小滿吧？她家夏至可靠得很，扣掉小滿，那也只差一個啊。所以……「徐嬤嬤是買一送一？」

謝崢。「……」

他捏了捏眉心。「她擅藥，讓她給妳調理身體。」

「哦。」看來這狗東西賊心不死，祝圓不想跟他討論這些。「好吧，看來我得負責她倆的月銀了，窮死了！」

謝崢啞然。「妳手裡少說有幾千兩，還差這點銀子？」

「蚊子再小也是肉！」祝圓面不改色，然後問：「還有，你交過來的那些鋪子，我有多大許可權？」

「不虧即可。」他的人還都在呢，瘦死的駱駝比馬大，這麼多鋪子，再虧能虧到哪兒去？

再者，雖然祝圓年紀小，以她的性子能力，若無把握，她定不會胡亂折騰。
有什麼東西自腦海中一閃而過——
卻見對面的祝圓寫道：「聊齋也行？」
謝崢一頓，無奈提醒道：「『那位』是大股東，每月還得給他送錢。」
祝圓嘿嘿笑。「放心，我肯定不會動賺錢的地方。」
謝崢放下心來，又略聊了幾句，祝庭方探頭探腦地找過來。「姊姊，我背好了……」
祝圓忙跟謝崢說了句，再迅速將聊天記錄團起，扔進火爐子裡。

第二十五章

寧王府。

謝峸正跟幕僚們商討著事情，心腹悄悄進來，附到他耳邊低語了幾句。

謝峸不悅。「這種小事還要來報我？」

心腹誠惶誠恐。「王爺，那位說得信誓旦旦，奴才以為——」

「你以為你以為，你是王爺還是我是王爺？」謝峸拍桌。「人都死了，爺還要管他怎麼死的？你當爺閒得慌啊？」

心腹撲通一聲跪下。

謝峸陡然發作，書房裡頓時安靜了下來。

「爺花了這麼多錢把人弄到船上，特麼就為了個小倌兒，爺的錢都打水漂了！」謝峸越想越怒，越想越忿忿，起身一腳將心腹踹翻在地。「現在人都死了，你過來跟爺說這些有個屁用？是能把錢弄回來還是能把這位置弄回來？」

心腹狼狽地爬起來，跪伏在地不敢吭聲。

謝峸發了通邪火，心裡才舒坦些，瞪他。「說，拿到什麼線索？」

心腹小聲說了幾句。

「就這？」謝峸不敢置信。「他姪子死了還能跟他扯上關係？爺看你們是腦子被狗吃了！」

心腹縮了縮脖子。「邱家二房的長子前些日子找了人去劫祝家三姑娘，結果跟那群人一起死在郊外了，順天府查了足足三個月都沒查出絲毫線索來，尋常人家能辦得到嗎？」

謝峸擰眉。「祝家三姑娘？」

有那幕僚聽著，問道：「是與三殿下訂親的祝家三姑娘嗎？」

心腹連連點頭。「是的是的。」然後急忙補充。「我們還查到，邱家二房或許也有點懷疑，死活要祝三到墓前給他們兒子磕頭呢，有幾個鬧騰得厲害的還不見了蹤影。」

謝峸這下不氣了。「老三搞的鬼？」

心腹點頭。「大有可能。」

謝峸瞇眼。「倘若真是老三……那是二房蹦躂得太厲害，老三索性直接把我的人給幹掉了？」

「估計，差不離了。」

謝峸摸了摸下巴。「那要是真的，老三對這祝家三姑娘，可真是上心啊……」

「那可不。」

話音剛落，又有人衝進來。「王爺。」

謝峸不耐煩。「又什麼事啊？」

「皇上與三殿下將聊齋等事交給了祝家三姑娘打理，似乎還不止聊齋，聽說三殿下手裡的生意都交給她了。」

謝峸怔住了。

穀雨和徐嬤嬤兩人剛到祝府的第二天，除了要上衙的祝修遠和在學院裡的祝庭舟等人，祝府上下全都要隨老夫人出門前往郊外慈恩寺小住幾天。

祝圓為防止寺裡無聊，還帶了兩箱帳冊。聽說要住幾天，徐嬤嬤和穀雨也不急著熟悉府裡人事了，連忙收拾收拾，跟著祝圓一塊兒出門。

全家出動，光主子就有十幾號人，還要帶幾天的行李及諸多下人，家裡的車便有些捉襟，姊妹們便只能大的帶小的，儘量坐滿一車。

祝圓除了帶著祝盈，還得帶著大房的兩個庶女，一個八歲一個六歲，都怯怯弱弱的，不太說話的樣子。

這麼多人一輛車，她們的丫鬟都只能隨車慢行。

好在慈恩寺也不遠，出了城後，慢騰騰走上一個時辰，便到了。

這座慈恩寺雖有些年頭，在京城周圍卻實在算不上熱鬧，平日也只有初一十五人多些，其他時候都是冷冷清清的，因此也方便預定。

祝家提前讓人跟住持打過招呼，到了日子，慈恩寺便清好場，將廟裡的廂房全留給祝家一行。

祝家一行來到後，鬧哄哄地折騰了半天才安頓下來。

寺廟裡的院子小，都是兩、三間屋子一處院子，祝圓跟祝盈住一處小院子，院子裡只有兩間屋子，她倆住一屋、下人住一屋，便塞滿了。

到了之後，夏至等人忙叨叨收拾行李，要趕在天黑前將兩位姑娘常用的東西擺出來，祝圓想搭把手，被哄出來了。

看看同樣無聊的祝盈，祝圓大手一揮。「走，咱們去逛逛！」

祝盈登時雀躍起來。「好～～」她小聲道：「我第一次住寺廟呢。」

祝圓佯裝詫異。「這麼巧，我也是呢！」

姊妹倆對視一眼，同時笑了。

雖說慈恩寺都被他們祝家包下了，可要出去晃悠，還是得跟長輩說一聲。

張靜姝就住在她們隔壁院子，她那院子大，直接帶著銀環跟兩名奶娃娃住進去，大人還好，有奶娃娃，東西簡直呈倍數增長，再加上小娃娃的奶娘、陪玩的小丫鬟……人多東西又多，祝圓兩人進到院子，差點連落腳的地方都沒有。

聽說她們要逛寺廟，張靜姝皺眉。「妳們的丫鬟不得收拾東西嗎？沒帶人不許去逛。」

祝圓忙解釋。「還有穀雨跟徐嬤嬤，她們可以跟著。」

張靜姝。「……」

差點忘了，既然如此，她爽快點頭。

「不要走遠了，待會該去吃素齋了。」

「好！」

話雖如此，張靜姝還是又指了兩名婆子跟著她們。

如是，兩姊妹便帶著穀雨和徐嬤嬤歡快地出發，一出門，便撞上祝玥和與她同屋的祝瑛。

祝圓笑容微斂，帶著祝盈上前，雙方見禮，完了祝圓順嘴問了句。「我們要去逛逛，妳們要一起嗎？」

人多了也安全些，只不過祝玥平日不太喜歡跟她混在一起，不知道會不會一起去。

「好啊。」祝玥欣然點頭。「正好屋裡亂糟糟的，出去走走也好。」

祝瑛和祝盈兩名小丫頭年紀相仿，又都是庶出，很快便聊到一起，手拉著手在前頭嘻嘻哈哈。

兩丫頭都沒帶丫鬟，祝圓索性讓兩名婆子跟著她們，她則跟祝玥慢悠悠走在後頭，挺悠哉的，就是有點安靜了。

祝圓想了想，主動找了個話題。「二姊姊最近是不是在學畫？好學嗎？」

祝玥笑容一收，冷淡道：「總比開鋪子、管家容易得多。」

祝圓一愣，乾笑一聲。「二姊姊謙虛了，琴棋書畫妳都會，出去誰不說一聲才女？我這種只會埋頭算帳的人，別人當面不好說，背後還會說我充滿銅臭味呢。」

祝玥神色稍緩。「只是剛學，不算什麼。」掃了眼她後頭的穀雨跟徐嬤嬤，她眼帶複雜。「倒是沒想到妳還能——」

「姊姊！」祝盈拉著祝瑛跑回來，小臉跑得紅撲撲的。「那邊有秋千，我跟瑛姊姊去坐一會兒行嗎？」

祝圓捏了捏她帶著嬰兒肥的小臉蛋，笑道：「好。」吩咐婆子。「看著點，別晃得太高了，免得摔下來。」

「是。」

此刻她們正在寺廟一處偏僻小院裡，除了秋千還有石凳、石桌。

祝圓便問祝玥。「我們在邊上坐著等一會兒？」

祝玥皺眉。「大冷天坐石凳？」她看了看左右，指著前邊道：「兩丫頭有婆子帶著，怕什麼？我們往前慢慢走，她們玩一會兒追上來便是了。」

祝圓有些遲疑。「萬一走迷路了——」

祝玥已經扭過頭去交代祝瑛了。「玩一會兒就好，待會追上來。」再吩咐婆子。「要是找不到我們，直接帶回院子。」

「是。」

祝玥是姊姊，她已經發話了，祝圓不好再說什麼，只得摸了摸鼻子。不過她們居住的客院離和尚的住處遠得很，今日這裡又沒有外人，想必問題不大。

這麼一想，祝圓便跟著祝玥離開了。

祝玥也確實放慢了步子，看了她一眼，還主動找她聊天。

「聽說妳每天還練琴，練得如何？」

祝圓謙虛。「就是練著玩，聽個響而已。」

祝玥皺眉。「咱們這種人家，琴棋書畫總得會一樣。妳若是練不好，可以來問我。」她傲然。「我的琴可是師從雲秀先生，指點妳，是綽綽有餘。」

雲秀先生是誰？祝圓只能乾笑。「好的，回頭我去請教妳，希望二姊姊別怪我愚鈍。」

祝玥看了她一眼。「親事都定了，再愚鈍也不怕。」

祝圓語塞。

這天，太難聊了。

「對了，」她索性轉移話題。「聽說三堂哥去了明德書院——」

兩名婆子急匆匆從右側小徑拐出來，差點撞到祝圓，兩人似乎還吃了一驚，手裡抬著的木桶同時脫手而出。

一旁的穀雨反應極快，箭步上前提裙抬腳——

「咚——」

「嘩啦——」

一股刺鼻的氣味撲鼻而來，祝玥驚叫一聲，掩著鼻子，帶著丫鬟疾退幾步。

徐嬤嬤忙不迭地蹲下來查看祝圓的衣裙，雖有穀雨那帥氣一踢，祝圓的裙襬還是沾了些污水。

徐嬤嬤黑著臉，起身直接呵斥那兩婆子。「怎麼走路的？」

祝圓自己也拽起裙襬看了看，鬆了口氣，道：「不礙事，也沒濺著幾滴。」就是味道有點……

那兩名婆子彷彿終於回過神來，又是哈腰又是賠禮道歉。

縠雨依舊攔著她們，不讓她們近前。

徐嬤嬤臉色難看地問她們。「妳們這是什麼水？味兒怎麼這麼大？」

其中一名婆子緊張道：「只是醃蘿蔔的水。」

祝圓恍然，怪不得味道這麼衝……

那名婆子看了眼怒瞪她的縠雨和徐嬤嬤，小心翼翼問祝圓。「姑娘，要不我們給您洗洗吧？」

另一名婆子急忙補充。「廚房就在那邊，那兒有水。」她指了指小徑另一頭。「幾步路就到了。」

祝圓不想折騰。「不就是幾滴水，轉兩圈就散了。」然後安撫婆子們。「沒事了，妳們也不是故意的，下回走慢一點就好了。」

婆子卻彷彿為難至極。「貴人莫要為難我們，被人知道我們衝撞了您，我們可能要被辭退。」

另一名婆子哭喪著臉。「咱家就指著這點錢開飯了！」

祝圓隨口道：「放心，我不會向旁人說，沒人知道。」然後招呼縠雨兩人。「走了，等會兒路上遇到有水，拿帕子擦擦就好了。」

兩名婆子卻撲通跪下，不讓她走。

「請姑娘讓我們將功贖罪吧。」

「請姑娘發發善心！」

祝圓這下覺出不對了，這麼點小事何至於……她的視線落在那灑了滿地的木桶上——兩人抬著的木桶，會同時脫手嗎？

她心頭一凜，頓時冷下臉。「不用了。」給徐嬤嬤兩人使眼色。「我們該回去了。」

因這味道衝鼻，祝玥退開足足半個院子，站在月亮門邊的她猶自捂著鼻子，甕聲甕氣地催她。「熏死了！妳還站在那兒拖拖拉拉什麼，趕緊……」

她的話還沒說完，便看見那跪在地上的兩名婆子亮出匕首，猙獰著朝祝圓刺去。

她尖叫一聲扭頭就跑，還不忘把自己丫鬟拽走，故而她沒看見縠雨左邊一拳右邊一腳，直接把兩名婆子踹翻在地。

祝圓驚得不輕，抓著徐嬤嬤的手退後幾步，緊張地盯著縠雨大戰婆子——哦，看她們身姿矯健的模樣，應當不是婆子。

那兩名婆子似乎身手不錯，縠雨剛只是打了個措手不及，如今一對二，便開始節節敗退。

祝圓捏緊拳頭，左右看了看，鬆開徐嬤嬤，提起裙襬跑開，徐嬤嬤還沒反應過來，她便撿了根枯枝，衝著縠雨那邊跑去。

「縠雨，我來幫妳！」

徐嬤嬤臉都嚇白了，急忙追上來。「姑娘——」

祝圓還沒衝到跟前呢，就聽到一聲沈喝。「站住！」

誒？這聲音有點耳熟啊。

她下意識頓了頓，再看，穀雨那兒已經多了兩名藍衫男子幫忙——

等等，男子？

哦不對，那衣衫，是太監服。

說時遲、那時快。祝圓這裡思緒飛轉，實際不過轉瞬，她還沒反應過來，手裡枯枝便被人奪了去，男人低沈的嗓音帶著怒意。「我怎麼不知道妳還習武了？」

祝圓眨眨眼，緊張和擔心瞬間消散不見。

她放下手，慢吞吞轉回來，打量眼前年輕的男子，皺皺鼻子。「你怎麼在這兒？」

沒錯，來人正是謝崢。

徐嬤嬤也大大鬆了口氣，忙行禮。「三殿下大安。」

謝崢沒管她，面無表情地抓過祝圓方才拿枯枝的手，拍掉上面的灰塵。

祝圓暗自翻了個白眼，打算抽回手——抽了抽，沒抽回來。

謝崢拍完爪子，將其握在手心，拉著她便往外走。

「誒誒，你要幹麼？」祝圓急忙回頭望去。「穀雨還在——」

呃，那兩名太監已經將婆子制伏，正拉著不知何處拽出來的繩子綁人呢。剛才英姿颯爽的穀雨再次恢復平日狀態，眉眼彎彎地跟了上來。

祝圓。「……」

行吧。

謝崢也沒帶她走多遠，穿過兩、三處院牆，進到一處僻靜院落便鬆開她。

祝圓忙不迭問：「剛才那是怎麼回事？那兩人是誰？還有，你怎麼在這兒？」
謝崢仔細打量她一遍，眉峰依然擰著，沒回答她，反倒開始教訓她。「下回再遇到這種情況，有多遠跑多遠，知道嗎？」
祝圓皺眉。「然後看穀雨被殺死嗎？」那兩人都帶著匕首呢，刺一下可不是鬧著玩的。
謝崢神情冷漠。「護主有功，也算死得其所。」
「那也是人命一條！」祝圓震驚不已。「死了就沒有了。」
謝崢皺眉。「區區丫頭，再找便是了。」彷彿看出她的不贊同，他補了句。「這種護主有功的，都會給予厚葬，她的家人也會得到很好的安置，不用擔心。」
她擔心的是這個問題嗎？祝圓無力。「你不明白……」她認真道：「生命是很寶貴的，我們應該敬畏生命。」
謝崢一愣。「……這個問題我們以後再說，我們得先說說妳剛才的行為。」
祝圓理直氣壯。「這就是一個問題，我覺得穀雨很重要，我要去幫她，就這麼簡單！」
謝崢臉黑了，扭頭看向穀雨。
後者砰地一聲跪下來，聲音微顫。「奴婢……不值得姑娘犯險。」
……得得得，這些被洗腦的傢伙。祝圓狠狠剜了眼謝崢，安撫她道：「方才咱們就三個人，對方兩個人，我要是不幫忙，妳輸了，我們就都得死，我要是幫妳一把，說不定能幹掉她們——」
「胡鬧！」謝崢朝她腦門就是一記爆栗。「妳從未學過武，上去只會添倒忙！」死得更快罷了！

祝圓撇嘴。「所以，你的意思是，以後再有這樣的情況，讓我乖乖坐著等死？」

謝崢。「……」

「以後不會。」他臉色鐵青。「這次是意外。」

祝圓眨眨眼，瞬間意會，氣憤道：「所以，這是你招來的？是不是你大張旗鼓將帳本送到我這兒，給我招來的禍事？」

謝崢輕聲道：「以後不會了。」

祝圓才不相信。「你怎麼知道？」

謝崢扯了扯嘴角。「敢動我的人，就要承擔後果。」

祝圓第一次見他這狠戾森冷的模樣，忍不住打了個冷顫，聲線也小了許多。「你知道是誰？」她小心翼翼問道。

「嗯。」謝崢回神，再次道：「短期內他不會有空再顧及妳了。」

看來是他那些兄弟了……祝圓長嘆了口氣。「好吧好吧，誰讓我倒楣跟你訂親了呢——等下！」她杏眼幾欲噴火。「你怎麼這麼快出現在這？你什麼時候收到消息的？為何不通知一聲？你知不知道這樣很嚇人！」

一連串問題叭叭叭的，活潑得完全不像剛遭受刺殺一般。

不！或許是太緊張了，有些人緊張過度，便會話多……

思及此，謝崢的滿身戾氣頓時消散大半。

他放柔聲音道：「為掩人耳目，我離開之前都得住在京郊，騎行到此不到半個時辰……我收到消息便立刻動身過來了。」他摸了摸祝圓髮鬢。「幸好趕上了。」

這還差不多。祝圓輕哼。「趕不上你就過來收屍唄。」眼見這人又要開始散發冷氣，她忙道：「沒事了吧？沒事我得回去了。」

謝崢的手落下，握住她的柔荑。「再陪我說說話。」

「說什麼說，剛才我二姊也在呢，她肯定會去通知我家人，我得趕緊出去報平安。」

「……」謝崢悻悻然，爪子依然抓著她不放。

祝圓看看左右，此處院子空蕩蕩的，應當是平日招待香客的客院之一，穀雨跟徐嬤嬤不知道何時退到了院門前，謝崢手下那幾名太監更是四散開來，緊密注意著外頭的風吹草動，甚至屋頂上還趴著一個。

謝崢看她視線四處遊移，輕笑道：「別擔心，有人過來我會避開。」

到時她怎麼解釋自己跑到這兒？祝圓翻了個白眼。

不等謝崢說話，她走前一步，踮腳——

「好了，趕緊走，趕緊走！」

陡然被啃了口下巴的謝崢呆了。「……」

待他反應過來，立馬伸手——

可惜，他愣怔的那一瞬，祝圓已經掙開了他的爪子，滋溜一下逃到穀雨兩人身後。

「快走，快走。」祝圓眼神有些飄忽，一迭連聲催他。「要是被人看見就糟糕了。」不管是因為遇襲還是兩人私下見面，傳出去都惹人非議。

謝崢摩挲了下指尖，上面彷彿還停留著方才的柔軟細膩……

他下意識往前一步。

「站住站住。」祝圓瞪他。「還走不走了？」

謝崢有些不情願。「此次——」

祝圓可不想聽他廢話。「你不走我走了，有什麼事咱們……回頭聊。」拽住背對著他們的穀雨，喊上徐嬤嬤，轉頭便出了院子。

謝崢。「……」

「主子……」近侍安平小心翼翼喚了聲。

謝崢嘆了口氣，妥協道：「讓人悄悄送她們回去。」

「是。」

祝圓自然不知道謝崢是如何不放心，她不知道祝玥會怎麼跟祝老夫人她們說，也不知道會有多少人尋過來，帶了穀雨和徐嬤嬤兩人就急匆匆往回走。

可誰知回到方才遭遇刺殺之地卻毫無人影，連方才潑了一地的污水也不知道被誰弄乾淨了。

祝圓有點懵，轉頭小聲問徐嬤嬤兩人。「是不是我們太快回來了？現在我們是在這裡等家裡人來好，還是直接回去？」

徐嬤嬤想了想，建議道：「先往四姑娘、五姑娘那邊會合吧！家裡若是有人來找，應當也會派人去帶她們。」

她說的是在盪秋千的祝瑛和祝盈，祝瑛排行第四，祝盈排行第五。

「好！」

一主二僕再次快步前行，才走幾步路就隱約聽到祝盈嘻嘻哈哈的笑聲從前頭傳來。

祝圓覺得有點奇怪，但想來兩個妹妹都好好的，又讓她心裡放鬆不少。

沒走多久，她便看到坐著秋千高高盪到半空的祝盈、祝瑛兩人，還有婆子在旁一迭連聲的勸說。

「姑娘，太高了太高了！」

「危險啊！悠著點悠著點！」

「囉囉囉囉～～」

「瑛姊姊妳看我比妳還高～～」

祝圓怕嚇著她們，等秋千盪下來了，才連忙招呼她們。「盈盈，瑛兒！該下來了～～」

「啊……」祝瑛失望了。「我還想再玩一會兒～～」

祝圓哄她。「咱們還得住幾天呢，明兒再來啊～～」

祝盈聽話得很，待婆子將秋千拉穩了，一躍而下，奔過來。「姊姊～～」她臉上難掩興奮。

「那我明兒還要來～～」

祝圓「嗯」了聲，掃視周圍，快速道：「咱們先回去歇會兒。」

「好。」

帶著兩依依不捨的小姑娘，祝圓循著原路返回她們居住的院落區。

這片院落就僅入住了她們祝家的女眷，她們幾個離開之前，各處院子都在熱熱鬧鬧的收拾東西，還有小廝、奴僕不停地抬箱子進來。

這會兒回來，原本抬箱子進進出出的奴僕們，變成了擦洗灑掃的婆子們，動靜與她們離開前並無太大差別。

可祝圓心中那股怪異的感覺更甚了。

祝玥呢？難道她也遇險了？

她領著後面嘰嘰喳喳的兩姑娘直奔張靜姝院子，恰好與出門而來的張靜姝碰了個對臉。

她驚喜——

「喲，回來啦？正準備讓人去找妳們呢。」張靜姝說完，轉頭吩咐丫鬟。「去問問大嫂她們好了沒有，該出門了。」

祝圓正想問問情況，王玉欣的聲音便從外頭傳來。「看來都準備好了？那就走吧。」

祝圓一愣，倏地扭頭，正好看到跟在王玉欣身後的祝玥臉上閃過的驚慌。

真真的一閃而過，轉眼就不見蹤影。

祝玥甚至還笑著問了句。「回來啦？」似乎頗為遺憾。「若不是我裙子沾了髒東西，我興許能跟妳們多逛一會兒。」

祝圓。「……」

轂雨與徐嬤嬤對視一眼，前者剛想說話，後者急忙拽住她，朝她搖了搖頭。

兩位長輩完全沒發現不妥，王玉欣說完那句話後，便跟張靜姝並行往前走了。

祝圓眼神複雜地看著微笑的祝玥，後者歪頭。「怎麼了？」

祝圓定了定神。「無事。」招呼祝盈兩個。「走了。」

然後，目不斜視地越過她。

楚客莫言山勢險，世人心更險於山。古人誠不欺我。

祝圓情緒有些低落，草草吃過素齋，回去時，讓祝盈先回屋洗漱，她則跟著張靜姝進屋。

「方才便看妳魂不守舍的，說吧，什麼事？」

屋子裡已提前燒上炭爐，張靜姝解下大氅，坐下來，拍拍她邊上座位，示意她坐下。

祝圓看了眼屋裡幾人，尤其是抱著她小妹妹餵水的奶娘。

張靜姝意會，扭頭吩咐道：「把這小丫頭送去銀環那兒，讓兩個小不點玩一會兒，省得鬧半宿不睡覺。」

「是。」

待屋裡就剩下紅袖一人，張靜姝掃了眼肅手而立的轂雨和徐嬤嬤兩人，問她。「現在可以說了吧？」

祝圓點頭，深吸口氣，將下午遭遇之事坦白告之。

張靜姝的臉從嚇得煞白到鐵青再到黑臉，等祝圓終於停下，她半天都沒說出一句話。

祝圓小心翼翼。「娘？」

張靜姝輕呼了口氣，嘆道：「本性難移啊……」她不忙著說祝玥，先問情況。「那些都是什麼人？」

祝圓搖頭。「不知道。」頓了頓，她道：「不過，他應該知道。」

張靜姝壓根不關心刺客是誰，她只擔心一點。「是不是有一就有二？」

祝圓苦笑，老實道：「我不知道。」

張靜姝急了。「那如何是好？我們這種普通人家，除了普通奴僕，連個能打的都沒有，如何防備這些？」

祝圓小聲。「穀雨能打。」

「……」

祝圓見她娘臉色不佳，忙又補充。「他說無須擔心，他會解決這事。」

張靜姝沒好氣。「他怎麼解決？他一未及冠的半大孩子，能幹什麼？」

祝圓嘟囔。「他真挺能幹的，不然怎麼收到消息……」

張靜姝這回忍不住了，狠狠敲了她腦袋一下。「妳還沒過門呢，盡幫他說話！」

祝圓吃痛，委屈地道：「您不也看見了那些帳冊嗎？別的不說，哥哥跟他差不多歲數，能搞起這麼多鋪子嗎？」

等下，她自己踩著巨人肩膀，也只能做點小生意，銀錢大頭都是狗蛋給的分紅……狗蛋這是不是有點厲害過頭了？

是淑妃幫忙？還是幕僚給力？

未等她想清楚，張靜姝嘆了口氣。「也只能指望他了。」既而，她又有些遲疑。「這事要不要跟妳爹說一聲？」

祝圓想了想，搖頭。「他在章口鞭長莫及，跟他說也只是徒增煩惱，還是等等看，若是無事便罷，若是出了事……」她自嘲。「興許還能給家裡換點實在的。」

一句話說得張靜姝紅了眼。

「怎麼就招惹上這樣的人家呢？」

祝圓愣了下，忙道：「我就隨便說說，狗——咱們還是可以信他的，不然，他怎麼敢把東西都丟過來？」

也只能這般了……張靜姝沈默。

祝圓卻還想跟她說說別的。「娘，咱們不能考慮分家嗎？」

經過這一次，她認清了，祝玥這種人吧，平時可能不會做壞事，不過關鍵是不落井下石，跟袖手旁觀一樣讓人不喜。

張靜姝回神，嘆了口氣。「父母在，談何分家？」她拍拍祝圓的手。「我想想辦法吧。」

祝圓不忍她為難，小聲道：「讓她趕緊嫁了也行。」

「嗯。」

祝圓這邊憂心忡忡，京城裡也是暗潮洶湧。

丑時剛過，京外官道上響起急促的馬蹄聲，緊閉的城門被敲響，側邊小門拉開一個望風口。「宵禁之後不開門，想進城明兒趕早！」

裹著夜露、罩著黑色披風的夜路人亮出一塊牌子。

「……您稍等。」

吱呀一聲輕響，小門被拉開，夜路人裹了裹披風，拉著馬兒快速進城，進了城，二話不說便翻身上馬疾馳而去。

「你怎麼開門了？」有人問。

「哎，那人拿著寧王府的牌子呢，給我天大的膽子我也不敢不開啊！」

「寧王府？」那人詫異。「大晚上的，這麼急？」

「誰知道呢！我瞇會兒，睏死了。」

可惜，瞇不成了。

從這名夜路人開始，四處城門陸續迎來各隊疾馳而來的人馬。

寧王府只是其一，靖王府、安嬪娘家、嫻妃娘家、兩位王妃家，甚至還有大公主家的權杖逐一在各大城門出現。

卯時。

承嘉帝睜開眼，聽見外頭細細碎碎的動靜，掀起帷帳瞅了眼，打了個哈欠。「德慶，什麼時辰了？」

「誒，奴才在。」德慶麻溜地掀起帷帳。「該起了，卯時了。」同時輕手輕腳地扶他起來。

承嘉帝「嗯」了聲，坐起來，雙腳落地。「出了什麼事嗎？」沒事他們絕對不敢在他殿外喧譁。

德慶遲疑了下。

「說。」

德慶頓時不敢隱瞞，附耳過去低語一番。

承嘉帝不敢置信。「全都動了？」

「是。」

「……一個不留？」

「……還是留了一到兩個的。」留了活口回京裡通風報信。

「……這與全滅有何區別？」承嘉帝臉色鐵青。「誰動的——老三？」

來來去去就那麼幾家人，誰沒事，一目了然。

「戾氣太重！」他冷聲道：「是該下去打磨打磨了。」

德慶不敢吭聲。

承嘉帝又問：「老三這般大動干戈，所為何事？」有人戳了他肺管子了？

德慶又遲疑了。

承嘉帝冷冷掃他一眼。「朕看你是越發有主意了。」

德慶打了個哆嗦，急忙稟道：「方才來報，說是……」他一閉眼。「昨兒下午，祝三姑娘遇襲。」

承嘉帝。「……」

就為了一乳臭未乾的丫頭？

「十七、八歲……血氣方剛之時遇到情竇初開……」他皺著眉喃喃道：「還是見識太少。」

「讓淑妃給老三送幾名美人，讓他長長見識。」

沒得為了個丫頭片子亂了分寸，連家底都翻出來——

等等……老三什麼時候有了這般能耐？

京裡亂糟糟的時候，祝圓正在慈恩寺裡抄經書。

寺裡生活清靜也無趣，早起去供著祖父長明燈的佛塔念一會兒經，燒幾本在家抄的經書，然後一齊去吃素齋。

吃完素齋，祝老夫人要去歇一歇，下午接著念佛，王玉欣、張靜姝兩兒媳陪著，孫輩們則自由活動。

於是，祝圓整個下午都是空閒的。

剛遇襲呢，她也不敢到處亂晃，索性待在屋裡抄寫經書，偶爾遇到謝崢，也沒敢說話——她跟祝盈同間屋呢，可不敢洩漏一分半點。
好在謝崢應當是猜到這種狀況，沒有找她聊天。
他只是在事發的第二天，趁她抄經的時候說了句。「事情已解決，另有暗衛隱在妳附近，安心。」
這怎麼安心？
幕後黑手是誰？事情怎麼解決的？
啥都不知道，就一句解決了……她安心才有鬼！
祝圓有一肚子的話要問，奈何祝盈正跟她面對面坐著，她半點也不敢亂來。
不過，最壞的打算不過一死……她這輩子都是賺來的，何苦為了這些沒影兒的事情壞了心情。
故而她該吃吃、該喝喝，看到小蘿莉，逗弄起來也是絲毫不手軟。
哦不，準確來說，是小村娃。
來到慈恩寺的第二天，她們正在吃素齋，就看到一名瘦小男孩揹著一筐白菜慢慢挪進來。
吃素齋的大堂裡都是些上了年紀的老和尚，看見他進來，其中一名老和尚立馬笑呵呵迎上去，幫著卸下背簍裡的白菜，再往他手裡塞上一個饅頭，讓他坐在屋裡暖和些的地方慢慢吃。
剛好就挨在祝圓這邊，祝圓忍不住打量他。

看起來彷彿七、八歲的年紀，一身粗布衣服打滿了補丁，但是洗得乾乾淨淨。就算坐在那兒，身上衣服也覺得空蕩蕩的，彷彿衣服底下只是個骨架子，瘦得讓人心疼，臉上更是瘦巴巴的沒幾兩肉，鼻子嘴巴都小小的，看起來頗有幾分精緻之感。

就是有點營養不良的乾黃。

祝圓看他小口小口地啃饅頭，啃了三分之一左右，便將剩下的大半用小布巾包起來。

適才離開的那名老和尚再次轉回來，遞給他一把銅板，再低聲說了幾句。

小男孩點了點頭，擦了擦手，翻出一個發白的錢袋子，讓老和尚把銅板放進去。

老和尚摸摸他腦袋，小男孩把饅頭跟錢袋子收進衣襟，雙手合十朝老和尚行了個佛禮，抓起空了的背簍，又離開了。

老和尚望著他離開，長嘆了口氣。

看完全程的祝圓好奇。「老師父，這孩子是誰啊？這麼小就出來幹活嗎？」看起來是住在附近的村娃娃，只是，想到剛才那一背簍的白菜，她就覺得肩膀疼，何況這麼小一娃娃。

老和尚似乎誤會了她的意思，忙轉過來，雙手合十道：「女施主放心，那小姑娘就住在附近。」

是個小姑娘？祝圓「啊」了聲，連忙問：「幾歲了？」

老和尚回憶了下。「似乎八歲，翻過年應該有九歲了。」

祝圓震驚了。「天啊……一個小丫頭竟然能揹得動那一筐白菜？她爹娘呢？姊姊哥哥都沒有嗎？」

老和尚嘆了口氣。「她就是長姊，家裡還有兩弟弟，最小的今年不過兩歲，父母又得照顧幼弟，又得照顧田裡，加上家裡窮，早早便出來幹活了。」

「每天都這樣送菜上來嗎？」

「是的，去年便開始了。」

去年……也就是說，才七歲就開始幹活了。祝圓沈默了，七、八歲的年紀，在她的認知裡還只是小學生……

老和尚猶自低聲介紹。「她每天送菜上來，會問問我們需要什麼，然後去周邊村子收，第二天再送上來，走一趟大概能掙個兩、三文吧。」他嘆了口氣。「以後可怎麼辦喲……」

驚覺失言，他忙再次合十，道了聲佛。

實際上，也無須他多言，祝圓已經明白他話裡含義了。

七、八歲年紀，套一身男裝，紮個小髻，別人也看不出是男是女。再過兩年，五官身形長開了，再裝也裝不像了。

到時候，這小丫頭便不能再收菜、揹菜上來。

不出來掙錢，想必就得留在家裡跟著爹娘下地、下廚、縫補，照顧弟弟。

再長大點，就被父母找個看起來過得去的村漢，甚至是胡亂找個家境豐裕些的人家嫁進去，接著下田幹活、生兒育女……一輩子便到頭了。

這就是普通老百姓家裡的姑娘……

她再一次慶幸，自己是落在祝家，以後要嫁的還是皇子。

衣食無憂，身分高貴，她應該慶幸的，可她心裡依舊憋得很。

她選擇答應謝崢的親事不也是考量到這一點嗎？尋常百姓，在七品知縣面前都恍如螻蟻，她想要自由，可前提是衣食無憂、是尊嚴。

聊齋的江成不是不好，但，沒有身分。

劉新之不是不好，但家裡也是有妻妾，庶弟庶妹也有好幾個。

既然都要面對這些問題，她何不找個身居高位的？

再者，她跟狗蛋還是有幾分感情，怎麼也比其他人好些……

謝崢的逼婚，只是讓她為自己的自私埋單。

可她甘心嗎？她其實還是不甘心。

謝崢說過，允她做自己想做的事。

問題是，她想做什麼？她能做什麼？

從食院回來，祝圓便一直在屋裡抄經書，帶過來的帳本更是無心翻看。

祝盈午歇起來發現她還在寫，揉了揉眼睛，走過來。「姊姊，妳抄這麼多，明天燒得完嗎？」

祝圓回神，笑了。「傻丫頭，再多也就是幾頁紙的事情，火一燎就沒了。」

「也是。」祝盈打了個哈欠，挽起袖子。「那我也來！」

「好，還能練練字呢。妳這手字已經進步了很多，等爹回來看了，肯定要表揚妳。」

「爹什麼時候能回來？」祝盈邊鋪紙邊問。

「應該要過年前吧。」

「哦……」祝盈有些失望，不過下一瞬又振奮起來。「那我多抄一點，把字練好了，以後要是沒錢了，我還能去街上給人寫書信去！」

祝圓啼笑皆非。「妳還知道街上有人寫書信賣字啊？」

「那當然，我看了聊齋這個月的月刊，有篇文章就是寫賣字書生的故事。」祝盈有些小得意。「等我字練好了，一封書信賣不了十文錢，總能賣個七、八文吧？」

祝圓好笑，忍不住摸摸她小腦袋，打擊她道：「那可不行，哪有姑娘家出去街上賣字——」

姑娘家賣字？

平平都識字，男人能出去賣字，那姑娘家……能做什麼？

突然這個疑惑浮現，祝圓陷入沈思。

接下來，每日她除了念佛抄經，剩下的時間都在考慮這個問題。

每天午間吃素齋的時候，也依然能看到那名送菜的小姑娘，她於心不忍，找廟裡老和尚買了些饅頭，塞在那誠惶誠恐的小丫頭背簍裡——她甚至不敢給錢、不敢給別的東西。饅頭放不久，拿回家裡也總能分到一、兩個，除此之外，她別的都不敢做。

懷璧其罪，她不能害了人。

也只送了兩回，第三天，也就是在慈恩寺的第五天，祝家一行便收拾行李返回京城。

回到祝府，大夥便各回各院。
穀雨等人收拾行李，祝圓鑽到書桌前開始寫字。
因為沒有自己的書房，夏至怕整理的動靜太大打擾了她，還把屏風拉開，給她隔出一片清靜的地方。
祝圓渾不在意，全神貫注地寫著自己這兩天考慮到的東西——
「又想到新點子了？」熟悉的蒼勁墨字慢慢浮現。
祝圓一怔，瞬間回神，看了眼自己書頁上的東西，老實回答。「嗯，可行嗎？」
「彷彿不太掙錢。」對面的謝崢一針見血。
祝圓抿唇，落筆。「不，不僅不太掙錢，甚至可能要虧本。」
「……」謝崢無語，然後問：「那妳做來何用？」
祝圓想了想。「只是想做。」她飛快寫字。「你不是應允我可以做自己想做的事嗎？」
「話雖如此……」
所以，有但書？祝圓皺眉，她就知道有後招，狗男人！
渾厚的墨字一筆一劃慢慢浮現。「這錢，妳打算自己掏？」
哦，不是不讓她做啊……祝圓的心情頓時如撥雲見月。「咱倆誰跟誰啊，既然你的帳本、鋪子都交給我了……放心！我會替你算好帳本、撥款投資，絕不會讓你失去這個驚才絕豔的投資機會！」

謝崢。「……」

祝圓嘿嘿笑。「老規矩啊，你入八成股，我出兩成，掙錢了咱們八二分帳啊！」言外之意，虧本了也八二分帳！

謝崢。「……」

看對面半天沒反應，祝圓笑得打跌。

活該，誰讓他把事情都扔過來，還連累她遇襲——

「我是不是忘了說一件事？」對面墨字慢吞吞浮現。

祝圓。「？」

「窮家富路。出門之前，我把帳上的所有盈餘都帶走了。」

祝圓。「……」

王八！

謝崢猶自繼續。「妳想要投資，沒問題。不過，這投資成本妳得自己掙了。」

祝圓。「……」

其實，以謝崢那些鋪子，要掙回銀錢也只是一、兩個月的時間，可她依舊覺得這人的劣根性……簡直言語無法形容。

「你總是把事情做到這麼絕嗎？」祝圓吐槽他。

「不留後路，方能全力以赴。」謝崢如是答道。

祝圓。「……」

「行，等我這幾天盤點一下，看看哪些鋪子來錢快！」她磨牙。「我要把你的錢掏光花光！」

謝崢失笑。「好。」

簡單一個字，透著對她的信任和放心，祝圓撇嘴。

恰好穀雨她們搬東西進屋，她猛地醒過神，問他。「那天的事情你查清楚了嗎？是誰動手的？」

「是誰不重要，已經過去了。」

祝圓無語。「你不說我回頭要是又得罪人了呢？」

「……」好吧，謝崢列出幾戶人家，既而說明。「這些都是老大老二那邊的人馬。」

祝圓忙拿筆記下來，平日都沒人跟她說這些，成親前她得趕緊記下來。

謝崢自然看見了，他有些好笑。「不用特地記，以後總會遇到，遇到了也別怕，面子上過得去就行了。」

祝圓沒管他，迅速記下方才那些內容，才接著回話。「那是你！」她一小小的縣令之女，人家要折騰她，還不是輕而易舉的？

「再說，我對這些人都不熟悉，要是不記熟，哪天得罪了闖禍怎麼辦？」她娘持家、待人接物是厲害，但是跟著爹爹外派了近十年，對這些朝廷派系之爭也是抓瞎。

別的不說，誰會想到大公主竟然是二皇子黨呢？

「無事，還有時間，我已拜託外祖母，接下來她會慢慢教妳。」

……秦老夫人？總比淑妃好，祝圓心裡安慰自己……不過，等一下！「你不要試圖轉移話題，這事你究竟怎麼解決的？」

謝崢避重就輕。「事情已經解決，無須再提。」頓了頓，他想到一點。「父皇也罰了我了，這事就算過去了。」

祝圓頓時來勁了。「罰什麼？不會是罰錢吧？」要是的話，他自己掏錢，她可不管。

……罰錢算什麼罰？謝崢無奈，掃了眼邊上擺著的兩份諭旨，慢慢寫道：「將我發配到更窮更亂的地方了。」

祝圓眨了眨眼，噗哧一聲笑了。「更有挑戰性了。不錯！看好你喲～～」

「看來，我一、兩年內是回不來了。」

祝圓大方得很。「放心去吧，你的銀子，我會幫你照顧好的！」

……這話怎麼，看著彷彿在送終似的？

謝崢。「……」

狗蛋用省略號越來越熟練了，祝圓卻沒啥高興的感覺，回完話後忽然怔住了——他一走一、兩年呢，指不定怎麼左擁右抱……

一、兩年時間這麼長，等到人回來了，她說不定還能喜當娘……

謝崢自然不知道她在發呆，猶豫片刻，輕描淡寫地寫道：「父皇還送了點東西，我讓安清安置在小院裡，回頭妳找個時間去處理一下。」

啊？祝圓回神。「什麼東西？」

「不是東西。」

……感覺在罵人？

祝圓還想再問，謝崢落下一行字。「我今天夜裡出發，以後京裡的事就交給妳了。」

「哦……你是去做賊嗎？怎麼晚上出發？」

「……」謝崢嘆了口氣。「是掩人耳目，我會換個身分去地方上。」

祝圓震驚。「你爹同意？」

「然也。」

祝圓。「……」

行吧，兩父子玩得挺大啊。

又天南地北地聊了幾句，兩人才擱筆。

第二十六章

接下來兩天，祝圓都沒再碰上謝崢，估計是開始趕夜路了，倒也好，她還能清清靜靜地寫方案。

只是，沒等她弄好方案，秦老夫人的請帖便來了。

上回在書院做了那樣的事，秦老夫人一見面便開始道歉，完了笑嘆道，小年輕心急火燎的，早知道聖旨這般下來，當時她就不去書院當惡人，整得她現在都不好意思見她們。

祝老夫人對書院之事略有所聞，自然一迭連聲說不礙事不礙事。

雙方客套了一番後，秦老夫人才進入正題。「大家都知道，殿下那些事全都扔給了圓丫頭，雖說有陛下口諭……但時間短些還好說，三殿下這回奉旨出京，少說要離開一、兩年，這麼長的時間，旁人指不定要怎麼想。且不說別人，圓丫頭還沒與殿下完婚，一沒誥命、二沒身分，天長日久，怕連下人都能站到她頭上。」

張靜姝也有此憂慮呢，聽她這般一說，立刻凝神細聽。

「雖然我身分不高，好歹也是淑妃娘娘的母親，往後啊，我會每月喊圓丫頭過來，陪我老太婆說說話。」告訴別人——祝圓的三皇子妃之位穩得很。秦老夫人笑呵呵。「到時，你們可不許嫌我煩。」

這是給祝圓撐腰呢。祝老夫人幾人登時感激不已。

賓主盡歡。

接下來，祝圓便埋在屋裡盤點謝崢的產業，她得看看哪些鋪子方便她操作。

她想做的事情不光需要錢，還需要一些觀念上的轉化，翻遍了鋪子的資料，她想到了許多掙錢的法子，最後目光定在聊齋的《大衍月刊》營收冊上。

她想到一個辦法了——她可以辦個女子月刊！

從創辦、策劃、內容、到發行營運，都由女人負責，真真正正的女子月刊。

現在問題是，她得將月刊辦公區設在聊齋裡嗎？

不，不好。

她要走的是潤物細無聲的道路，不能馬上去挑戰男女大防——別的不說，要是跟聊齋的管事書僮們混在一起辦公，估計沒有正經人家的女人敢來幹活了。

還是租個院子？

就京城這物價，一套適合辦公、周圍環境良好的院子，每月少說租金要幾十兩，她心疼。最重要的是，另起爐灶，就不好打皇帝老兒跟謝崢的名號了——

等下，聊齋旁邊那處院子呢？就挨著聊齋，只隔了一道巷子，還不用錢。

而且，她這裡的屋子太小，謝崢那十幾個放帳冊資料的箱子放在這兒，她天天開箱處理也不是辦法……索性，一起搬過去？反正謝崢不在，她乾脆……嘿嘿嘿。

事不宜遲，祝圓當即跑去跟張靜姝報告去——

張靜姝聽了這計劃猛皺眉。「殿下的院子豈是妳想用就能用的？」

祝圓挽住她胳膊撒嬌。「這個妳別管啦，妳就說允不允我天天出門嘛～～」

「妳不要命啦？前幾天才遇襲呢，還敢天天出門？」

祝圓理直氣壯。「前兩日去秦家，老夫人偷偷跟我說了，讓我可以放心出門的，有侍衛會暗中保護我。」當然是假的，秦家老夫人說不定還不知道這件事呢。

「……真的？」

祝圓面不改色。「真的。」

張靜姝遲疑了，祝圓趁熱打鐵又磨了幾句，終於得她應允。

她立馬興高采烈地帶著穀雨、徐嬤嬤出門——她屋子裡現在堆著一堆資料，得留人守著，穀雨和徐嬤嬤兩人剛來不久，還是新人，遇到情況不好處理，不如跟著她去新辦公室看看。

駕車的還是那位已經熟悉的車夫小哥，一路順利直達聊齋——旁邊的小院。

這回她直接讓小哥將馬車停在正門。

她剛鑽出車門，小院大門便從裡打開，安清疾步奔出，笑容可掬地朝她行禮。「哎喲，奴才可算盼到三姑娘了～～」

祝圓微訝，朝他點點頭。「安清公公，這麼巧？」這麼快就收到消息？

安清笑呵呵過來扶她。「不巧不巧，奴才一直等著您呢。」

待祝圓下了車，他識趣地鬆開手，退後半步，引著她走進院子。

「再說，主子吩咐了，您一出門，消息立即得報到奴才這兒，省得有哪些地方防護不得力的。」
哦，安全啊。祝圓點頭。「辛苦你了。」
「姑娘客氣了。」安清連忙擺手，完了小心翼翼問她。「姑娘過來，可是收到了消息？」
祝圓茫然。「什麼消息？」
安清登時苦下臉。「那個，主子離開前，沒讓人給您遞消息，讓您來這院子處置一些東西嗎？」
祝圓一擊掌。糟了，她給忘了！狗蛋說皇上還賞了他幾樣——不是東西的東西，讓她來小院這處置來著。
「是我給忘了！」她大手一揮。「正好今天過來，一併處置了吧。」
見她沒有不愉快的樣子，安清暗鬆了口氣，笑道：「在後頭呢，奴才讓人帶出來。」
祝圓點頭，隨口問了句。「放了這麼多日，不會壞掉吧？」
安清剛跟後頭小太監低聲吩咐了一句，轉頭聽見她這話，登時傻眼。「啊？」然後立馬擺手。「怎麼會？壞不了壞不了！」
看來不是吃的。祝圓暗忖，點頭不再多問。
領了吩咐的小太監麻溜退下，說話間，幾人已經到了正院待客的廳堂。
祝圓環視一周，笑著點頭。「簡單雅致，挺好，挺好。」
安清笑呵呵。「三姑娘喜歡便好。」他微微壓低聲音，打趣般道：「這可是主子特地吩咐的，刪繁就簡，沒想到姑娘竟與主子喜好不謀而合。」

祝圓隨口應了句。「那挺巧的。」然後開始打聽。「這院子裡有沒有住人？」

安清有些遲疑。

祝圓詫異。「不方便說嗎？」不可能啊，謝崢說了讓她隨意處置的。

未等安清說話，方才領命出去的小太監再次轉了回來。

只聽他恭敬道：「稟三姑娘、稟公公，人已帶到門外，是否現在召她們進來？」

他們？還是她們？祝圓看向神色有些緊張的安清，心裡生疑，瞇了瞇眼，直接朝小太監道：「帶進來。」人都帶到門口了，早晚得見，且看他們打什麼啞謎。

「是。」

小太監麻溜出去，祝圓看向安清。

安清嘿嘿笑，一迭連聲。「宮裡賞下的、宮裡賞下的。」

「……」祝圓有種不祥的預感。

不過幾個呼吸，小太監便轉回來，後頭還跟著四名姑娘——

四名燕瘦環肥、風姿各異的美人。

無須旁人多說，四名美人嫋嫋娜娜走到祝圓跟前，齊齊福身。

「奴婢執琴、執棋、執書、執畫，見過三姑娘。」

祝圓。「……」

這就是狗蛋讓她處理的「賞賜」？

狗男人！

不過，算他識趣，沒有帶著上路，哼！

祝圓神色不動，仔細打量這幾名如花似玉的美人，看起來都是十七、八歲，正是鮮嫩的年紀，又環肥燕瘦，各有千秋。

不管哪個男人，一口氣得了這四名美人，齊人之福還不羨煞旁人？

想到這四名美人是宮裡賞下來的，祝圓便渾身不對勁，她也沒叫起，轉頭問安清。「這幾個是宮裡賞下來的？」

「是。」安清小心回答。「淑妃娘娘說，主子身邊沒個知冷知熱的，便送了幾名侍女過來，幫著伺候主子。」

祝圓暗自冷笑。

若不是因為狗蛋沒成親，這些人恐怕就是直接賞下來當侍妾的吧？

正室未入門，連皇帝、淑妃也不好明目張膽往謝崢屋裡塞人。

不過，好端端的，這位後宮大老為啥突然幹這種事？難道……謝崢因為她遇襲而做了什麼事？

對，肯定是這樣。

謝崢前腳才被罰去偏遠的地方，後腳淑妃就送了四名美人給他——這是在暗指他，為美色所誤？

祝圓越想越覺得有可能，她不禁更加好奇，謝崢究竟做了什麼。

思緒飛轉，實際不過轉瞬，即便知道這是帶警告意味的舉措，祝圓依然覺得挺噁心的。故而她彷彿沒聽清般，再次問了一遍。「淑妃娘娘說讓她們幾個過來作甚？」

安清愣了愣，仔細回想一下，肯定道：「讓她們幾個過來伺候主子的。」

祝圓「哦」了聲。「知道了。」然後看向這幾名依然半蹲著的美人。「妳們——哦，瞧我，都忘了妳們還在行禮呢，起來吧。」

語氣平淡，還帶著幾分造作的詫異，是個人都能聽出她的假意、赤裸裸的不喜。好在這幾名美人約莫也是宮女出身，福身片刻於她們而言彷彿家常便飯。

她們站直身子後，便雙手輕挽於腹側，安靜地等著她問話。

祝圓也不負期望，笑道：「剛才的話妳們也聽見了吧？」

幾人自然應是。

祝圓狀似苦惱地皺起眉頭。「可現在，三殿下不在京裡，甚至有可能一年半載都不會回來……」

這幾人自然知道，淑妃送她們出來之時，便提醒了三殿下要出遠門，讓她們路上伺候著點……

可三殿下沒帶她們出門啊！還把她們扔在這處無人的院子。

她們四個被安排在四間屋子裡，每天除了吃喝拉撒外都不許出門，不光活兒沒有，連個說話的人都沒，這幾天下來，她們已經熬得有些忐忑，也老實了不少。

正主都不在呢，安清公公說了，怎麼安排她們，都得聽面前這位三姑娘的……這位可是將來的當家主母，以後她們都得看她的臉色吃飯呢，可不得老實點！

故而，祝圓這話一出，她們立即凝神細聽。

祝圓見她們安安靜靜的，滿意了不少。

「妳們看啊，妳們要伺候的主子不在，王府還沒修繕完畢，裡頭魚龍混雜的，也不好讓妳們幾個嬌滴滴的姑娘住進去……這院子呢，往後我也有用。」

這是連屋子都不給她們住？這幾人臉現驚慌，紛紛看向安清。

安清也有些詫異。「三姑娘，您想用這院子？」

祝圓挑眉。「不行嗎？」

安清連忙賠笑。「當然能、當然能，奴才就是多嘴——這不是想問問您想怎麼用嗎？回頭奴才給您安排好！」

祝圓暗鬆了口氣。看來狗蛋所言不虛，當真是什麼都任由她處置。

「這些回頭再細說。」

「誒。」

祝圓再次看向那幾名美人。「這處院落回頭我有用，前後院都需要。妳們幾個住在這兒，我也不太方便，我記得殿下郊外還有處大莊子，還是我讓人送妳們過去？」

安清欲言又止，祝圓不理他，只看著面前的美人們。

那幾人面面相覷，一名清麗如芙蕖的粉裳美人福了福身，小心翼翼問道：「敢問三姑娘，有無別的選擇？」若是被發配到京郊莊子，那就是真的被發配了……弄得不好，就得老死在那兒了。

其他人似乎也有同感，臉色一個比一個難看。

祝圓自然是故意的。她來到這世界這麼多年，對這時代富貴人家的莊子那是了解得很。古代商貿、交通不發達，大戶人家的日常用度，可不是真的天天出門採買的。

正經的大戶人家都會供養一些莊子，有些莊子負責種糧食，有些負責養禽畜、供肉食蛋奶，還有種瓜果蔬菜的，有些甚至還有專門的窯莊。

這樣的地方，她們這種嬌滴滴的姑娘家如何待得住？可不得嚇壞她們——畢竟，她們不知道謝崢在京郊的莊子，是他極為看重的研發中心。

見效果達成，祝圓頗為滿意，道：「有。」見到這幾名美人後，她第一次露出笑容。「我可以讓妳們繼續在這院子裡住著，但是——」

幾人屏息。

「我是打算把這院子規劃來做聊齋的分部。」

聊齋就是隔壁的書鋪嘛，大家都知道，但……聊齋分部？

眾人都懵了。

祝圓繼續道：「這兩日我會重新安排一下佈局，前邊會改成接待區和辦公室，後邊是宿舍和會議室。」她話鋒一轉。「妳們若是想要留下來呢，就得幫忙做事。這樣，妳們可願意？」

這幾人猶豫了。

祝圓也不急著要答案，轉向安清。「方才我說的，你也聽見了，你手上可有這處院落的佈局圖？」

安清連忙點頭。「有，這院子去年底才修好，圖紙還留著呢。」

「好，待會拿給我，再給我找些匠人過來。」

安清猶豫了下。「姑娘，等主子回來，還得用這院子吧？」

祝圓大手一揮。「用什麼用？等他回來王府都修好了，直接住王府去。」

言外之意，這院子鐵定是要徵用了，安清一想也是。

「那您想改成什麼樣子的？奴才找匠人的時候，好有個方向。」

「不需要太複雜的，除了後邊的宿舍區，前邊的院牆我都要打掉，再裝飾裝飾，看起來寬敞明亮些就夠了。」

「好，奴才回頭就找人去。」安清頓了頓，又問：「那要聘人嗎？」他撓頭。「以往都是安福公公管這些事，奴才不太懂。」

祝圓搖頭。「不用，幹活的人我來負責。」頓了頓。「這院裡有粗使和廚房嗎？」

「有的。」

「都是男的？」

「……誒。」

「安清公公，你們幾個現在住哪兒？」謝崢不在宮裡，這些太監應當不是住在宮裡吧？

安清撓了撓頭。「不敢欺瞞姑娘，為了方便出入，我們幾個現在住王府裡。」

祝圓恍悟。「哦，有些院落弄好了。」

安清點頭。

「那就好辦了，回頭勞你把這院子裡的下人列一份名單給我，男女老少、年齡幾何、親屬關係，全都得寫清楚。」

「是。」

交代完事情，祝圓才轉回來。「妳們想清楚了嗎？」

四人齊齊點頭。「想清楚了。」

適才開口的粉裳姑娘再次福身。「奴婢們決定留在這裡，為姑娘效力。」

祝圓笑了。「不是為我效力，是為皇上、為三殿下效力。」招牌必須得掛好！然後問她們。「識字嗎？」

「略識一二。」

「看過《大衍月刊》嗎？能看懂上面的文章嗎？」

幾人面面相覷，一名綠裳姑娘坦白道：「科舉文章那塊太過艱澀，別的都還好。」

夠了夠了！祝圓笑容更盛。「能寫詩詞嗎？」

幾人連忙搖頭。

祝圓有些些失望，下一瞬又振奮起來——沒關係，她現在缺人，這幾人識字已經很不錯了。「我知道了。回頭我得看看能力，再給妳們相應的月銀。」

還有月銀！幾人臉色微緩，看來不是故意為難她們。

祝圓又轉向安清。「聊齋那邊的大管事何在？我想見見他。」

安清以為她要開始理事，忙道：「奴才這就讓人去喚他。」

祝圓想了想，道：「我過去找他吧。」這裡還有幾名美人呢，可不好讓人過來晃悠。

讓四名美人下去歇著等消息，祝圓便隨安清前往聊齋，在聊齋的大會議室裡，與聊齋的萬掌櫃、幾名管事，聊了一整個下午，差點沒凍傻。

沒辦法，她一姑娘家，雖然掛著管事的名頭，還帶著安清、穀雨等人，但見的畢竟是外男，還是注意著些。

故而，即便會議室裡特地燃上炭爐，門窗大開的花廳，穿堂風依舊呼呼地吹，凍死個人。

徐嬤嬤借這邊的廚房不停給她換熱茶，還找來一個湯婆子讓她抱著，她才舒服些。

好不容易聊妥當，祝圓也不管這些激動的管事們，抱著湯婆子快步離開。

回到祝府，泡了好半天的熱水澡，她才緩過來。

然後便急急回到桌前，打算將今日商議的細節記錄下來。

「……月初發刊（暫定），每月二十五前確定稿子，並遞交給陳管事——」

「今天去聊齋了？」熟悉的墨字陡然浮現。

祝圓頓了頓，驚喜寫道：「你到地方了？」

「沒。」

「……那你怎麼大白天出來？」這會兒才申時呢，他不是應該在趕路嗎？

「遠離了京城，便無須再趕夜路了。」

「好吧。」

謝崢鍥而不捨。「妳今天去聊齋了？」

「對啊，」祝圓不以為意。「去找萬掌櫃他們取經。」

「見著江成了？」

也不知道這傢伙前兩日有沒有看見她寫的計劃，要是沒有，她還得解釋——

祝圓眨眨眼。不是該問她打算做什麼嗎？她想了想，老實答道：「見了啊，《大衍月刊》他負責校閱審稿，不得找他一起開會嗎？」問他幹麼？莫名其妙的。

「他上月成親了。」

祝圓。「？？？」

哥們，重點是不是錯了？

祝圓簡直無語。「他成親與否跟我有啥關——」毛筆一頓，她不敢置信。「你這是在吃醋？」

謝崢卻放心不少，開始轉入正題。「妳準備先整改聊齋？」

這是不好意思了？祝圓笑咪咪，果斷回道：「沒空。」

謝崢。「……」

「那妳為何找老萬他們？」

這廝剛才沒注意她寫什麼嗎？祝圓輕哼。「我說了啊，去找他們取經。」

「？」

祝圓便將自己要辦女子月刊的計劃告之。

「《女子月刊》？」

「還沒定名呢，不過這刊物主要定位的客人就是女子，小到八歲、大到八十歲都能看！」

「……」謝崢竟不知能說什麼了。

祝圓輕咳一聲。「還有，你那院子我徵用了啊。」

「？」

祝圓有些些心虛。「誰讓你不留點錢，我沒錢租鋪子，當然要用免費的地方！」她越寫越理直氣壯。「再說，我那屋子就那麼點，你讓人搬了十幾箱帳冊過來，我快連落腳的地方都沒有了，不得給自己找個辦公室嗎？」

謝崢微怒。「祝家如此苛刻妳？」怎會連間書房都沒有？

祝圓無語。「大哥，我家就這麼點大，還有這麼多人，有間寬敞的大屋子算不錯了好嗎？」

她那間屋子算上小廳和房間，也不小了，就是沒有獨立書房，房間得隔出一部分放書桌書架，本來也夠了，只是現在多了十幾口箱子，便顯得逼仄些。

謝崢這才鬆開眉峰。「不是苛刻妳便好。」

「嘿嘿，放心～～」雖然是誤會，知道這人是在關心自己，祝圓的心情也漂亮了許多。

「那就這麼說定了，院子給我用了哦～～」

「嗯。」

祝圓不放心。「以後都歸我用哦～～你回京後自己住王府去啊！」

「嗯，妳用吧。」

祝圓嘿嘿笑。「謝啦哥們！」

謝崢。「……」

「叫三哥。」

三哥？阿三哥？祝圓樂不可支。「別了，你不夠黑，我叫不出來。」

謝崢。「黑？」

祝圓自然不可能跟他解釋所謂印度阿三的哏，恰好該吃晚飯了，她便搪塞了兩句，麻溜跑路。

確定了方向，生活又充滿幹勁，祝圓美美地睡了一覺，醒來便開始整理箱子。

然後向伯母王氏借了幾名婆子，帶著婆子浩浩蕩蕩回屋，將屋裡的箱子全搬上馬車，一口氣拉到聊齋隔壁的小院那兒。

雖然叫小院，也足有四進，只是每進院子都稍微小一點。

畢竟是謝崢常歇的地方，還有好些他的東西留著，祝圓讓安清將他的東西收拾收拾，全扔到正院正房裡。

她自己索性也將帳冊搬進正院，堂而皇之地佔據了東廂兩間屋子，大間的當辦公室，小間的做休息室；西廂則直接清出來當資料室，以後要放的資料可多了。

夏至等人在收拾東西，祝圓索性跑到正房的小廳裡跟安清商量怎麼改院子，待細節敲定，安清出去找匠人幹活，徐嬤嬤便帶著人送餐食過來了。

祝圓伸了個懶腰，隨口問了句。「徐嬤嬤妳會做飯啊？」

徐嬤嬤頓時笑了。「當姑娘的時候都得學起來呢。」

祝圓斟酌片刻，問：「嬤嬤的家人呢？」

「姑娘是想問奴婢有沒有嫁人嗎？」

祝圓點頭。

徐嬤嬤笑得慈和，臉上帶著懷念。「奴婢以前在宮裡有個相好的太監，對奴婢很好……可惜命不好，遇到奴婢。當時奴婢還年輕，犯了事，他為了救奴婢頂了罪，被……」她苦笑了下。「奴婢後來就以未亡人自居。」

竟有這麼一段往事……祝圓忍不住唏噓，安慰她。「說不定下輩子能相會呢。」

「嗯。」徐嬤嬤笑了。「奴婢也是這麼想的。」她頓了頓，坦白道：「殿下幫奴婢找到了那死鬼的家裡，他家裡就剩下他侄子一家子，他侄子性子跟他一脈相承的老實……殿下答應奴婢以後對他們多加照顧，奴婢便過來伺候姑娘了。」

祝圓瞪大眼睛。「那妳家人呢？」正常不是應該先幫家裡人嗎？

徐嬤嬤嘴角含譏。「為了兒子連女兒都賣出去的人家，有何值得幫的？」
祝圓。「……」
「不說這些不愉快的事。」徐嬤嬤剛才說話的工夫，已經將菜擺出來，將盛好飯的瓷碗放到她面前，催她。「姑娘快吃吧，天冷，菜涼得快，吃了傷身。」
「好。」祝圓接過碗。「妳們也趕緊去吃吧，待會再回來收拾就行了。」
徐嬤嬤便順勢留了下來，讓夏至兩人先去用飯。
祝圓端起碗吃了幾口。「這裡的廚子呢？」
「說是殿下帶走了，只留了名二廚。」
「那往後就讓廚房做唄，後邊那幾位美人，我還想交給妳來管呢。」祝圓挾了塊蘿蔔放碗裡。「夏至、穀雨她們太年輕，估計鎮不住那幾位。」
徐嬤嬤一想也是，福身。「那奴婢就恭敬不如從命了。」然後詢問她。「姑娘，奴婢能將旁邊的茶房用起來嗎？」
「嗯？」祝圓嚥下嘴裡食物。「不是在用了嗎？」
徐嬤嬤搖頭。「現在天冷，那兩個小茶爐得暖著茶水，奴婢想再添幾個爐子。」
祝圓眨眨眼。「燉湯？」
「誒，在府裡的時候，那小廚房得緊著小少爺小姑娘的輔食，奴婢不好再去添亂。若是常來這邊，奴婢便想在這邊搗鼓搗鼓，給您調理調理。」
祝圓無奈。「妳想弄就弄吧。」畢竟狗蛋把她送過來就是為了這個，不讓她弄，也不知道狗蛋那小心眼的會怎樣。

「誒。」

接下來徐嬤嬤便不再多言，在旁邊幫著添飯上湯。

午飯吃完，祝圓在院子裡溜達了會兒消消食，便讓人將後院的四名美人找來。

祝圓開門見山。「說說妳們擅長什麼。」

「稟姑娘，奴婢擅琴。」

「奴婢擅棋。」

琴棋書畫，各占一項，祝圓好奇問道：「妳們的才藝都是按名字學的嗎？」

執琴，也就是昨天那名答話的清麗美人當先搖頭，答曰：「娘娘挑了奴婢幾個後再賜名的。」

原來如此。「我已經跟聊齋那邊打好招呼，這幾日妳們過去跟著審稿部、校閱部學習一下，等這期《大衍月刊》上市，妳們就要開始忙了。」

去聊齋學習？四人以為自己聽錯了。

祝圓卻不管她們如何疑惑。「妳們去了便知了。」然後打量她們，一溜的裙裳，嶄新的、鮮亮的，襯得膚色姿容都極為出色，只是……太豔了些。

她皺了皺眉，又問：「妳們幾個會女紅嗎？」

四人點頭。

「那行，這幾日妳們除了去聊齋學習，順道參考聊齋的書僮服飾，設計幾款女式的書僮服，設計好了給我看看。」頓了頓，她強調。「畫出來，要寫實的畫風。」

執畫欲言又止。

祝圓會意。「妳想問什麼叫寫實？」

執畫連忙點頭。

祝圓笑了。「去找聊齋管事問。」

完了她便不再多說，只讓院裡一名小太監帶她們過去聊齋，她則留在屋裡，開始做女刊的籌備工作。

首先，她得給刊物取個名字。

雖然她的目標是直指女性，可她不介意男人也看看，她甚至希望男人們能多看……倘若有那麼幾個男人因此刊而對女性多些尊重，那就成功了。如此，這刊名便不能太過女氣。男人素來好面子，若是太女氣了，他們便不好意思看，看了也不好意思討論——沒有討論沒有關注，如何引發思想的變更？

祝圓咬著筆頭開始想。

提起姑娘，她第一個想到的詩句，是詩經的〈桃夭〉：「桃之夭夭，灼灼其華。」

這是讚美、描寫新嫁娘的詩句。出嫁是女人人生的一道坎，除了奴僕，但凡是姑娘家，斷沒有不嫁人的道理，灼灼一詞，倒是貼合主題。

除了形容外貌，「灼灼」一詞，還可形容才華，如「英英夫子，灼灼其雋」便是俊美有才華的意思。

最後，「灼灼」還有一經典詩句——「皎皎明月光，灼灼朝日暉」。

這時代的女子太過卑微，她衷心希望，這時代的女性，能變得像她曾經見過的現代女性，如皎皎明月、如灼灼日輝，散發屬於自己的光芒，照亮身旁身後人。

《灼灼》，再合適不過了。

祝圓輕舒了口氣，鄭重在冊子封面上寫下——《灼灼》月刊。

然後是內容規劃。

女子刊物前無古人，只有她對此有些許概念，規劃內容的工作只能她自己來了。

詩詞曲賦單元必要列入，這是她的弱項，勢必得徵稿，待會她得寫份徵稿資訊，刊到《大衍月刊》上。除了詩詞曲賦，她又刷刷刷地列了幾個項目：美妝、養顏、地方美食、育兒、話本連載，以及新聞。

這最後一個新聞單元，正是她的心機所在。

她早就發現了，除了那些要為生計奔波的人家，大部分女人都是大門不出二門不邁，接收資訊只靠宴會口口相傳，這樣太閉塞了。

以她的力量，她沒法匯集天下之事，但她想先試著將京城之事匯集起來，一個月報導一次，展現在各家貴婦、姑娘，甚至宮裡的妃子面前。

這些人站在天子腳下，她們的力量，無可衡量，以後會產生什麼樣的影響，她無從得知，她只能摸索著，一步步往前走。

咳，扯遠了，祝圓將初步單元列好，開始琢磨徵稿的事情。

除了詩詞曲賦、地方美食，她發現其他單元竟然都沒法對外徵稿，不是說古人不會美妝養顏育兒……而是，一份未知刊物徵的奇奇怪怪的主題，誰會投？

祝圓撓頭半天，最後咬了咬牙，翻出紙張——自己寫！

美妝嘛，先介紹一下膚質分類，再說說各種膚質日常要如何保養，最後給油性膚質推薦一款經典的蛋清面膜，從調製到使用都介紹一遍——完事！

養顏調理，祝圓轉頭就找徐嬤嬤要了份食療方子：黃耆紅棗雞蛋湯，益氣養血、潤澤肌膚——完美！

育兒篇，這個更簡單，這一年多來她幫著娘親照顧弟弟妹妹，對這時代娃娃的餵養頗有意見。她索性寫一篇周歲娃娃的輔食介紹，先大略提幾句營養均衡理論，然後推薦各種適用的菜糊、肉糊、果糊，最重要的是雞蛋——此處必須放上名句「一天一雞蛋，大夫遠離我」——搞定！

話本嘛……祝圓翻了翻寫完的稿子，都寫了這麼多……要不這個話本她也自己操刀？別的不說，這時代適合女人的讀物，內容不是三從四德，就是情情愛愛，她真怕徵回來的稿子也是這一類的。

……得，看來接下來幾天她還得擬大綱寫稿子，今天是絕對寫不完了。

祝圓長嘆了口氣，提筆寫了行字做備註。「一個驚才絕豔的話本……」

「妳寫？」熟悉的墨字慢慢浮現。

祝圓眨眨眼，驚喜。「狗蛋！」她看了看外頭。「這個時間？」

謝崢解釋。「外頭暴雨，今天在驛站歇息。」
「哦哦。」
謝崢又問：「妳準備寫話本？」
祝圓嘆氣。「沒法子，能者多勞啊……」
「算上妳方才寫的三篇稿子，妳已經包了四個單元。」謝崢遲疑了下。「我看妳前面還寫了詩詞曲賦，這部分，妳打算也自己寫？」
什麼意思？什麼意思？看不起她嗎?!祝圓怒了。「我來不行嗎?!」
隔著遙遠的距離，謝崢都彷彿能感覺到對面的怒火，他非常從善如流。「可以。」只要她敢刊。
他服軟了，祝圓卻秒慫，還不忘扯個牛皮。「算了算了，我那驚才絕豔的詩句若是刊印出去，招來嫉妒就不好了。做人要低調，低調～～」
謝崢。「……」
他一直知道這丫頭臉皮厚，但沒想到有這麼厚。
臘月，《大衍月刊》如期上市，有心人便發現，在月刊裡的一個角落，多了則《灼灼》的徵稿啟事——
《灼灼》徵稿啟事——
刊名：《灼灼》

週期：月刊

內容：皎皎明月光，灼灼朝日暉。身為巾幗，不輸鬚眉，《灼灼》乃聊齋新創之刊物，是一份集生活娛樂於一體的休閒刊物。

主要欄目：詩詞曲賦、地方美食、話本小說、美妝美容、服飾搭配、育兒養生、時事新聞、八卦雜談、生活小竅門等。

首刊徵稿主題：德

徵稿要求：女性執筆

投稿地點：長樂街六十八號灼灼書屋（聊齋旁）

投稿時間：臘月初一至臘月十五，辰時正至申時正

條目清晰，言簡意賅。

問題是，怎麼只向女人徵稿？這年頭，有幾個女人識字？很多人對此嗤之以鼻。

再翻頁，還是《灼灼》的廣告，這回是招聘廣告——

《灼灼》招聘啟事——

年齡：十五到四十歲

性別：女

要求：識字

工作地點：長樂街六十八號（聊齋旁）

工作時長：辰時正至申時正

工作福利：包早午膳，可提供住宿，周邊有侍衛十二時辰巡視，保障院內安全。若有需求，可安排車馬每日接送。

招聘時間：工作時間內

注：《灼灼》院內職員皆為女子，若要洽談合作事宜，請派女士到店詳談。

又是女的？

男人們盡皆譁然。聊齋這是搞什麼鬼？女人能幹什麼事？

不管男人們如何議論紛紛，各家各戶識字的姑娘婦人們，卻都開始蠢蠢欲動了——這可是皇帝背書的聊齋刊物，她們就算不能出外工作，也可以寫稿啊！

看看！看看！美容美妝、服飾搭配、育兒養生……哪個不是她們擅長的？這簡直就是送上門來的稿酬和名聲啊！

京城裡的女人家們都沸騰起來，紛紛交流著要給自己取個什麼筆名，連宮裡頭都驚動了。

淑妃盯著月刊，自言自語道：「謝崢那傢伙不是出京了嗎？這是誰搞出來的？」

「我知道我知道！」十一歲的謝峍蹦起來。「是小姊姊！」

他在淑妃宮裡向來放鬆得很，私底下都是「我我我」地跟淑妃說話。

淑妃皺眉。「哪個小姊姊——你是說，祝家那位姑娘？」

「對啊～～」謝峍點頭。「哥哥不是把事務都交給她打理了嗎？肯定是她弄出來的。」

淑妃輕哂。「傻瓜，那就是個幌子，她不過一個小丫頭，能幹得了什麼？」

謝峠想起那小姊姊揍弟弟的架勢，小大人般嘆了口氣。「那是您沒見過她揍人。」

「……她還會揍人？她揍誰？」淑妃不敢置信。哪家大家閨秀會做出如此粗俗不雅之事？

「揍弟弟啊！」謝峠嘖嘖有聲。「揍得可狠了，半點不輸哥哥揍我的架勢！」

「……」淑妃無語。「那能一樣嗎？你哥習武——你什麼時候見過她？」

「在聊齋的時候啊。」謝峠撓撓頭。「當時我跟她弟弟鬧了點小誤會～」

看來是跟人家弟弟打架了。淑妃也沒細問。「那也不能說明《灼灼》是她弄出來的。」

「不然還有誰嘛～」謝峠攤手。「我才不信哥哥會搗鼓這種娘們兮兮的東——哎喲母妃！」

「好好說話。」淑妃訓道。

「好嘛。」謝峠擠眉弄眼，完了道：「妳想知道的話，把她叫進來問問不就好了！」反正小姊姊都跟他嫡親哥哥訂親了。

淑妃蹙眉，想了想，點頭。「過幾天吧。」

謝峠茫然。「為何啊？」

「咳。」淑妃瞪他。「小孩子家家的，別那麼多事。」

謝峠撇了撇嘴，嘟囔道：「通常大人心虛了才會這麼——哎喲！好嘛好嘛，我不說了！」他纏到淑妃身上。「母妃，我想出去玩，幫我跟父皇說說吧～」

「你父皇考察你功課，十次有八次不過關，就這樣你還想出去？」淑妃無動於衷。「想出去，自己找你父皇說去！」

「啊……母妃～～」

「走走走，趕緊走，我還有事呢！」

謝崢不滿。「您能有什麼事啊？每天不是去串門子喝茶就是喝茶串門子，閒得很！」

「……皮癢了是不是？」

長樂街六十八號，大門上已經掛上了「灼灼書屋」的匾額。

敞開的大門邊，有四名穿著褐衫的壯碩婆子拿著棍子守在門口。偶爾有姑娘、婦人到來，略說幾句，婆子便恭敬放行。

第一進的屋子是辦公區域及接待客人之處，祝圓是下了大力氣去整改的——畢竟是門面嘛，自然要漂亮點。

當然，她現在窮，肯定不可能大改，她只是加了點裝飾。

第一進屋子，朝著院子的所有牆面全都嵌上了一層麻黃色的素雅竹片，配上院子裡素淡的幾株竹子，清雅之氣便鋪面而來，等夏天來臨，院子裡還能挖個小池塘，栽幾朵蓮花，肯定更好看。

各處屋子也被重新用石灰石粉刷了一遍，加上一整排打通的窗戶，素雅又透淨。

此時這些屋子還都空著，只開了兩間，一間面試、一間收稿，偶爾有婦人進院子，守在照壁邊上的丫鬟便會上前詢問，確認來意後，引導到相應屋子。

執琴、執棋負責面試，執書、執畫負責收稿，只要詢問其投稿的欄目，並將其稿件放置在相應的箱子裡，倒是輕鬆得很，就是人絡繹不絕，她們半刻也不敢走開。

隔壁的執琴、執棋看得眼都紅了，她們坐在這裡一上午，半個應聘的人都沒見著。

「虧我昨夜裡還特地將制服熨了遍。」執棋鬱悶。「白折騰了。」

她們早兩天前就已經開始穿制服，樣式還是她們自己設計，再由祝圓調整修改出來的成品……咳，真挺好看的。

墨綠色窄袖衫裙，配雨過天青色貼竹枝紋半臂褙子，褙子背後也學著聊齋式樣，繡了兩個墨綠色的行書字「灼灼」。

除此之外，頭髮都是統一束髮，只插竹簪。

可別說，這樣一身穿上去，她們幾個的氣質都文雅了不少。

女人嘛，哪個不愛美？有了這身制服，她們幾個去聊齋學習培訓的時候，底氣都足了不少，故而才有了執棋這麼一說。

執琴有些好笑，安撫她。「剛開始嘛，咱們再等等。」她拿起面前紙張。「我還有點緊張，總覺得問題還沒搞清楚，我再看——」

「篤篤！」敲門聲響。

「執琴姑娘、執棋姑娘，有人來面試了。」

屋裡兩人對視一眼，忙不迭坐直身體，端正神色。

「請進來吧。」

「是。」

外頭的人按部就班、戰戰兢兢地幹活，祝圓則窩在自己辦公室裡喝湯寫稿。

面試的題目她早就列好了，也圈定了大致的答案範圍，為了讓她們搞明白為何問這些問題，她還逐條內容掰碎了分析，講了足足一下午，要是這樣還辦不好事情，回頭這四美還是回去端茶遞水吧。

故而，她是心安理得地貓在屋裡抓頭髮寫稿。

她要寫一篇……修仙打臉爽文！

沒辦法，不能寫現代，不能寫未來，寫古代怕犯忌諱，那就只能寫修仙小說了！

大綱已經擬好了，她準備寫一個地位低微的農家女經過努力站到修仙界頂端的故事，武力值爆表，傲視群雄、萬人敬仰！

現在就差一個驚才絕豔的篇名了，篇名得低調點，不能太張狂。

抓耳撓腮半天，祝圓猶猶豫豫地寫道：「邪魅仙君愛上我……」

「噗——咳咳咳——」

剛坐下，準備喝口茶就跟她聊聊天的謝崢差點嗆死。

這熟悉的風格……

謝崢揮開安福，放下茶盞，提筆問道：「佩奇先生要重出江湖了？」

「重出江湖」這詞，還是從《笑傲江湖》上學來的。

「喲～～狗蛋先生出來啦～～」祝圓回得很快。「哥從未離開江湖，何來重出之說？」

謝崢啞然，再問：「為何不用金庸先生的名號？」

祝圓沒好氣。「不是說了金庸先生不是我嗎？我光是轉述他那一本《笑傲江湖》，頭都禿了，再來我會死的。」

謝崢挑眉，問道：「聊齋有人刁難妳嗎？」

話題突然跳走，祝圓愣了下，回憶片刻，道：「似乎沒有。」她還以為是謝崢臨走前調教好了，難道不是？

「這就對了，聊齋的管事們大多以為妳是金庸先生，」否則，她去聊齋找那些管事，就算不受到刁難，態度多少也會有些問題。「並不是只有我一人誤會。」

真是天大的誤會啊。祝圓嘆氣。

「知道了。」然後問他。「我要是新寫一本《邪魅仙君愛上我》，你會想翻開看看嗎？」

謝崢果斷。「拒絕。」

祝圓。「……」都不考慮一下下的嗎？

「為啥？」

「只有女人才會看這類情情愛愛的話本。」

祝圓。「……」

「迂腐！狹隘！」她忿忿抨擊。「我這本可是大有深度的絕世好文，不看是你的損失！」
「我決定接受損失。」
祝圓。「……」
她仰天長嘆。「曲高和寡啊！」
謝崢勾唇。
「行吧，那我改個篇名。」祝圓想了想，大手一揮。「就叫農女修仙傳吧，這個應該會看了吧？」
「好多了。」雖然他依然不會看。
祝圓也有點不滿。「感覺太普通了點。」
謝崢默然。「還是普通點好。」
祝圓。「……」想打人！
感覺自己的才華受到歧視，祝圓索性不搭理他，拉過紙張開始寫稿——
急促的腳步聲從外頭傳來，祝圓筆鋒一頓。
聽到動靜的穀雨已走到門邊，低聲詢問來者何事，幾句話工夫，便急匆匆進來，福了福身，道：「姑娘，宮裡來人，找您進宮說話。」
「……誰？」
穀雨小聲道：「淑妃娘娘。」
祝圓驚呆了。「現在？」

穀雨肯定。「現在。」

祝圓低頭看自己的衣著——灼灼的制服。

因為前邊在面試，她跟執琴、執棋說好了，覺得不錯的人選得請進來給她複試，故而她今天特地也穿上制服。

現在她花的是自己的錢呢，給自己搞兩身制服不過分吧——雖然花出去的每一筆錢她都記帳了，等後期別的店鋪營收後肯定要補回來，肉疼之感卻沒有減少一分半分。

這身制服可是集她跟四美的審美一起設計出來的，好看是絕對好看……問題是，進宮就不太適合了，太素了。

穀雨轉回來，開始幫她收拾東西。「姑娘您趕緊的，公公在外頭等著呢。」

祝圓。「……」得，連個換衣服的時間都沒有。

算了，比起平日穿的半舊衣服，這身衣服好歹還是新的。

見穀雨從牆角烘著小炭爐的衣架上取下大氅，她連忙起身將聊天記錄揉成團，扔進旁邊的炭爐裡。

收好東西，穿好大氅，收到消息的安清便急匆匆趕來了。

「姑娘，奴才陪您進宮去！」

祝圓頓時鬆了口氣。「哎，有你在，我這心裡頓時都不慌了。」

安清忙道不敢。「奴才哪個牌面的人啊，奴才就是從宮裡出來的，至少能給您領領路。」

「公公謙虛了。」

說話間兩人已快步出了門。

灼灼書屋門口，宮裡來的傳話太監已經在等著了，祝圓與其客套一二，便上馬車，趕往皇宮。

第二十七章

還是上回的宮門，還是上回接待的小姊姊，祝圓走在長長的宮道上，緊張得手裡都攥出汗來了。

突然找她，還不是到祝家找，而是直奔灼灼書屋……大老們是不是對這份還沒出刊的刊物有意見？難道她的宏偉大業要夭折在這裡？

正胡思亂想，昭純宮到了，祝圓忙收斂心神。

只在殿外略等了片刻，有過一面之緣的玉容便出來接她。

許是看出她的緊張，行禮過後，玉容微笑著低聲說了句。「姑娘別擔心，不是壞事。」

祝圓忙朝她點頭致謝，邊忍不住想著，不是壞事，那，也不是好事？

不待多想，玉容已經領著她進了小偏廳。

「娘娘，三姑娘來了。」

祝圓視線看到上首那一襲曳地柳芳綠纏枝牡丹裙，忙不迭福身行禮。

「民女祝圓，請淑妃娘娘大安。」

「免禮。」聲音還是一如既往的低柔。「過來坐下說話。」

「是。」

祝圓隨著玉容引導，坐在淑妃左下首，另有宮女送上茶水，她忙低聲道謝。

淑妃正打量她呢，聽見她道謝，臉上便露出幾分笑。「妳倒是多禮。」她當妃子多年，貴女見了不少，矜貴些的人家，對上這些端茶伺水的小宮女，有個笑模樣便是不錯了。

祝圓聽出她語氣並無不喜，斟酌著回道：「禮多人不怪。」

其實這是她上輩子帶來的習慣，現代人的基本禮儀，別人給上茶，當然得說聲謝謝啊。

淑妃點頭。「那確實。」然後仔細打量她，皺眉。「好好的姑娘家，怎穿得如此素淨？這頭髮怎麼回事？」

祝圓尷尬。「未料到會來宮裡見娘娘，穿的是灼灼書屋的制服。」

「制服？是學著聊齋那邊的嗎？」淑妃再次打量她。「若是刊物那邊的著裝，倒是合宜。」她嘆氣。「我倒是想去看看聊齋，聽說裡頭雅致又熱鬧，開了兩年都無從得見……」

祝圓默然。若說天下女子皆苦，宮裡女子也逃不開……這淑妃也不知道多少年沒出過宮了。

想到謝崢將來若是野心得逞，她是否會淪落到這種地步？

不，她不會。都站在那位置了，她怎麼可能不為自己做打算？

屋裡靜默了半晌，淑妃又問：「謝崢把鋪子都交給妳，妳管得過來嗎？」

祝圓心裡一頓。尋常當娘的，會這麼冷冰冰地叫自己兒子嗎？難道他們母子倆關係真的不好？

她腦子裡轉得飛快，嘴上卻不敢怠慢。「回娘娘，民女不過是掛個名頭，鋪子還是殿下的掌櫃、管事們管著呢。」

就怕這對母子關係不好，先把鍋扔出去。

淑妃卻似乎意不在此。「那《灼灼》是誰的主意？」

誒？問《灼灼》？祝圓懵了一瞬，小心答道：「回娘娘，是民女的主意。」她天天在灼灼書屋出沒，消息是掩不住的，還是老實答話吧。

果然，只聽淑妃道：「還真是妳。」

祝圓提起心。

「聽說妳已經在徵稿招人……打算什麼時候出首刊？」

「打算趕在除夕前出。」這兒的習俗是年節時候都喜歡走親訪友，趕在年前將刊物發出去，說不定能乘機多炒幾分熱度。

「是嗎？」淑妃似乎欲言又止。

祝圓低垂的視線看不到對方神情，聽到對方端茶的動靜，猶豫了下，跟著端起茶盞，輕輕抿了口。

「聽說灼灼書屋裡頭只有女人家……那誰審稿？」

祝圓忙放下茶盞。「未招到人之前，暫時還是由民女審稿。」

「妳？」淑妃的語氣頗有些不滿。「妳小小年紀，憑什麼審別人的稿子？」

祝圓眨眨眼，厚著臉皮道：「與學識底蘊無關，這刊物是民女創辦的，民女才是最清楚該選什麼稿子的人呀。」

「……也是。」

淑妃一時愣怔住，半晌才喚人拿東西過來。

有宮女應聲出去，片刻後，拿了個匣子過來，呈遞給祝圓。

祝圓忙起身雙手接過，然後問：「這是？」看樣子，不像賞賜啊。

淑妃清了清喉嚨，狀似隨意般道：「平日閒著無事，我也會寫寫文章，既然《灼灼》是妳審的稿，那妳看著挑些去唄。」

祝圓。「……」

這是要……走後門？

這可是未來婆婆，能拒絕嗎？

她緊張極了，斟酌又斟酌，才小聲開口。「不敢欺瞞娘娘，《灼灼》雖然是日常刊，每個欄目也有固定主題，詩詞曲賦類的首刊也定了『德』字主題，往常的稿子或許不一定……」

「無事，」淑妃輕描淡寫地說。「平日寫詩詞歌賦本就大多是讚頌品性，德，更是百年傳誦的主旨，這些稿子都是我循著……咳咳、挑過的，方向肯定錯不了。」

循著什麼？是循著徵稿啟事的要求寫的？祝圓猜測道。

淑妃睞了她一眼，又咳了聲。

「雖然妳打著聊齋的名義出刊，但有心人一打聽，便知道內裡實情，看是妳這小丫頭擇稿，許多有才學之人便會斟酌一二，首刊徵稿估計收不到什麼有質量的文章，妳拿我的稿子去，還能當個名頭，壓壓場子。」

前面還讓她挑，現在是直接要她將稿子刊上《灼灼》……祝圓囧然。

她在這邊糾結著怎麼回話呢，淑妃滿心以為她已經應下了，心情頓時美麗極了，笑著道：「對了，我寫了好幾個名號，妳幫我看看，哪個比較好？」撿起几上壓著的紙張，讓玉容遞給她。

不光要審未來婆婆的稿，還要幫未來婆婆選筆名？祝圓更囧了。

接過玉容遞來的花箋紙，祝圓低頭一看，雨煙夫人、夢瑤夫人、雨薇夫人……

這……也不能說不好，就是……瓊瑤感好重。

來自現代的祝圓扶額。

淑妃嘆了口氣。「我來來回回換了好幾個了，總覺得有些不得勁，妳看哪個符合《灼灼》的風格，幫著挑一個，以後就定下來，省得我總琢磨著。」

……這話裡含義……祝圓忍不住抬眸瞅了眼淑妃。

眉似遠山不描而黛，唇若塗砂不點而朱。不到四十歲的年紀，正是風韻之時，直把祝圓看呆了。

淑妃無語。「妳這丫頭，跟妳說話呢！」

祝圓倏地回神，赧然道：「娘娘太漂亮了，不小心看呆了……」

淑妃失笑，然後催她。「趕緊看看。」

祝圓。「……」

她好難。

她還沒嫁人呢，為什麼要開始哄婆婆？
祝圓委婉地告訴淑妃，這些名號太過庸俗，配不上她的氣質。
淑妃登時有些不高興。「那妳想幾個給我看看，什麼才叫不庸俗的！」轉頭吩咐宮女。「給她上筆墨。」
祝圓。「……」嘶，說錯話了！
高效率的宮女很快送來筆墨，還不忘貼心地將茶盞清走，讓她就著小几寫字。
祝圓沒法，只得蘸墨提筆，列了幾個名字。從方才那些名字來看，淑妃比較喜歡婉約類名字，找些婉約詩句抽詞是最快的了。
剛寫完，一抬頭，就看到那柳芳綠纏枝牡丹裙出現在面前，祝圓嚇了一跳，忙站起來。
淑妃卻沒管她，逕自看著紙張輕念。「疏梅、清荷、清照、寒山、虛竹……」她咀嚼了幾遍，皺起眉。
祝圓忍不住又緊張了。
「這可怎麼選？」淑妃更苦惱了，然後問她。「要不，一期用一個名字？」
祝圓。「……」
這位大姊還打算每期都上?!
還未等她說話，一名宮女快步進來，淑妃立即改口。「罷了，我再想想吧。」也不需要宮女來，她撿起邊上的木匣子，往祝圓懷裡一塞，開始趕她。「這都到飯點了，妳留在這兒吃飯肯定不自在，我也不留妳了，改天再叫妳過來說話。」

祝圓。「？？？」

她還傻傻抱著匣子呢，淑妃已經走向那名宮女。「到哪兒了？」

「過了西邊花園了。」

「哼。走！攔著她們去！」

嘩啦啦一群宮女跟著她迅速出去了。

祝圓。「？？？」

留下來的玉容面上神情有些詭異，二話不說，引著她便往外走，直到出了宮，祝圓還是懵的。

頂著一腦門問號，祝圓回到灼灼書屋。

正好是午間用膳時候，她就不找四美過來問情況，自己吃了午飯，便翻出淑妃的稿子細看。

看完整個人都不好了。

這詞句艱澀又堆滿華麗辭藻的文章……怎麼可能刊登?!

報刊是為了適應不同層次的群眾，最基本的就是要言辭直白、利於普及，這……

祝圓越翻越頭大，恨不得將狗蛋揪出來揍一頓，索性將稿紙扔到一邊，繼續折騰自己的話本。

沒多會兒，四美帶著稿子簡歷資料過來回事，祝圓便開始忙碌起來。

許是因為時間短，她進宮一趟，祝家之人竟然全無發現。她鬆了口氣之餘，又開始提心吊膽淑妃的稿子之事。

想找狗蛋商量吧，這廝接連兩天都不見蹤影，祝圓又不想壞了自己的刊物名聲，索性偷偷找安清，問他有沒有法子送信給淑妃——既然決定不刊，總得打聲招呼吧？

雖然不知何事，安清還是非常可靠的點頭了，轉天就將她寫的信件送進了昭純宮，祝圓便將此事丟諸腦後了。

結果只隔了一天，淑妃又一大早把她喊進宮了。

她剛坐下，淑妃便冷聲質問過來。「長輩吩咐之事，竟然還敢拒絕，膽子可真不小啊！」

祝圓連忙將自己寫在信中的理由再次複述一遍。

淑妃氣憤。「胡說八道！我看妳是水平不夠，換個人審稿！」

祝圓小聲辯解。「除了科舉類文章，《灼灼》的審稿要求，與《大衍月刊》的同出一轍，言語直白、意思清楚明瞭，是審稿第一要求啊！」

「自古以來，都是要做漂亮文章，從未聽說要直白要簡單的。」

祝圓苦著臉。「刊物是要給百姓看的，不是給考科舉的舉人看的呀……」

淑妃一窒，惱羞成怒道：「我不管，我定要出一篇稿子！」她咬牙切齒。「我自己兒子兒媳倒騰出來的月刊，我的文章還上不去，傳出去豈不是笑掉別人大牙?!」

祝圓囧，她在宮裡啊，能傳到什麼地方去——等等！

想到上回淑妃急匆匆出去攔人，她彷彿猜到了什麼！難道……是別的妃嬪稿子錄用了，淑妃心裡不舒坦？

越想越有可能，再看上頭氣呼呼的淑妃，祝圓先小心翼翼哄了句。「娘娘，您的文字造詣太高了，得體諒老百姓呢。」

見她神色微緩，立馬又建議。「民女看您的精神、皮膚狀態都宛如二八少女，定是有許多養顏秘方，倘若娘娘願意，倒是可以將這些方子寫下來，造福京中諸多閨閣少女。」

淑妃有些看不上。「那些東西如何能比得過一篇金玉文章？」

「話不是這麼說，您看《大衍月刊》的時候，會覺得寫風俗地志的先生不好嗎？許是民女過於狹隘，民女覺得能如此見多識廣，都是堪稱為先生的人物……」

費了好一番唇舌，祝圓才哄得淑妃開心不少，然後給了她兩個養顏方子，一個內服，一個外敷。

雖然用料……很金貴，不過，管他呢！《灼灼》剛開始的客群，定然都是大戶人家的識字女眷，多金貴都有人用得起，用不起的，也能過個眼癮。

這稿子，是淑妃口述，祝圓手書，寫好了淑妃拿過去查看有無缺漏，邊看邊嫌棄。「這遣詞造句，也太俚俗了吧？」

祝圓笑道：「大俗即大雅呢。《大衍月刊》的話本也全是這般遣詞用句啊。」

行吧。淑妃看過方子，確認沒問題後，提醒道：「這文必須得署我的名兒啊！」

「娘娘放心。」

淑妃這才放下稿——動作一頓，她再次撿起稿子細細端詳。
祝圓不解地看著她動作。
「妳這字……」淑妃蹙眉。「怎麼跟謝崢的字有幾分相像？」
「……是嗎？」祝圓死不認帳。「竟然還有這種巧合？以後有機會，民女定要看看三殿下的書法。」
也是。淑妃遂按下不提，接著追問其他欄目的稿子要求，完了才若有所思地放她離開。

好不容易哄好淑妃，祝圓一身疲憊地回到灼灼書屋。
剛坐下呢，好些天不見人影的謝崢終於冒出來。「圓圓？」
祝圓精神一振，立馬揮毫。「狗蛋————————————」
裁剪成A4大小的紙張不夠大，她還不忘換行繼續畫線。
謝崢。「……」
「為何如此激動？」他戲謔道：「想我了？」
「是！」
對面的祝圓斬釘截鐵，謝崢反倒怔住了。
「我想打你了！」
謝崢。「……」
他扶額。「說吧，發生什麼事？」

祝圓當即把這幾天哄淑妃的事情交代了一遍，完了開始嚎。「你怎麼沒跟我說你娘是這樣的？」

謝崢啞然。「我也沒想到。」

「我不信！你負責《大衍月刊》，她怎麼可能沒找你？」祝圓忿忿。

「找過，我拒絕了。」

祝圓不信。「你說不行她就算了？對著自家兒子，不來個一哭二鬧三上吊啥的？」

謝崢。「……」一哭二鬧三上吊是什麼玩意?!

他捏了捏眉心。「我與她本就不和，她也沒再多說什麼。」

祝圓一怔，想起了傳聞。

還未等她問出口，謝崢又問：「她除了把妳叫進宮，有為難妳嗎？」

「還不夠嗎？」祝圓氣呼呼。「嚇得我那幾天都多吃了幾碗飯！」

謝崢。「……」看來沒什麼事。

「無須太過在意，她向來以賢德自居，不會為了這種小事罰妳。」

「你這是事後諸葛，走的時候怎麼不提醒我一句呢？」

謝崢無奈。「我如何知道妳會又搗鼓出一本刊物？」

好吧。「那你找我幹麼？到地方了？」算起來，這傢伙也離開半個月了。

「還未。」謝崢慢慢道：「我現在遇到一個小問題，送信回去太慢，只能先這樣找妳了。」畢竟這是即時通訊。

祝圓頓生不祥預感。「先說好，我沒錢！」

謝崢。「……」

「跟銀錢無關。」

祝圓鬆了口氣。「說——」

「不，也可說有關。」

祝圓一口氣噎在嗓子眼。「寫字寫快點，磨磨唧唧的！」

謝崢也不惱，繼續道：「我這次出來是往南邊走，偏偏我手下護衛兵丁多是北地人，一路過來，頗有不適，到今天已有九名兵丁病倒。」

咦？祝圓詫異。這是水土不服吧？

「還有幾名目前症狀較輕，但如果沒有得到緩解，等到了地方，甚至可能撐不過幾日，也會病倒。」

看起來很像啊……祝圓看他慢吞吞寫字，都忍不住替他著急了。「然後呢？要我找大夫送過去嗎？」

「大夫倒是不必，我們有隨行大夫，我需要的是藥材。」

那就是大夫已經開了藥，但藥材短缺，祝圓咬牙問：「什麼藥？」怪不得說跟錢有關呢！

「老薑。」

祝圓詫異。「只要老薑？」那不需要多少錢啊，她心情好多了。

「嗯。」謝崢停頓片刻，解釋道：「我們這一路上行經的多為荒涼之地，採購不便，需要妳從別處採購，交給安清，他知道要送往哪裡。」

「你是要多少，還採購不便？」祝圓吐槽。「不知道的還以為你們去了什麼鳥不拉屎的荒島上呢。」

謝崢。「……」

他答道：「不多，五百斤。」

五百斤？還不多？怪不得採購不便啊！

祝圓驚呆了。「你是打算吃到入土嗎？」這是帶了支軍隊過去吧？

謝崢。「……」

雖然懟得痛快，下來還是得幹活。

謝崢找她，也不是真要她去採購，誠如他所說，透過她可以最快聯絡上京城裡的人，她就是座橋梁。

祝圓忿忿擱筆，燒完紙張，立馬讓人去喊安清過來。

為了說服安清，她還絞盡腦汁想了個理由，結果，她剛說要採購五百斤老薑送去謝崢那兒，安清立馬應下，半分不帶猶豫的。

祝圓滿肚子的理由登時卡在嗓子眼，她瞪著安清。「你就這麼答應了？」

安清有些摸不著頭腦，小心答道：「三姑娘吩咐了，當然得幹活。」

祝圓啞口。「這是送去殿下那兒的，要是暴露了他的行蹤，你不怕被罰嗎？」

安清笑了。「姑娘放心，主子早就料到這種情況，提前做好了佈置，奴才只需要吩咐下去，下面的人就會在幾處地方分別採買，再分幾路送出去，這樣便不招眼了。」

分拆數量確實不招眼，祝圓鬆了一口氣。「那就好……」

安清接著又壓低聲音道：「而且，主子走前留了話，一切與他、與南邊相干的事務，都得聽妳的安排。」

祝圓。「……」

原來早有預謀，紙上通墨被這廝應用得挺溜的啊。

安清頓了頓，摸了摸腦袋，有些尷尬道：「姑娘，五百斤老薑倒是不貴，可一路要送過去……這銀錢……」

眼前這位仍是祝家三姑娘，還不是自家的主母呢，跟她討錢，他氣虛得很。

祝圓。「……」

怪不得狗蛋把鋪子扔過來，合著在這等著呢！

祝圓氣死了，偏又不能不給，只能把自己的私房錢掏出來——《灼灼》這邊一直在花錢，她備了幾百兩在這邊的辦公室呢。

忍痛將銀票給了安清，祝圓氣呼呼地翻出帳本，再次將支出記上，然後朝穀雨道：「把莊子的帳冊報告給我搬過來！」

她記得謝峥之前送的那什麼琉璃簪，至今還沒聽到什麼聲響，可見是還沒折騰出來。她雖然不懂技術，但是知道方向，提點個幾句還是可以的，她得趕在年前狠狠掙一波！

箱子搬來後，祝圓直接將與琉璃相關的幾冊翻出來，先看研發進程。

……果然還是卡在純度上。

祝圓一目十行，科技發展還未到那個層面，這裡的匠人不知道二氧化矽，還無法確切明白究竟是哪些原料能燒出琉璃，因此目前他們便只能一點一點的試驗。

太慢了。祝圓大手一揮，直接列出一些材料：乳白色、無色或半透明砂礫，無色透明或半透明的岩石……

這些材料並不能直接做琉璃，只能做玻璃，只是她想琉璃還要調色、試驗，費時費力，眼下做玻璃才是最快的。

既而她又一口氣擬定幾個玻璃產品：玻璃燈、玻璃茶具、玻璃餐具、玻璃瓶、玻璃櫃、玻璃擺件、玻璃窗。其中有幾樣她擔心匠人搞不清楚，還直接拿炭筆在旁邊畫了參考圖案，比如那種細長的玻璃花瓶。

完了她再次把安清叫過來。

剛把老薑的事情安排好，又進來接了一沓紙張，安清有些懵。「姑娘，這是？」

「立馬將這些拿到莊子上，交給琉璃項目負責人——叫，陳觀之是嗎？五天內我要看到這些東西的成品。」

「……是。」

「還有，那個南北鋪子賣的是什麼東西？」

安清回憶了下。「北邊的皮裘、藥材，南邊的絲綢、茶葉，全是各地的特產。」

祝圓皺了皺眉。「我知道了，我再想想，你先去把這件事情落實了。」
「是。」
待安清離開，祝圓皺著眉頭回想著，謝崢名下的鋪子似乎都各有產品售賣，她如果要賣玻璃、琉璃製品，肯定不能跟別的東西雜放在一起，得賣出格調！
記得似乎有本總帳冊子，她得研究一下，挪一個鋪子出來用，哦不對，她還得把淑妃那篇美容稿子整理出來。
如果《灼灼》、玻璃製品都要趕在年前出來的話，那這個月她真的有得忙了……
一下午都不得空，待回到祝府，看到在院子裡遛娃的張靜姝，祝圓才想起自己忘了一件事——
謝崢與淑妃的事情。
外界一直傳聞這對母子不和，據她觀察，也確實不像太親密。
她想來想去，不知道去找誰打聽，索性問張靜姝。
張靜姝詫異，將滿地亂跑的小娃娃扔給綠裳，示意她進屋聊。
「好端端的怎麼問起這事？」
祝圓做了個鬼臉。「提前打聽好，有備無患。」
張靜姝回憶了下。「聽妳辛嬸子說過幾句，許是妳忘記了。」她言簡意賅將淑妃母子的事情說了遍。

祝圓摸摸下巴，自語道：「難道是產後憂鬱？」

「什麼？」張靜姝沒聽清。

「沒有沒有。」祝圓轉移話題。「我看他倆除了不說話不來往，似乎也沒有什麼衝突啊，會不會只是生疏了？畢竟淑妃那兩年身體不好，沒有親自帶孩子，感情生疏了也是可能的吧？」

張靜姝搖頭。「具體我也不甚清楚。」她壓低聲音。「不過我倒是曾聽說一件事。」

祝圓忙湊過去。

「我聽說幾年前，殿下把他院子裡的人杖斃了一大半，聽說當時死了足有三、四十號人。」

祝圓悚然。「這……」

「當時，殿下才十三、四吧？」張靜姝嘆息。「十三、四歲，還是個半大孩子呢，若不是下人作妖，他何苦做這種事情？萬一得了陛下厭棄，他的日子定然更不好過了。」

「……淑妃不是管著宮務嗎？下人作妖她難道不知道？」這些下人是做了什麼事情，氣得少年越過母親直接動手？理論上淑妃不應該會坐視不理才對，祝圓不相信有這麼絕情的母親。

「許是不知道吧。」張靜姝猜測。「聽說宮裡慣常扒高踩低，母妃冷落，怕這日子才是最難的。」

祝圓想了想，小聲問道：「那，總還是能吃飽穿暖的吧？」

張靜姝搖頭。「這個不好說。」她提醒道：「妳忘了幾年前妳們在家裡的狀況嗎？妳親奶奶還在呢。」

祝圓啞然，她實在想像不到那一身氣勢的狗蛋會被人欺負……她想了想，又問：「淑妃難道會不知道她兒子經受了什麼嗎？」

「誰知道呢。」張靜姝輕哼。「知道了便是作孽，不知道也是作孽，有何差別？」

祝圓默然，幾年前的八卦，翻起來再聽，卻是迥然不同的滋味。

張靜姝摸了摸她腦袋。「等妳成親，往後這婆婆，敬而遠之便是了。」

祝圓回神。「無須討好嗎？」

「倒也不是，我特地查了，這些年，淑妃對三殿下雖無幫扶，卻也無加害之意，往後約莫也是這樣。妳將來是三皇子妃，三殿下才是妳往後的倚靠，淑妃只是錦上添花，妳得自己把握好這個度，萬不可為討好淑妃得罪了三殿下。」

這是自然，祝圓點頭，不管從情感上還是從身分上，她自然是偏向謝崢的。

張靜姝這才放心些，接著又道：「前些天聽說出了些事，但我查不到細節，只是看別人隱隱約約透露出的意思，三殿下……」她的聲音又壓低了幾分。「倘若三殿下真有如此野心，那將來妳的處境會更艱難，淑妃……能討好就討好吧。」

「……娘，妳一頭讓我敬而遠之，一頭又讓我能討好就討好，我怎麼整？」

張靜姝一窒，惱羞成怒道：「誰讓妳把人招惹回來呢？自己想辦法去！」一拍桌子就出去了。

被扔下的祝圓。「……」

轉頭她就把火撒在狗蛋身上——

「我要拆你的鋪子！」

剛露臉就看到這句話，謝崢茫然。「怎麼了？」

「你算算，你走了不到一個月，我出了多少錢？」

謝崢摸了摸下巴。「五百斤老薑，加上些許調配費用，也不多吧。」

「再少也是我的錢！還有灼灼書屋每天的吃喝拉撒……」

謝崢提醒道：「灼灼書屋不是直接安置在小院裡嗎？我留了錢。」雖然不多，應該還是夠她用到其他鋪子有收益。

「才兩個月的費用，還不夠我拆牆的。」

謝崢。「……」不是他要求拆牆裝修的吧？

他無奈極了。「反正鋪子都在妳手上。」

祝圓就等他這句話了。「你說的啊，那我要撤掉雜貨鋪！」

謝崢。「……」

「為何？」

「都有南北貨鋪了，為何還要留一個雜貨鋪？你錢多燒得慌嗎？」

謝崢不以為意。「能掙錢就沒差。」

最討厭有錢人這種萬事不管的態度！祝圓輕哼。「既然你不管，那我明兒就帶人去拆了。」

「妳安排便好。」祝圓並不是那種任性之人，她說要拆，必定是有別的用途。算他識相，祝圓心裡這才舒坦些。「還有，現在花的全是我的錢，我要求分紅！」

這才是重點吧？謝崢莞爾。「妳想要怎麼分？」

祝圓早就想好了，蘸了蘸墨，刷刷刷就寫出來。「《灼灼》的地兒用了你的院子，人手也跟你借了一些，不過這東西從頭到尾都是我折騰的，我要占大的，我要八成！」

時隔三年，再一次跟她討價還價起來，謝崢忍不住勾唇。「我沒記錯的話，妳還借了聊齋的名頭，拿《大衍月刊》打了廣告。」

祝圓一翻白眼。小氣鬼！

「我拿七成！不能再少了！」

謝崢失笑。「好。」

這一成兩成的分紅，於他不痛不癢，他不過是想逗逗這丫頭罷了。

祝圓頓時眉開眼笑，因為交通不便，《大衍月刊》的銷量一直停留在幾萬份冊數，《灼灼》應當會更少一點……但她就是高興。

她這是第一次在王八狗蛋手裡拿到分紅大頭呢！

謝崢卻突然想起一事。「妳既然用了院子，母妃賞下的人，妳如何安置？」

祝圓笑容頓收。「幹麼？」

謝崢絲毫不知危機將至，直接道：「別扔莊子上。」

他留給祝圓的莊子，只有明面上那一個，而那處正是他的科研中心，可不能讓這些亂七八糟的人禍害了。

祝圓知道他言外之意，可不妨礙她心裡不爽。

故而，她直接沒好氣道：「美人兒好好給你養著呢，就等你回來了。」

謝崢怔了怔，終於察覺出幾分火氣。

還未等他寫字，對面的祝圓又來了句。「吃喝用度我都有記帳，回來你要是不還我錢，我就搬空你的鋪子，拿錢去養面首！」

謝崢。「……」

說完這話，祝圓立馬撂筆燒紙，跑了。

她又不傻，留下肯定要挨罵的，溜了溜了。

毫不知情的謝崢帶著怒意、引經據典地寫了足足八百字文章，結果，對面半點反應都沒有。

謝崢。「……」

他是被耍了吧？

接下來幾天，祝圓開始瘋狂忙碌。

灼灼的稿件越來越多，面試的人依舊不溫不火，每天只有寥寥一、兩個，祝圓乾脆將執琴、執棋抽出來，開始設計《灼灼》版面。

然後她還要與安清安排雜貨鋪的貨物清查、轉移，同時開始研究鋪子的格局擺設，若不是時間緊張，她甚至想重改。

結果清查的過程中，發現那自行車竟然是在此店銷售，再看，童車銷量普普通通，自行車的盈利那簡直就是慘澹……她整個人都不好了，忍不住多事的給莊子下了一系列的改進方案——比如安全輪撤掉、換成三輪，拉貨車、載人車全都安排上！

莊子那邊的生產進度也得盯著，她沒辦法去莊子上查看，只能讓莊子的人每天過來兩趟彙報具體的進度，確認是否跟上了進度表。

除此之外她還要顧著玉蘭妝，簡直是忙得腳打後腦勺，因此自然不知道，從雜貨鋪開始清貨，便有許多眼睛盯著她。

在雜貨鋪的貨物全部拉走的第二天，鋪子裡開始敲牆後，那流言傳得更為聳動，什麼造孽啊，竟然毀三殿下的心血；什麼敗家娘們啊，還沒進門就開始糟蹋鋪子，那話一句比一句難聽。

安清自然不會主動將這些話傳到祝圓耳朵裡，他想著人這麼多，總該會有人往祝圓跟前報；再不濟，祝府之人總能知道。

他前頭有安福、安瑞這兩貨攔著，他若想要再往上一步，謝崢這頭是指望不大了，故而他把目標定在祝圓身上，就等著出點什麼事好在祝圓面前邀功，自然不會傻傻的把這種壞事攬上身。

可他沒想到，祝府的消息這麼不靈通，他巴巴等了兩、三天，祝圓還依然故我。

眼看外頭傳得越來越離譜，他就有點壓不住了，正想將事情捅上去，宮裡來人招祝圓進去了。

恰好今天莊子又送了幾份樣品過來，渾然未知的祝圓看著眼前幾份東西，大手一揮，直接打包，挑了兩份進宮去。

為啥只挑兩份？因為她現在只是名無身分的小姑娘，不能帶丫鬟、嬤嬤進宮，這些東西只能她自己抱著走。

還是那名熟悉的宮人為她領路，祝圓剛得了好東西，心情愉悅，加上她現在去昭純宮也算輕車熟路了，便沒注意到那宮人欲言又止的模樣。

一路快走，好不容易到了昭純宮，抱著匣子的祝圓感覺自己胳膊都快廢了——早知道送一份就好，累死她了。

結果剛進屋，還沒來得及邀功，便被一聲「跪下」嚇得差點扔了匣子，好險最後一刻回過神，忙抱著匣子跪下，還不敢抬頭。

屋裡安靜了片刻。

「啰噠。」

是茶盞落桌的輕響。

「妳就是祝氏？」威嚴的聲音從上座傳來。

祝圓心裡一緊，是……承嘉帝？

她不敢多想，腦袋更加低垂。「是，民女祝圓，叩見皇上。」

上首之人確實是承嘉帝，他皺著眉頭打量這還沒長大的丫頭片刻，終於開口。「聽說，妳最近挺鬧騰的。」

祝圓茫然，仔細回想了半天，小心翼翼問道：「陛下是指《灼灼》嗎？」

《大衍月刊》的利潤都不高呢，堂堂皇帝，不會是看上她這小報刊的分紅吧？

還不等承嘉帝說話，輕柔的女聲便插話進來。「陛下您看，我就說這丫頭壓根不知道這些流言吧！」

祝圓微微鬆了口氣。是淑妃，淑妃都能幫她打圓場，應該，不是什麼大事吧？

卻聽上首的承嘉帝輕哼。「這是流言嗎？滿京城的人都看著呢！還嫌不夠丟人是嗎？」

「陛下，」淑妃輕聲慢語。「要不還是聽聽她怎麼說吧？」

承嘉帝這才作罷。

淑妃暗鬆了口氣，轉過頭問祝圓。「聽說，妳讓人拆了謝崢的鋪子，可有其事？」

祝圓一愣。「……是，民女——」

「妳聽聽，妳聽聽！」承嘉帝登時怒了。「老三這幾年辛苦攢下來的家底，她說拆就拆了！」

祝圓。「……」大哥，聽她把話說完啊！

「聽聽她為何拆鋪子嘛……」淑妃柔聲安撫。「再說，謝崢本事大，幾年工夫能做起幾家鋪子，少個一間半間也不礙事。」

祝圓無語了，這話聽著……還不如不勸呢！

好在，承嘉帝與她似有共同心聲，立馬訓斥過去。「妳這當娘的半點沒給他幫忙，說起來倒是不心疼。」

淑妃頓時不說話了。

承嘉帝今日似乎心情不太好，又說道：「妳看看老大老二，今兒喝酒明天吃茶，天天出遊詩酒花，哪個跟老三似的，什麼事都得自己幹？連聊齋也是他自己拿命掙下來的獎賞。若不是有聊齋的分成，他能開起這麼多鋪子？妳這當娘的，半點助力沒有，還給他扯後腿，妳於心何忍？」

這些話……祝圓聽得心驚膽戰，藉著低頭的動作四處掃視。殿裡似乎沒有幾個人，她鬆了口氣，看這樣子不是衝她來的……她大概是受了無妄之災。

上座的承嘉帝猶自教訓淑妃。「當年那些事都過去多久了，妳怎麼還抓著不放？」

淑妃自然不認，挨了批，她立馬紅了眼眶，泫然欲泣道：「臣妾冤枉，臣妾雖對謝峥並無太多關愛，卻絕不會傷他害他，何來扯後腿之說？」

承嘉帝聲音含怒。「老三離京將生意全託給一個未及笄的小丫頭，還不夠明顯嗎？別人家母妃不說親力親為，也是給錢給人，但凡妳能稍微軟一些，老三何至於將鋪子交給一小丫頭……妳看看，這才幾天，連鋪子都拆了！」

祝圓。「……」

淑妃抽噎。「臣妾又不會這些，就算交給我又有什麼用！」

「妳就不能——」

「稟皇上、淑妃娘娘，」祝圓緊張地打斷他們。「民女拆鋪子只是為了裝修，售賣三殿下莊子上的新產品。」

殿內安靜了一瞬。

祝圓索性不等他們說話，直接將手上托抱了半天的匣子放到地上，逐一打開，道：「民女是要賣這些東西。」

終於離開皇宮，祝圓長舒了口氣。

候在宮門口的穀雨笑著扶她上馬車，然後打趣道：「看來娘娘對姑娘您非常滿意，這半個月就見了您三回了。」

得了得了，這種事再來兩回，她命都短幾年了。

祝圓搖頭，不想跟她多議論，直接道：「去平安巷。」

「誒？」

「我要去雜貨鋪看看。」那起子小人，竟然說她拆鋪子敗家？

她就不信了，拆鋪子又如何？她今天就要直接去砸招牌！

沒錯，今天雜貨鋪該換招牌了，新招牌還得兩天才能到位，但她現在氣不過，決定提前砸掉舊招牌。

馬車嘚嘚，不過片刻就到了北街平安巷的「多福雜貨鋪」，鋪子裡的下人恰好正在卸招牌。

祝圓冷笑，戴上淺露，讓馬車停在店鋪門口，然後她扶著車門直接跳下去。

有那眼尖的認出馬車上懸掛的「祝」字燈籠，立馬招呼人過來行禮。

這幾日他們鋪子的清貨整改，都有這位主子的身影，他們身為奴僕，別說店裡貨物，就是他們自己，這位主子也是能說不要就不要的，眼下人都到跟前了，他們自然趕緊上前行禮。

裝得挺像那麼回事，祝圓冷笑。若沒有這些下人的碎嘴，旁人如何得知是她下的令？誰知道謝崢能給她放了這麼大的權？

祝圓輕哼，也不給這些人叫起，直接走向那面靠在牆根下的大字招牌。

「穀雨，把它砸了！」

「……是！」

氣呼呼的祝圓連灼灼書屋都不去了，砸完招牌就回了自己家。

她這麼辛苦為誰忙活？平白給自己惹來一堆風言風語，何苦來哉。

哼，回家躺著當鹹魚去！

已經習慣她天天寫寫畫畫的謝崢反倒不習慣了，發現今天許久都不見墨字，他主動找上門來。

「人呢？」

祝圓翻了個白眼，將書冊往身前拉了拉，繼續往下看。
「圓圓？」謝崢想了想，道：「我已經到地方了。」
關她屁事。祝圓依舊不搭理。
「此處宗族勢力龐大，我是五年來的第四任縣令。」
祝圓看書的視線直往墨字上瞄。
「我原以為他們再囂張也不過是不聽不從，直到我到了地方——」
然後呢？祝圓盯著墨字，哪知謝崢卻不寫下去了。
「還想找妳聊聊不同地方的風俗民情呢，妳竟然不在，可惜了。」
別啊！還沒說完呢！祝圓一咕嚕爬起來，竄到桌邊，蘸墨落筆。「在呢，剛才有事。」
頓了頓，立馬問：「到了地方怎樣？發生什麼事？」
千里之外的謝崢勾起唇角。「妳真有事？」
祝圓理直氣壯。「別顧左右而言他，有八卦就趕緊說！」
謝崢莞爾，坦言道：「我到了之後，無事發生。」
祝圓傻了。「什麼意思？」
「所謂無事，就是無縣衙、無主簿衙役、無官邸住處。」
祝圓懂了，然後同情不已。「可憐的孩子，記得多喝熱水啊。」看來那地方是個硬茬，狗蛋千萬得撐住，可別老薑未到，他先倒。
謝崢。「？？？」

不是在聊地方情況嗎？跟熱水有什麼關係？
謝崢不明所以，自然要問上一句。
祝圓知道他在異地他鄉受苦，心情就漂亮了許多，見他謙虛求問，好脾氣地解釋道：「你們不是水土不服嘛～～多喝熱水能有效緩解，如果有條件，多弄點豆腐吃吃。」
謝崢挑眉。「果真有用？」
「有啊，我讓安清給你們弄老薑，順便給你們收點黃豆去，多吃點啊～～」
謝崢。「……」總覺得這些法子不太靠譜。
「對了，」既然已經開聊，祝圓索性將今天進宮的事告訴他。「今天……」
謝崢看著飛快浮現的墨字，忍不住莞爾，怪不得這丫頭方才半天不出來。
祝圓可不知道這人還在心裡嘀咕風涼話，寫完砸招牌的事後，道：「最後，恭喜你了！」
謝崢一愣，提筆一個問號。「？」何喜之有？
祝圓冷笑。「以後全京城都會知道，堂堂三皇子要娶的祝家三姑娘，不光是個敗家丫頭，還是個母老虎！可喜可賀啊～～」
謝崢。「……」
「無事。」他淡定道：「旁人如何說道，我何須在意？」言外之意，祝圓只管做自己的事就好。
祝圓滿心的陰鬱頓消，她想了想，問：「別人就算了，你不怕你爹不悅嗎？我看你爹很看好你，你將來希望很大哦，不怕毀在我這裡？」

就衝著承嘉帝跟淑妃說的那番話，謝崢承襲大位的可能性簡直呼之欲出。

再說，那可是皇帝，為了這麼點小事就巴巴找她一小丫頭教訓，至於嗎？還不是怕她穩不住，壞了謝崢的大後方，故而她才這麼說。

謝崢不以為意。「倘若這點小問題便能動搖我爹的心意，那也與妳無關，是我做得不夠好。」

祝圓怔住。

「我既然信妳，妳放手做便是了。」

祝圓按著紙張的手指動了動，慢慢寫道：「倘若有一天你不信我了呢？」

謝崢瞇眼。「妳想做什麼？」

祝圓無語。「我就打個比方。」

「沒有這個可能。」謝崢傲然。「妳將來是我妻，以妳的為人，大義上必不會負我。既然大義不負，何來不信？」

祝圓。「……」

似乎是這麼個道理。

「那，我不用管你爹娘說什麼？」

謝崢淡定道：「無須在意。妳是我求來的幫手，有父皇親口諭旨，只要妳不出大錯，他不會找妳一個小丫頭計較，他或許是藉著由頭訓斥淑妃罷了。」只聽她說殿裡沒有幾個人，他便有這種感覺了。

「可你娘這般模樣也不是一年兩年了，為何這個時候說？」還特地把她叫進去說？

謝崢輕敲扶手思忖，片刻後，道：「此事妳不要再管，有父皇壓著，她出不了大亂子。」

祝圓好奇。「如果不壓，她會做什麼？她能做什麼？」

謝崢冷笑。「多了，比如，趁妳折騰的空檔，把鋪子接過去。」到時，他的錢就不知道會流到何處了。

祝圓咋舌。「她是想要錢？」看著不像啊，她覺得……

謝崢遲疑片刻，提筆。「或許只是看不得我好。」

祝圓。「……」

太慘了。

她現在竟然不知道該可憐謝崢還是該可憐淑妃了，好好的母子倆，竟然折騰到這樣的境況。

氣氛有點嚴肅，祝圓索性開個玩笑。「你是不是從小缺乏關懷，所以遇到如此成熟穩重的我，才把持不住？」

謝崢。「……」

手癢了。

若是這丫頭在面前，定要好好教訓一番。

第二十八章

另一頭，聽說祝圓出了皇宮就直奔鋪子，把招牌給砸了，淑妃氣得差點咬碎銀牙。

「這小姑娘是在打誰的臉呢！」

玉容忙安撫她。「娘娘，許是咱們多心，三姑娘本來就在拆著鋪子，再砸個招牌也不奇怪。」

玉屏卻持不同意見。「什麼時候不砸，偏偏從咱這兒出去了就砸，這不是打咱娘娘的臉嗎？」

玉容忙嗔她。「妳少說兩句啊，沒看娘娘正上火呢。」

玉屏皺了皺鼻子。「那也不能哄著娘娘當不知道吧。」她轉過頭，朝淑妃道：「娘娘，三姑娘這般不識抬舉，還是得管管，否則別人怎麼看您啊。」

玉容皺起眉。「娘娘三思。您不過找了兩回三姑娘，皇上便找了過來，咱還是別插手的好吧？」

「話不是這麼說。」玉屏細聲細氣。「娘娘身為長輩，指點小輩做事天經地義，陛下不過是對娘娘有所誤會。倘若娘娘此刻放手，豈不是坐實了這誤會？」

玉容擔憂不已。「殿下既然把鋪子交給三姑娘，想必是經過深思熟慮，娘娘您這般，萬一讓殿下不喜……」

話未說完，淑妃便瞪了過去。「又是陛下不喜，又是殿下不喜——妳是不是看不得我好？」

這話重了，玉容當即跪了下去。

「娘娘，奴婢絕無此心！」她著急不已。「娘娘，殿下已經長大了，您不該再插手他的事了。」

淑妃聽著不喜。「他再大也是我兒子，我怎麼就不能管了？再說，我這不還沒插手嗎？」

玉屏也跟著道：「玉容妳這就想岔了，娘娘跟殿下關係生疏，眼看殿下越發受重用，娘娘若不趁此機會幫個忙，將來如何得殿下敬仰，如何立足後宮？」

沒錯，如今年歲差不多的三個皇子，老大謝峮因鹽案之事牽連，暫時沈寂；老二謝峸在刑部歷練，雖也幹得風生水起，可在開聊齋、辦《大衍月刊》的謝崢面前，卻彷彿小兒玩耍。

不說別的，謝崢出入上書房的次數就遠比其他兄弟姊妹高上一大截，其受重用程度可見一斑。

與此同時，淑妃卻明裡暗裡地收到承嘉帝的訓斥。

淑妃不傻，眼看謝崢要起來了，她頓時慌了。

她除了跟嫻妃幾個日常鬥嘴，身為後宮四妃之一的她，已經舒服了好幾年，這兩年謝崢一冒頭，她就開始接連受到訓斥……果真是犯沖嗎？

她不能坐以待斃，誠如玉屏所說，謝崢現在長大了，又有承嘉帝撐腰，她是不可能將其摁下去。

可她跟謝崢的關係也確實算不上好，將來謝崢若是真得登大位，她以後如何自處？

如今是現成的機會——謝崢不在，祝圓一個小丫頭，正好拿捏。

她早就反應過來，謝崢當初是給她設了個套，轉頭就將祝圓給定了下來，由此可見這丫頭在其心中分量頗重，只要她把祝圓拿下……

她與玉屏商量著怎麼拿下，人在上書房裡的承嘉帝卻挑了挑眉。「這丫頭，氣性倒是挺大的。」

德慶笑著道：「可見三殿下眼光獨到。」

承嘉帝摸摸下巴。「你說，淑妃若是跟祝家小丫頭對上，孰勝孰負？」

德慶乾笑。「這……」

承嘉帝看向邊上擺著的匣子，笑道：「這丫頭分明自己就能搞定……虧朕還特地跑一趟。」想到那丫頭的肉痛表情，他失笑。「倒讓朕白賺一套東西。」

「三姑娘不是帶了兩套嘛，可見一套就是給您留著的呢。」

「這玩意可真是精巧，雖說是老三那莊子折騰出來的……我看這丫頭也是魄力十足，好一鋪子，竟然說拆便拆，只衝這一點，老三的眼光就挺不錯的。」承嘉帝笑道：「罷了，且看看她能折騰出什麼結果吧。」

德慶小心翼翼問道：「那淑妃那頭……」

承嘉帝擺手。「且讓她折騰著吧，朕想看看這丫頭會怎麼應付。」頓了頓，提醒道：「還是得盯著，別讓她把人欺負狠了，回頭老三又給朕找麻煩，朕就找你算帳！」

這是開玩笑了，德慶笑咪咪應了。「誒，奴才省得。」

宮裡大老們如何思量，祝圓自然不關心，她手上事務還忙著呢。

臘月十五過去了，還有幾天就是小年夜，《灼灼》所有版位都已經定好，祝圓再三確定稿子無誤後，正式發到聊齋印刷部，印刷出來的第一版稿件，再次確認過，然後才最後批量印刷。

於是在小年夜前，臘月二十這日，《灼灼》第一期出刊了！

這回的刊物，祝圓沒有打廣告，直接做了幾個報刊架安置在聊齋各處；同時還掛著她親自策劃設計的大幅宣傳海報，大街小巷但凡人多的地方，必定能見到《灼灼》的宣傳海報。

主題簡潔有力：「愛自己，從一份《灼灼》開始」，副標直白明確：「愛美容、愛養生、愛美食……熱愛生活，熱愛自己」，令人想像得到內容有多豐富精彩。

只是滿滿一海報的「愛」字，讓滿城文人紛紛皺眉。古人講究含蓄之美，海報上張口「愛」、閉口「愛」的，簡直毫無矜持！

除此之外，祝圓還大搞促銷，在聊齋買滿六十文書籍，就送《灼灼》一本，在別的鋪子也是買滿各種金額，贈送《灼灼》一本。

如此，三萬本《灼灼》上市五天便全送光了。

第一期《灼灼》，祝圓足足賠了一千多兩進去——還只算鋪子裝修、紙張成本，以及院子裡的人工，聊齋與印刷部的人工，她全部……咳咳，白嫖了。

這邊不停投錢，雜貨鋪那邊也已經正式掛牌「璀璨之齋」，在小年夜這天悄悄開張了。

裝修的時候，按照祝圓要求，鋪子周邊直接拉了長長的帷幕，將所有動靜完全遮掩住，甚至還讓人巡邏守著，路人只能從砰砰咚咚的砸牆聲知道裡頭在裝修，別的是半點都不知道。

敲牆聲停沒多會兒，便陸續有蓋著許多禾稈野草的馬車從城外過來，鑽進布幕裡便看不見了。有心人偶會聽到裡頭傳出瓷器碎裂的聲音，除此之外，便是各種「當心」、「輕點」之類的吆喝聲。

正當所有人都盯著這塊的時候，精美程度比之《大衍月刊》有過之而無不及的《灼灼》，悄無聲息地進入了各戶人家家裡。

有心人還沒來得及研究一二，「璀璨之齋」的布幕緊接著又拉開了。

新鋪子那透亮的窗戶、光可鑑人的櫃檯、晶瑩的用具擺件……令京城一陣譁然，祝家三姑娘從哪兒弄來如此清透、如此眾多的琉璃？再加上那各大鋪子買就送的精美月刊……

祝家三姑娘，這是把三殿下的家當都掏空了嗎？

所有人都對那名不知去了何處的三皇子殿下投予同情，轉頭告誡兒孫——男人啊，萬不可被那皮相勾引丟了魂，瞧那三殿下，就是前車之鑒了。

千里之外的謝崢狂打了好幾個噴嚏。

祝圓在京城忙得喝口水的工夫都沒有，謝崢也不得空。

他是輕車快馬直奔地方去的，護衛、暗衛都隱在暗處，他帶著數名下人裝扮成行旅的商賈，藉著從北邊弄來的皮毛服飾，混入了即將上任的縣城。

遇到的第一個難題是，語言不通。

這邊太過偏遠，官話不通，地域方言又極難聽懂，稍有不慎，便會弄出笑話或誤會。好在謝崢曾經去過潞州，曾經受困於語音問題，這回他以商隊身分混進各種南下商家，慢慢也學會了些日常用語，在當地走街串巷假裝售賣貨品的過程中，也打聽到了不少消息。

只是他帶來的人吐洩不止者越來越多，水土不服情況越發嚴重，謝崢只能暫時蟄伏，租了套民宅住下，一方面積極學習當地語言、打聽消息，另一方面讓隱在山林野地裡的護衛們好好休養，靜待京城送來的老薑、黃豆。

他這邊百般忙碌，自然不知道京城裡的祝圓已經把他的名聲黑成了冤大頭；而祝圓，暫時也無從得空告訴他。

《灼灼》第一期出刊不到三天，效果如何還不得而知，璀璨之齋那邊卻迎來了一大批訂單。

短短半個月的時間，祝圓每天兩次追問進度，逼得莊子的管事們將相關匠人拆分出三組人馬，一組研究玻璃牆、玻璃櫃，另一組研究玻璃餐具、茶具，還有一小部分人研究花瓶等擺件。

由於原來便有基礎，只是差在純度上，這下有了祝圓給的方向和豐厚獎金，幾天工夫，幾款期待已久的玻璃成品便迅速出爐，終於趕在小年夜這天把貨全部鋪上。

純度不那麼透亮的大面玻璃嵌入木框，拿水泥澆築在牆面上，純度透亮些的裝在櫃子裡；櫃子裡擺著晶瑩剔透、或流光溢彩的餐具茶具，晶瑩剔透的線條簡單大方，看著就大氣疏朗。甚至還有雕琢成各種花卉造型的玻璃擺件，精巧璀璨得奪人目光，以及各種各樣精美的花瓶……

璀璨之齋的掌櫃說了，店裡所有的東西都賣，連牆上的玻璃牆、櫃子的玻璃面，都可以接受預定，杯碗盤盞更是如此。

關鍵是，不貴。

那些個玻璃碗，一套下來，也只一根細金簪子的價錢。

正逢過年呢，不說家裡要迎親接客，年前年後不都得送禮嗎？哪家當主母的每年不都要愁這事？故而，聽說璀璨之齋只接受預定，所有人都瘋了似的湧上去。

幾天工夫，祝圓便收到六千兩訂單——這還只是年前的。

單子太多，年前是絕對做不來，管事不敢擅專，趕緊報給她，讓她定奪。

祝圓看著滿滿一匣子的銀票笑得合不攏嘴，大手一揮，給莊子鋪子所有參與的匠人管事全都發了雙糧，然後冷酷無情地讓掌櫃去貼通知，接下來的訂單只能排到年後。

即便如此，訂單依然源源不斷。

祝圓沒法子，只好跟安清等人商量，讓璀璨之齋、莊子裡的匠人們春節不要休息，爐窖十二時辰不停，所有匠人兩班輪值，加班加點趕訂單……

璀璨之齋的生意火爆，將所有人的目光都吸引過去，因此少有人關注到灼灼書屋那邊開始多了許多人，有投稿的、有加購首刊的、有預定下期的，還有應聘的。

兩邊生意都有了起色，祝圓是忙並快樂著，也不知道張靜姝怎麼跟祝府之人說的，她一直忙到大年三十，才跟著娘開始為家裡除夕宴忙碌。

在書院的祝庭舟等人已經回來，一大早便由祝修遠領著進入祠堂開始祭拜。

身為縣令的祝修齊還在章口守著，只等下晌事務了了，才會快馬回來吃團圓飯。

除夕團圓飯，正月初一穿新衣拜新年，吃過午飯，祝圓還不忘跑去灼灼書屋，給住在那邊的安清等幾名太監以及四美諸人發紅包，祝他們新的一年順順利利、健健康康。

不說安清等人有多錯愕，連四美也紅了眼眶——她們打小進宮，天天起早摸黑的練習、幹活，哪裡還記得什麼節日？過往新年，也就是碗裡多塊肉，或者多吃兩塊點心之事，收紅包，那是她們想都不敢想的。

祝圓看著幾名丫頭哭哭啼啼的，又辛酸又無奈，索性假裝威脅道：「妳們再這樣，紅包我要收回來了啊。」

執畫幾人猶自抹眼淚。

「好了，我過來就是為了給妳們發個紅包，妳們該幹麼幹麼去。這幾日放假，好好玩玩，出門的話記得帶上人，也別往那僻靜地方去。」祝圓想了想，忙又補充。「記得初四就得上班了，可別忘了正月刊的稿子還沒定呢。」

執琴登時破涕為笑，嗔怪道：「知道了，都已經操練過一回，第二回還出錯，那真是愧對姑娘栽培了。」

執棋一抹眼淚。「奴婢可沒工夫歇著，正月刊的封面圖，聊齋那邊還磨磨唧唧的不肯給，又說難雕又說難刷……不行，奴婢得趕緊想個備用草案，讓他們兩版一塊兒雕出來，萬一砸了還有個替換的！」

說完她福了福身。「姑娘先歇著，奴婢先去聊齋那邊看看。」

聊齋畢竟是書鋪，春節生意更旺，關門是不可能關門的，甚至還得加班加點的幹活，故而她有此一說。

祝圓還沒說話呢，執棋已提著裙襬風風火火地跑了。

祝圓。「……」

她轉頭看向四美老大的執琴。「大過年的，她也不歇著嗎？」

執琴不以為然。「姑娘讓她忙唄，咱們這樣的人，過年也無處可去，還不如幹活心裡踏實些。」然後抱怨道：「聊齋都不休假呢，奴婢幾個哪裡需要休假，要是休假了，聊齋的人不幹事，咱們可不得哭死了！」

祝圓。「……」休假還怪她？

「還有，咱們鋪子現在已經招來好幾名婦人，接下來是不是得考慮開放鋪子？這人手如何佈置？場地內容如何佈置？奴婢幾個昨日討論後出了個方案，本想過兩日給您，恰好您今日過來，給，您瞧瞧。」執琴不知從何處摸出幾張簿冊，恭敬地遞給祝圓。

祝圓。「……」

等下，今天是大年初一啊！她只是來發紅包的！

若是說半個月前四美還是妖妖嬈嬈的侍妾預備營，那現在，她們就是那精明幹練的灼灼書屋管事。

尤其是上月趕稿最後那兩天，哪個還有原來溫柔小意的模樣，走起路來一個賽一個的大步流星，跑去聊齋印刷部追趕進度的嗓門一個賽一個的大……

於是，大年初一跑到院子發紅包的祝圓便被幾人拉著提前進入工作狀態。

好不容易核對完事情，回到府裡已是申時初了。

大年初一呢，張靜姝怕是還在長福院陪老夫人說話，祝圓看到院裡無人，大大鬆了口氣，趕緊偷溜回屋。

閒下來也是無事，她這段日子看稿、看方案看得頭疼，實在不想費腦子，索性抓出紙張開始練字。

剛練了不到盞茶工夫，謝崢便冒出來了。

「圓圓。」

看到好幾天不見蹤影的墨字，祝圓開心不已。「喲，好久不見啊，新年好～～」說實在的，她還挺擔心這傢伙水土不服死在異鄉的。

謝崢頓了頓。「新年好。」

祝圓打聽。「你最近很忙？好多天沒見你了。」

「嗯，在學習方言。」每天都要出去跟當地人打交道。

祝圓驚嘆。「你還去學方言？」她真心道：「你真是我見過最不像皇子的皇子了。」

謝崢挑眉。「妳見過幾名？」

「好吧，實際只見過一個。」不過，電視裡的，她還是見過好多的，只是這話不能說而已。

謝崢這才作罷。

「不過，這說明什麼？這說明咱大衍的教育不行，連官話都無法普及，朝廷政策如何普及？民心如何聚攏？怪不得地方政務會被當地勢力把持呢，誰都不認識朝廷，誰管不是一樣管？」

這問題已然困擾謝崢多日，故而他順著話題便與之詳聊。

兩人就著教育普及、語言統一等問題聊了個酣暢淋漓，直至太陽開始西斜，祝圓估摸著差不多該去正院了，便依依不捨地與之告別。

謝崢這才想起一事。「慢著。」

「？」祝圓畫了個問號便開始揉紙團，一個一個扔進炭爐裡，注意力大半還是留在紙上。

只見謝崢慢慢寫道：「那些豬，也是妳讓人送來的？」

祝圓眨眨眼，噗哧一聲笑了。沒錯，她不光讓安清採購了許多老薑、黃豆送過去，還讓人趕了十數頭家豬一起送過去。

「這不是想著年關了嘛，給你們加加菜。」祝圓樂不可支。

她心想，謝崢帶的人想必是隱在暗處，連老薑都不敢大肆採購，肉怕是也缺，至於鹽之類的生活調料，想必是早早就準備好了，自然無須她操心。

謝崢無奈。「南邊氣候好，冬日野物也不少，他們平日操練時抓幾隻也夠吃了。」沒得大動干戈送豬過來。

祝圓連忙警告他。「這些野物少吃為妙啊，別水土不服還沒搞定，你們自己就先被畜牲病傳染，那可真是藥石無醫的。」

謝崢不以為然。「熟食無虞。」

「處理過程呢？安知其皮膚毛髮上無病毒？」祝圓沒好氣。「你們現在脆弱得很，這吃野物可不是鬧著玩的。」

謝崢擰眉想了想，點頭。「好。」寧可信其有不可信其無。

祝圓這才放過他，隨手寫道：「殺豬後記得讓人給你留份豬腦花。」

謝崢。「？？？」

他覺得必然沒好話，但還是忍不住發問。「為何？」

祝圓暗笑，手裡卻正經八百寫道：「你年紀大，學方言費腦子，得補補。」

……拿豬腦子補腦？

謝崢。「……」

謝了不必了。

朝廷最近發生了什麼大事，老百姓們不一定能知道，但若說起京城最近流行什麼，他們張口便能來一句「有人就有恩怨，有恩怨就有江湖」。

《笑傲江湖》連載至今，已經擁有許多忠實讀者。

不光那些明文識字的讀書人，連那走街串巷的貨郎、城門口扛貨的苦力、走南闖北的武夫……都願意花上幾個茶錢，去茶樓飯館聽說書先生講那《笑傲江湖》。

沒錯，《笑傲江湖》雖未完結，卻已經是京城說書先生每日必講的經典。

每月到了《大衍月刊》出刊之時，那些茶館皆是高朋滿座，識字不識字的，都願意湊到一起，聽說書先生講那波譎雲詭的江湖事，再與相識、不相識的各路朋友一起討論裡頭的各種角色，不光市井百姓，連那許多熱血年輕人也被其中豪情萬丈吸引。

當然，話本只是話本。

《笑傲江湖》只是祝圓依舊記憶仿寫，雖然她對金庸小說熟知於心，但文字造詣確實不如金庸，只能盡力還原。即便如此，金庸的小說，對於當下文人而言，仍然是大白話居多。

故而，《笑傲江湖》在文人圈子裡，並沒有引起太大轟動，反倒是閒著無聊的婦人家會月月追更。

聽起來似乎不多。

可這年頭，讀書人還是少數。積攢了大批百姓讀者的金庸先生，在大街小巷、在深閨婦人乃至許多少年學子心裡，已儼然是大家。

當其時，春節剛過，元宵未至，卻不知從何處颳起一股流言——所謂的金庸先生，其實只是一名未及笄的小丫頭。

那丫頭，就是這些日子搗鼓出《灼灼》、璀璨之齋的祝家三姑娘。

眾人譁然，倘若這是真的……那《笑傲江湖》裡的人物有多瀟灑不羈，這小姑娘便有多離經叛道了。

再看她這兩月，一小姑娘家家的，天天拋頭露臉，早出晚歸，還整日跟各種男人打交道……可不是離經叛道？

當下流言甚囂塵上，一時間，祝圓的名字在好些人家眼裡都成了那不守規矩的代名詞。

這些不過是大夥私下流傳之話，祝家人起初是毫不知情。

可王玉欣最近正跟太常寺少卿家議親，加上春節，正是走親訪友之時，這流言剛起，便有那嘴碎的跟王玉欣告狀，說他們家的姑娘可得好好管管，別壞了玥兒的名聲。

王玉欣一聽，這還得了？當即回家找祝老夫人告狀。

於是，當天下午，剛回到家的祝圓便被叫至長福院。

一進門，還沒來得及看清人呢，便聽得一聲大喝——

「跪下！」

祝圓。「……」啥情況？

好在她娘給力。

只聽張靜姝道：「大嫂，娘還沒發話呢。」

後。

王玉欣登時憋紅了臉，祝圓心裡暗樂，忙朝上座三名長輩福身行禮，快速溜到她娘身

祝老夫人臉色也不太好看，廢話不多說，直接問她。「我問妳，金庸先生是何許人？」

祝圓心裡一突，謹慎答道：「孫女不知道。」

「砰！」祝老夫人拍得茶几上的碗盞都顫了兩顫。「不知道？旁人都知道《大衍月刊》上的稿子和稿費，都是從玉蘭妝走的，怎麼，玉蘭妝除了妳，還有別的主子？」

「因為稿件是孫女整理的，但孫女確實不知道金庸先生是何人。」反正，打死不認。

「什麼意思？」

祝圓解釋道：「我曾經看過金庸先生的文稿，不過字跡凌亂，破舊不堪，沒法保存。所以我只能依靠記憶寫出來，並代為署名金庸先生。」說完她恭敬福身。「敢問祖母，孫女將前人的經典改編再現，何錯之有？」

祝老夫人張了張口，一時無話反駁。

王玉欣見她軟化了，立馬道：「若不是妳天天出去外面，好好一姑娘，如何會被人說成這個樣子？」

祝圓直視她。「伯母不妨說說，姪女我都被說成什麼樣子了？」

「那什麼——」王玉欣啞口。對啊，旁人其實就是暗指一、兩句，連名都沒提，哪有什麼話？

祝圓面無表情看著她。「不知道伯母對陛下的安排有何意見？姪女去打理鋪子，可是陛

下親口諭旨吩咐下來的，若是伯母對姪女有意見，不如跟姪女一塊兒去面聖？」

王玉欣僵著臉，乾笑道：「陛下豈是妳想見就能見的。」

「那不巧了，」祝圓微笑。「半月前我才面聖了一回，還送了他一套琉璃茶盞。」她的禮物，可不是白收的！尤其是這種新品剛出來，賣得正俏的時候，少一套樣品她少多少錢啊～～

御書房裡的承嘉帝打了個噴嚏。

祝圓這話的意思呢，有腦子的都聽得出來——陛下不光贊同她管事，還喜歡她倒騰出來的產品！

這回不光王玉欣，連祝老夫人跟張靜姝都嚇了一跳。

「妳怎麼突然見到聖上了？也沒聽妳說。」張靜姝忙問。

祝圓輕描淡寫道：「進臘月後，淑妃娘娘見了我幾回，也是在娘娘那兒碰著陛下的。」

幾人面面相覷。

張靜姝率先回神，道：「咳，我早就說了圓圓這事兒沒問題……若是沒什麼事，我們先回去了。」

王玉欣只能乾瞪眼看她們離開。

回到蘅芷院，張靜姝自然要問問祝圓見淑妃跟承嘉帝的情況，祝圓避重就輕，只說他們問的也是鋪子裡的營生，不過是擔心她搞砸了，別的都沒說。

張靜姝這才鬆口氣，然後沈吟片刻，道：「最近風言風語似乎真有點多，加上這裡……我們不如搬去跟妳爹團聚吧？」

過年時候，祝修齊也就回來吃了頓團圓飯，第二天上午拜了祖宗，飯都沒吃，便回去章口——春節廟會、集會多，章口又多外來旅人，春節期間最容易滋生事端，他得回去盯著。

這一年來他們家聚少離多，祝修齊一個人住在章口冷冷清清的不說，今天又來這麼一齣，張靜姝便生出這股想法。

祝圓詫異，然後遲疑。「可我那邊生意……」

張靜姝沒好氣。「章口到京城快馬不到一個時辰，按我說，妳那《灼灼》惹人非議的，妳還不如搬去章口呢。」

祝圓搖頭。「我正是要他們議論。」

張靜姝不解。

祝圓也不解釋，道：「要不，我也住到灼灼書屋裡面吧？這樣便省下許多事了。」

張靜姝嚇了一跳，斥道：「妳瘋了，那院子名義上還是殿下的，妳一未婚姑娘，住進去像什麼話？」

祝圓撇嘴。正主都不在，有什麼關係嘛……

「罷了罷了，回頭讓妳姨娘過去章口陪妳爹吧。」張靜姝摸摸她鬢髮。「趁妳還未出嫁，娘再好好陪妳兩年。」

祝圓滿心感動，依戀地摟住她胳膊。「娘，您別這麼說，我就算嫁人了，不也還在京城嘛，到時我隔三差五回來住幾天——」

「呸呸呸！哪有出嫁女整天回家住的，又不是——」張靜姝忙又呸了幾聲。「到時妳還管著灼灼的話，回頭娘去灼灼找妳，天天去那兒蹭吃蹭喝的！」

祝圓眼睛一亮，興奮地拽住她。「娘！」

張靜姝差點被震聾。「做什麼？」

「娘～～妳不是說風言風語多嗎？」祝圓雙眼放亮。「那妳陪我去灼灼！」

「……？」

「妳看，妳現在又不用管家，每天除了帶帶弟妹就沒事了，還得陪祖母她們聊那些無聊的話題，還不如跟我去灼灼幫我幹點活呢！」

張靜姝無語。「妳那是殿下的鋪子呢，哪有未來岳母去插手的？」

「沒關係，灼灼算是我的，殿下充其量就是個拿錢的幕後老闆！」

張靜姝似有些猶豫不決。「……那還是不太好吧，妳不還在招人嗎？我去像什麼？」

「嘿嘿嘿。」祝圓笑得有點尷尬。「這不是沒啥人來嗎……」完了她嘟囔。「要不我怎麼會天天忙得不著家的！」

張靜姝啞然。

「娘～～」祝圓撒嬌。「妳要是陪我過去，肯定就沒有那麼多風言風語了，最重要的是，妳這一身的管家本領，不用多浪費啊～～娘～～」

許是在家裡待得太無聊，張靜姝成功被她說服，半推半就地說明天跟她去看看，祝圓在心裡比了個耶！

於是，第二天一早，在長福院稟報一聲後，張靜姝便讓銀環收拾收拾，帶著娃娃趕去章口照顧祝修齊。

然後她則領著剩下幾個小的，浩浩蕩蕩出發前往灼灼書屋。

提前先出門到灼灼書屋處理事務的祝圓。「……」

「娘，」她拽住張靜姝走到一邊，指著那幾個興奮的傢伙。「盈盈就算了，妳把小的兩個都帶來幹麼？」

「在哪兒帶不是帶？」張靜姝不以為意。「我要是一天在這兒，留他們在家不得鬧翻天了。」

祝圓想到祝府的情況，也只能捏著鼻子認了，讓照顧的丫鬟們注意著小妹，再找了個屋子將祝庭方扔進去做功課看書，祝圓當即領著張靜姝、祝盈四處轉悠。

她之前也沒撒謊，灼灼確實是急缺人手，招人招了快一個月，守門、巡邏的健壯僕婦倒是招滿了，廚房也多了幾個擅廚的大娘。院子裡原來的丫鬟本就不多，奴僕小廝被遷走後，她們打掃清潔都緊巴巴的，更別說來幫忙。

再者，這些人都大字不識幾個，想用都沒法用。

要不然，四美也不會被祝圓趕鴨子上架，一人身兼多職的幹著。

張靜姝跟祝盈來了之後，祝圓便將院子的進出帳務交給前者，再把後者丟給執琴，讓她安排事情，審稿、核稿等文書工作，盡可交給她去做——畢竟是小姑娘，不好扔出去跟聊齋的管事們碰面。

如是，多了兩個人幫忙，祝圓頓時感覺自己輕鬆了許多。

張靜姝還在外頭熟悉情況，祝圓則轉回正院書房，準備看看別處鋪子的事務，剛進門就看到謝崢在寫字。

祝圓摸了筆就跟他嘮嗑上了。

「嘿嘿，我今天把我娘、我妹妹帶過來幫忙了～～」

謝崢頓了頓，換了張紙。「很高興？」

「是啊，一直招不到人，我這邊都忙死了！」

謝崢察覺不妥。「這段時間都是妳一個人忙活？安清呢？」

「他事情多著呢，跑得腿都細了，你別找他麻煩了！我這邊有執琴幾個幫著，現在又有我娘我妹，接下來應該可以鬆快點！」

謝崢皺眉。「執琴是誰？」

「……」

「我認識？」謝崢仔細回憶了遍，著實想不起來，遂問：「院子裡的丫鬟嗎？」

「……是你母妃賞下的美人。」祝圓沒好氣。

謝崢愕然，不知為何，他想到一句話。「妳這是，化干戈為玉帛？」

祝圓翻了個白眼。「你可以稱她們的行為是棄暗投明！」

謝崢。「……」

誰是暗？誰是明？

兩人正聊天呢，外頭陡然響起哭鬧聲。

祝圓一驚，忙揚聲問：「是馨兒哭了嗎？是誰帶著她呢？」祝馨是她那還不到兩歲的妹妹。

穀雨的聲音從外頭傳來。「姑娘放心，小姑娘是想爬欄杆，被奶娘制止了呢。」

好吧……祝圓收回目光。

外頭娃娃還在哭鬧，還有奶娘、丫鬟的哄勸聲，比往日的安靜真是天差地別。

祝圓搖了搖頭，忍不住跟對面的謝崢吐槽。「哎，我娘她們過來也有不好的地方。」

「？」

「她把我弟妹們都帶過來，鬧得厲害。」祝圓感慨。「幸好弟弟被姨娘帶走了，不然我這兒跟幼稚園似的。」

等等，幼稚園？

對面的謝崢也問了。「幼稚園？」

祝圓卻顧不得搭理他，她突然想到一個辦法了！

她這兒不好找人，是因為姑娘家要顧忌名聲，那她若是換成直接找婦人呢？尤其是那些小媳婦子，恰好有小孩的呢？

這些人年輕，暫時不需要管家，若是不巧，家裡也有不太和睦的妯娌關係、婆媳關係……

嘿嘿嘿！正好跟她的計劃相吻合呢～～

現下璀璨之齋的訂單爆滿，她不光拿回了自己填進去的數目，接下來幾個月的花銷都不成問題，天時地利，她可以大展身手了！

想到就做，祝圓扔下一句「有事回頭聊」，便奔出去找自家娘親了——現成的交際小能手呢！不用白不用！

聽說女兒想在院子裡弄個小學堂，張靜姝有些懵。「妳找誰當先生？」

祝圓大手一揮。「幾歲的娃娃，誰不會教啊？再不濟，您上去教一節課～～」

張靜姝。「……」

祝圓撒嬌。「到時您要幫我招攬一下生意，最好連同母子、母女都找過來，可以邊工作邊看娃！」

張靜姝。「……」

打得一手好算盤啊～～問題是，那什麼小學堂，誰知道什麼情況？

祝圓嘿嘿笑。「妳要是不放心，回頭我整理個章程出來，還把課表都定好，包您滿意！」

說得張靜姝半信半疑，她又蹬蹬蹬跑回書房，開始折騰幼稚園——好吧好吧，還是得先把別處鋪子的事情安排好。

她用毛筆簡單勾勒出要給研發中心的三輪車，成品已然做出來了，但受到技術限制，做出來的車，從車輪到車架、車門全是木頭做的，太厚重，一個人騎車壓根去不了多遠。

可木頭若是削薄了，又撐不住太大的重量，尤其是木輪子，既笨重、耗損又大。

祝圓給了他們方向，讓他們分出兩批人，一批人先將原來的自行車調一下，弄掉輔輪，減輕車子重量，然後先出一批，賣給聊齋去送報。

另有一批人試驗新材料，儘量將車身重量降下來——反正她現在有錢，研發中心閒著也是閒著，讓他們折騰去。

最後再過一遍璀璨之齋的新品圖樣和方案，好在別的鋪子中規中矩，暫時無須她多插手。

然後便是幼稚園。

她其實是想做女子學堂，不過以她現在的名聲和身分，有才學的先生也不好招，還整不動，幼稚園倒是不錯的起點——教育嘛～～可不得從娃娃抓起？

參考自己家裡弟妹們的學習進度，她將學生定位在四到六歲，女娃優先。上課時辰從辰時到申時，跟灼灼書屋的上班時間一致。

就是地點……祝圓咬了咬牙，讓人找安清過來。

「買院子？不需要。」安清笑了。「這處原是主子日常休息辦公之所，邊上豈能留有隱患，除了西邊的聊齋，其他兩邊的院子都是咱們的，大可挪來用。」正門外頭是街道，沒有院子。

祝圓。「……」

這就是有錢人的手筆嗎？她仇富了！

安清還在繼續。「原本兩邊院子住著主子的護衛，現在護衛隨主子出遠門了，也就空置下來。」他偷瞄了眼祝圓，謹慎道：「還有後邊的院子，若是姑娘不嫌棄奴才幾個曾經住過，那院子拿來改改，約莫也方便些。」

祝圓大喜。「那肯定是不嫌的。」

安清笑了。「奴才幾個現在在王府裡住著，這院子正好空置著，能用上就好。」

這便說定了。

有地方了，接下來就得開始準備各種軟硬設施。

張靜姝跟祝盈兩人上班第一天格外興奮。

祝盈不用說，張靜姝不是第一次管鋪子，甚至，因為這兩年跟著祝圓倒騰玉蘭妝，帳本啊、人事管理這些，於她而言都是輕車熟路，但在這裡，味道就是不一樣。

她今天晃悠了一圈後，祝圓已經將帳本挪到了她旁邊的空屋裡，上頭還麻溜地掛了個「財務室兼總經辦」的牌子，一看那字，就知道是祝圓寫的。

祝圓還說回頭要給她發兩身制服，上班要穿制服，整個有模有樣的，張靜姝便想著，閒著也是閒著，來唄～～

於是，第二天開始，二房幾人便每天同進同出，一起到灼灼書屋上班、讀書和玩耍，留下大房一群眼巴巴地看著，酸得眼睛都紅了。

忙碌起來，時間便過得飛快。

因第一期刊物造勢喜人，二期刊物收到的稿件雖不如《大衍月刊》，也是不容小覷，四美以及後來加入的張靜姝、祝盈，連帶祝圓自己，全都得看稿審稿，好不容易趕在元宵前定好稿，發去印刷部印製，祝圓才徹底鬆口氣。

身著制服更顯嫻靜的張靜姝也搖頭。「哎喲，怪不得妳們說人手不夠，一天看幾百份稿件的，眼睛都快花了。」

「所以啊！」祝圓伸了個懶腰。「您趕緊幫忙找些小姊妹過來幫忙呀，以後稿子越來越多，光靠我們幾個會累死的。」

四美深有體會。

執琴感慨道：「年前我們收到的稿子，還不夠這個月的一半呢。」好幾篇還是祝圓自己寫的。

張靜姝無奈。「知道了，我試試。」轉頭看祝圓。「那回頭我請假去吃酒，算是出公差，不許扣我工錢啊！」她現在在灼灼書屋可是領著足足五兩的月銀呢！

祝圓。「……」

她老娘何時差這幾文錢過日子了?!

可惜，她雖為老闆，卻沒法比這關係戶硬氣。

「不過，妳那幼稚園籌備得如何？」

祝圓擺手。「沒那麼快呢，設計稿出來了，等二期刊出去才能開始動工，少說也得弄一、兩個月。」

安清他們原先住的院子挨著聊齋那邊的巷子，祝圓打算將其整改一番，做成門面朝外、與灼灼書屋隔開的幼稚園。

而且這兒冬天實在冷，小孩子要是有點什麼事也麻煩，因此她打算將幼稚園裡的屋子改裝一番，加做地暖。除此之外，帶著童趣彩畫的牆面、可愛的小床鋪、小椅子、小桌子，全都得安排上。

林林總總，一、兩個月都是趕的。

張靜姝死心了。「得，那我招人還不得靠我嘴皮子～～」

祝圓傻笑，然後道：「多招幾個啊，不願意來灼灼上班的，也可以去幼稚園上班。」她本來想叫幼兒學堂的，可加上「學堂」兩字，擔心又惹來什麼是非，還是叫幼稚園好。

張靜姝。「……」

如是，《灼灼》二月刊出刊之時，灼灼書屋的一側又開始拆牆了。不過這點小事，大夥都沒有關注，大夥的關注點在別的地方——

《灼灼》的第二期不再是贈送的。

除了灼灼書屋的鋪面有擺售，春節前後，灼灼書屋便收到了許多訂單，比如京城各大書鋪的，還有許多是各家貴婦、姑娘訂閱的。

出刊當天，天剛矇矇亮，一群十來歲的小年輕，身上穿著背貼「報童」二字的灰色短打，手邊扶著一部有兩個大輪的奇形怪狀之物，齊齊等在灼灼書屋門口。

卯時末，天際剛亮堂一些，灼灼書屋便打開了大門，走出來一堆健壯僕婦和太監，按照單子依次將捆好的《灼灼》分發給他們……

辰時初，各家各戶、城裡城外的人漸次出門，上工的、採買的、叫賣的……街上開始熱鬧起來。

「叮鈴鈴～～」

一陣清脆的鈴聲不知從何處傳來。

「送報嘍～～各位大叔大嬸讓一讓～～《灼灼》月刊送報嘍～～」

提前訂了《灼灼》刊物的人家，一大早就收到了新鮮出爐的《灼灼》新刊，貼心服務到家。

然而大家關注的重點，都在那群送報的小夥子身上。

他們騎的那部……是什麼東西？

腳一蹬，那玩意滋溜一下就滑出去老遠，遇到人還會「叮鈴鈴」地響，頭部不知怎的一扭一扭，還會拐彎的。

好傢伙，看起來真厲害啊～～

報童送完刊，天色已經大亮，出門的人便更多了，有些報童便被堵在熱鬧的街上，沒法，只得停下來，扶著車慢慢走。

立刻有那好事的湊上來問：「小哥，你這是什麼東西啊？」

周圍的人登時豎起耳朵聽，還有幾個往這邊挪了幾步。
小哥嘿嘿笑，滿臉驕傲道：「這是自行車，是我們聊齋最新置辦的交通工具！」
眾人譁然。交通工具！聽起來就格外高貴大氣！
「自行車啊～～我看你就這麼一蹬一蹬的，車就走了，方便得很，會不會很難學？」
「不會。瞅幾遍，摔兩下就會了！」小哥抬腳，示意他看自己那紮緊的褲腳。「不過得穿短打，褲腳也得紮起來，不然衣襬可能會捲進輪子，會摔的！」
「哦哦！」問話的漢子欽羨地看著這車，伸出手想摸又不敢摸。「真好啊，速度又快，還不用買畜牲拉車！」
小哥脾氣好，拍拍座椅。「是的，還結實！」
「貴嗎？肯定很貴？」
小哥撓頭。「我也不是很清楚，聽管事說，足足要二兩銀子一輛呢！」
二兩！眾人驚呼。
「都快趕上一頭牛了！」
「可不是～～」
「哎，可我剛才看著，那速度真的溜啊～～你說，咱要是有這自行車，是不是不用住城裡，每天都能騎回家？」
「……對啊！咱住城裡通鋪，每月都要幾十文呢！」

報童們陸續回到聊齋。
萬掌櫃站在院子裡，看著管事清點人數、清查報童的派送情況，開始長吁短嘆。
江成正欽羨地看著這些自行車呢，聽見他嘆氣，隨口問了句。「怎麼了？」
萬掌櫃嘆氣。「你說好好的，我們為什麼要買這一批自行車？一個月只派兩次報，這不是虧大了嗎？」
江成眨眨眼，忍笑，同情地拍拍他肩膀。「都是主子的生意，是得照顧一二。」再說，一輛自行車二兩，總共就三十輛，加起來不過六十兩，小意思啦～～
哎，他現在真是不一樣了，竟然連六十兩銀子都看不上了！
萬掌櫃依然苦著臉。「這麼多車，擺哪兒都占地方啊……」
江成詫異。「擺著多浪費啊，三姑娘不是說了嗎？給咱們書齋的員工出差用。」
萬掌櫃痛心疾首。「這可是二兩銀子，騎去莊子這麼遠，萬一壞了怎麼辦？」
「萬叔，三姑娘說了，那是給聊齋員工的福利，您可不能壓著不給用啊！」
萬掌櫃語塞。
竟然真有此打算。江成無語，抬手撞了他一下，指了指四周。「您看看，那些隔三差五要出門辦事的，哪個不等著騎車？您要是說不給用，嘖嘖……」
萬掌櫃環視一周，宣傳部、合作部、印刷部……全都圍著車輛打轉，連日常不用出門的審稿部都摩拳擦掌，恨不得立馬就能上車溜兩圈。
萬掌櫃乾笑。「怎麼會怎麼會，用，都用，誰要用找物資部申請就行了！」

江成這才放心了，美滋滋道：「那我等會兒就去申請，月底了，該出去送稿費，騎車方便！」

萬掌櫃。「……」

江成看見他的黑臉，忍不住笑，然後安撫他。「您也別想太多了，反正咱聊齋有皇上在背後撐著，誰也動不了！」

這兩月祝家三姑娘又是開《灼灼》，又是遷店拆店，前者彷彿跟他們《大衍月刊》打擂台，後者更讓眾人膽戰心驚，生怕哪天拆到他們鋪子，還回回拿《大衍月刊》做廣告，逮著他們聊齋薅羊毛……故而他才有此一說。

「我是怕這個嗎？」萬掌櫃沒好氣。「一碼歸一碼，我是恨不得三姑娘多來幾趟呢！」

誒？江成傻眼，小聲問道：「再買點自行車？」

萬掌櫃一瞪眼。「去去去，別的不說，這車得自己騎，你有那體力嗎？」

江成嘿嘿。「不然你幹麼等著……」朝灼灼書屋方向努了努嘴。「過來呢？」

萬掌櫃恨鐵不成鋼。「瞧你這眼光淺的，你沒看那老錢……」他壓低聲音。「原來的多福雜貨鋪，每個月才幾個錢？每回開會，老錢不都是腆著臉聽咱們幾個報業績的……結果三姑娘一接手，這麼一折騰，開業不到一個月呢，業績就把其他鋪子蓋下去了！你說你饞不饞？你饞不饞？」

江成老實點頭。「饞！」

「這不就得了。你再看你們幾個，對著那自行車都跟什麼似的，要我說，不出兩月，那南北貨鋪的老黃鐵定也會飄起來！還有灼灼，那才幾個人？還都是姑娘家……幾個姑娘家，不到兩月，二月刊直接就跟我們印刷部下了三萬本的單子，光今天早上送出去的，就有一萬多冊！」萬掌櫃說得直捶胸口。「你說，這是普通人嗎？這就是位財神爺啊！我能不巴巴等著她過來嗎？」

江成嚥了口口水。

萬掌櫃繼續長吁短嘆。「我這又是投廣告、又是幫襯著買自行車送報……你說，這位爺、啊不、這位姑娘……會不會給我們開條財路啊？」

江成乾笑。「這……聊齋不是有陛下的股嗎？她怕是不容易插手——」

「萬掌櫃。」

兩人循聲望去，身著天青色半臂褙子的執琴朝他們福了福身。

「誒，執琴姑娘早啊～～」萬掌櫃忙雙手作揖。

執琴笑吟吟道：「早，萬掌櫃這會兒得空嗎？三姑娘有請。」

萬掌櫃眼睛一亮。「得空得空！三姑娘要找，老朽那肯定是隨時有空，走走走！」一副比執琴還著急的模樣。

執琴莞爾，朝江成點點頭，引著萬掌櫃往外走。「請。」

瞬間被遺棄在後方的江成。「……」

過沒多久，去了趟灼灼書屋的萬掌櫃回來了，一回來就把管事們叫到會議室開會。

還沒說話呢，他眼睛一掃，看到江成，立馬拽住他。「來了來了！終於來了！」他激動得直哆嗦。「自行車買值了，咱聊齋以後不光要賣書了！」
江成愕然。「啊？書鋪不賣書，賣啥？」
其他管事也在呢，聽到這話，忙湊了過來。
「庸俗！膚淺！」萬掌櫃激動不已。「文化人的東西，只有書嗎?!」
眾管事。「……」

第二十九章

祝圓剛跟萬掌櫃捋完聊齋的發展方案，宮裡又來人了。

還是淑妃，還是喊她進宮說話。

距離上回入宮已經過了快一個月，過年期間，宮裡，尤其是皇后缺失、身負協理後宮重任的幾名妃嬪，那都是忙得很，要與諸位皇親國戚的長輩晚輩們敘敘舊、接見官員家眷，還得隨著禮部進行各種祭祀禮節。

已然與謝峥訂親的祝圓也跟著祝老夫人、張靜姝進宮了兩回，不過畢竟還未成親，又因著年節面見的人多，地位低微的祝家幾人只是靠著這層姻親關係蹭了個不前不後的位置，自然就沒跟淑妃說上幾句話。

如今元宵剛過，淑妃這是半天都不歇立馬召見她？祝圓無奈極了。

張靜姝如今也在灼灼書屋幹活呢，聽到動靜立馬奔出來詢問。可淑妃沒召見她，她追出來也無事於補，只能眼睜睜看著祝圓被帶走。

半個時辰後，祝圓已經坐在昭純宮裡，聽淑妃細聲細語地教訓她。

「……這樣的食物，太過素簡，如何能入得了別人之眼？放在文刊紙上，豈不是拖累了刊物名聲？

「這養顏方，怎麼不用我上回給的稿子？那些亂七八糟的人給的方子，我可不敢胡亂介紹給人。

「還有這個，這是什麼衫子？蝙蝠袖？袖子改短不說，還奇形怪狀的，是不是有些不太雅觀？」

一句一句的，聽著溫溫和和，卻句句都在挑刺。

「倒是這佩奇先生的稿子，雖有些荒誕，但女主人公問蕊卻極具韌性，讓人欽佩。」

……佩奇先生竟是最大贏家?!祝圓囧然。雖然她為了刊物能顯得內容豐富些，連續兩期、每期刊兩回，倒沒想到淑妃竟然喜歡。

淑妃才不管她想什麼，說完了《灼灼》，她又將話題拐到別處。「那琉璃鋪子的情況看起來還不錯。」過年期間她被各家女眷表達了許多的羨慕，對此自然無可指摘。

祝圓心裡又提了起來。

「我聽說妳還在改灼灼書屋，似乎要折騰別的生意？」淑妃狀似不經意般問道。

「不敢欺瞞娘娘，是的。」

淑妃蹙眉。「妳現在手上管著《灼灼》和琉璃齋，還要折騰這些那些的……」

祝圓乾笑。「都是——」

「我看妳是貪多嚼不爛，一件事沒弄好呢，怎麼就折騰著弄下一件呢？」淑妃嘆了口氣。「我看妳是忙不過來了，待會我讓玉屏跟妳出去，妳挑兩家鋪子留著，其他鋪子的帳冊給我吧。」

言外之意，她來管。

祝圓豈是那等乖乖聽話之人，聽完淑妃的話，她半分不帶驚慌，甚至還佯裝鬆了口氣。

「哎呀，我這邊確實忙不過來，我連我娘、我妹妹都叫到灼灼書屋裡當管事使喚，一個月就給五兩月銀呢。」

淑妃面露微笑。

「唉，若不是陛下口諭跟殿下的親筆書信，民女哪裡敢將家人都拉過去幫忙……娘娘既然願意去跟陛下說情，還願意幫忙，民女真是感激不盡！」

淑妃的笑容一滯。對，陛下親下諭旨的，這帳冊就算祝圓敢拿出來，她也不好收啊……

祝圓彷彿才看出不妥，佯裝驚詫，問她。「娘娘還未問過陛下嗎？」

淑妃扯了扯唇角。「回頭我跟他說說。」

祝圓乖順地點頭。「好，那民女等娘娘消息。」估計是等不來的了。

淑妃想罵人又理虧，看了她兩眼，只能憋氣般端起茶盞抿了兩口。

旁邊站著的玉屏不禁有些著急，但淑妃平日對宮女規矩頗為注重，她半點不敢作聲。

祝圓坐在淑妃左下首呢，低頭喝茶的瞬間正好看到她的神色，頓時心裡一動……

她放下茶盞，笑道：「別的不急，恰好聊齋那邊今天拿了個方案來找民女，民女可否向娘娘請教一二？」

淑妃的臉色頓時好看多了。看，果真是小姑娘，需要向長輩求援了吧～～

她頗為矜持地抿了口茶，柔聲道：「說說看。」

祝圓嗯嗯兩聲，一股腦將問題扔出來。「是這樣的，萬掌櫃說聊齋業績已經三月未有成長，民女對書鋪營運不是很懂，就讓他成立專案營運組，針對聊齋的用戶做抽樣分析，得到用戶分析資料後，根據不同用戶需求，設計不同的文創產品，作為聊齋文化、《大衍月刊》的周邊……」巴拉巴拉一大堆，最後問了句。「娘娘，您看我這樣做對嗎？」

淑妃。「……」

什麼營運？什麼項目？還什麼抽樣分什麼？文創產品又是什麼？什麼叫周邊？

祝圓這一堆現代行銷術語扔出來，淑妃當場懵了。

面對眨巴杏眼等著她回答、一副求知若渴模樣的祝圓，死要面子的淑妃僵笑著搪塞了幾句，便扶著腦袋說頭疼，讓她先行回去了。

祝圓心裡比了個耶。

嘿嘿嘿，那當兒子的謝崢跟她鬥嘴都會輸呢，當了多年一宮之主的淑妃，豈能拉下面子來跟她吵～～

哎，無敵是多麼的寂寞啊～～

心情愉悅地回到灼灼書屋，祝圓先將情況避重就輕地跟張靜姝說了經過，把她安撫好後，才回到自己辦公室開始思考。

有承嘉帝跟謝崢的名頭頂在前面，淑妃除了嘴上念個幾句，似乎真的什麼也做不了，怪不得謝崢說她不是問題。

雖然身分高，陷在宮裡卻半點不得自由，別人除了明面上敬著，別的也沒了……這就是宮妃的日子，既可憐又可悲。

看淑妃就彷彿看到自己的將來，一入宮廷深似海啊……看她娘，過來灼灼書齋上班後，天天幹勁十足，比起只能逗娃喝茶看書的閒適，整個人都不一樣了。

思及此，祝圓現在既希望幹實事的謝崢能登上高位，又擔心事成之後，她不得自由，過個十年八年，是不是就會變得跟淑妃沒什麼兩樣？

哎，還是太閒了。

但凡淑妃有份工作，也不至於這樣想東想西，還使勁懟著兒子——

唔？

祝圓摸了摸下巴，似乎，讓淑妃幫忙也不是不可以？

想到就行動，她當即起身去外邊辦公室找到執書，讓她撰寫一份簡單明瞭的擇稿標準。

淑妃這頭還鬱悶呢，轉頭就收到謝崢的人傳來消息，說祝圓求見。

昨日才見了，今天又求見？

想到祝圓那一籮筐聽不懂的話語，她就頭疼不已。「不見不見。」那丫頭存心堵她，她才不見！

玉屏忙勸她。「娘娘，說不定三姑娘是有事，不如看看再說？」

端著茶水進來的玉容恰好看到淑妃皺眉，仔細看了看她臉色，擔心道：「娘娘，您可是哪兒不舒服？」

淑妃一頓，擺手。「無事。」她嘆了口氣。「行吧，那就讓她進來，看看她想做什麼。」

「是！」

於是，時隔一天，抱著個木板子的祝圓再次來到昭純宮。

行禮過後，祝圓先關心了一番。「娘娘今日身體好些了嗎？」畢竟昨天才說頭疼。

淑妃笑笑。「許是前兩天沒歇好，昨晚早早休息，今天好多了。」

「那就好。」祝圓彷彿大鬆了口氣。「幸虧娘娘身體無恙，否則今天民女都不敢開口了。」

淑妃下意識看了眼她擺在手邊、一尺出頭的木板子，問：「是有何事嗎？」問了立馬想到昨日那一堆不明所以的辭彙，登時後悔不已。

祝圓自然不知道她心裡想什麼，將手邊的木板翻過來，露出附在上面的一沓紙張。她將紙張朝上，雙手捧著朝前遞。

玉屏看向淑妃，得她首肯後才過來接了，快速掃了眼後，有些愕然，瞬息便收起神色，恭敬地呈給淑妃。

祝圓一直盯著她呢，自然沒錯看那一瞬的變化。

她總覺得這人有點不對勁，但人家也沒說什麼沒做什麼……

難道是女人的第六感？她暗忖。

淑妃毫無所覺，低下頭開始翻看。

她先打量木板，四四方方，打磨得光亮油滑，除此之外，便沒有半分雕刻畫樣，只在上端扣了點鐵薄片，一沓紙張被薄片壓在上面，竟然穩穩當當的，紙張也平平整整。

倒是輕巧。淑妃暗自點頭，然後才將注意力放在紙張上——越看柳眉越發緊皺，大致翻了兩頁，她便放下來，問：「這是何意？」

祝圓解釋。「這是《灼灼》的徵稿要求，針對各個欄目的徵稿標準把詳細的規則說明寫了下來，包括遣詞造句、字數、內容方向等等要求，有些欄目還有特定的格式。」

淑妃蹙眉。「我知道這是徵稿要求，妳給我作甚？」

祝圓不好意思般撓了撓腮，腆著臉道：「上回我看了娘娘的稿子，便覺得娘娘才識過人、學富五車……見微知著，由您的稿子，民女就可窺見諸位妃嬪的才學定然都是卓然不凡——」

淑妃聽得不舒坦了，輕哼道：「那可不一定。」

祝圓恍若未聞，接著往下說：「《灼灼》如今剛起步，名聲還未打出去，每個月需要的大量稿子都無從找起，因此民女便想到了您。」

淑妃心裡一動。「妳的意思是？」

「誒，」祝圓笑得靦腆。「民女想求娘娘，幫忙收一些稿子，不拘誰的，上自妃嬪，下至灑掃宮女，只要有想法有內容，都可以投稿，每月十號前送到《灼灼》，進行最後篩選。」

淑妃。「……」這是來支使她幹活？

見她臉色有些怪異，祝圓忙補充。「不敢讓娘娘白忙活，民女會按照灼灼書屋的管事分例，按月給您發放五兩月俸！」
她還特地在「五兩」二字上加重音，表示不是五十兩，也不是五百兩，就是五兩，一分都不能多。
淑妃。「……」她是缺那五兩銀子嗎？
可不知怎的，淑妃竟然……還挺心動的。
祝圓見她不吭聲，心裡暗樂，接著指點她。「回頭您可以在昭純宮外頭擺一個開了小口的箱子，上鎖之後，投稿之人只要將稿子塞進去，沒有鑰匙便取不出來，這樣，誰也不知道是誰投的，加上稿子只用筆名，那審起來便公平許多了，對了，還得讓人留個取稿費的方式。」
竟是這樣。淑妃驚奇。「外頭也是這樣收稿的嗎？」
祝圓點頭。「聊齋一直這般收稿，灼灼書屋那邊，現在也在門外立了兩個大箱子收稿了。」
淑妃恍惚了一瞬，然後嘆道：「多少年沒出過宮了……真想看看別人口裡漂亮雅致的聊齋和平整的水泥大道啊……」
祝圓怔住，心裡忍不住軟了幾分。
「行了，這事我應了，每月十號給妳稿子對嗎？」
祝圓大喜，連連點頭。「是的是的。」
淑妃蹙眉。「那可沒剩下幾天了……行了，沒什麼事妳回去忙吧，這宮裡的稿子交給我了。」

「是！」祝圓忙起身告退。

淑妃擺擺手，正準備低頭看規則，想到什麼，立馬抬頭，問道：「每月幾號給月俸？」

剛退到門口的祝圓。「……每月最後一天。」

「哦，到時我讓人去領。」

「……是。」

給淑妃找了件事忙活，祝圓身心舒坦地回到灼灼書屋。

別人都在忙碌，她伸了個懶腰，慢騰騰鋪紙磨墨，打算寫寫幼稚園的章程，謝崢適時冒出來。

「圓圓。」

祝圓嘿嘿笑。「巧了，剛好要跟你彙報一個好消息。」

「什麼？」

「灼灼書屋今天新添了一個管事，月俸五兩，負責收稿審稿。」

謝崢不以為意，隨手寫道：「恭喜。」

「月俸不低吧？」

「不低。」聊齋那邊的管事也是月俸五兩，不過，還有別的獎金福利。

與祝圓聊天多年，謝崢偶爾也會順著她的話題主動往下接。「此人學識程度如何？」既然是審稿，想必不錯。

「那就得問你了。」

「何意？」

「你娘的學識程度，你比我了解啊。」

謝崢皺眉。「提她作——」「甚」還未寫完，他便反應了過來，震驚不已。「這名新管事，是母妃？」

「恭喜你，猜對了。」

謝崢。「……」

祝圓得意洋洋。「快感謝我！我給你娘解決就業問題，以後她能靠自己賺錢了！」

謝崢。「……」

祝圓又補了句。「先說好啊，我這兒沒有人情可說，她要是做得不好，我就扣她績效！扣她月俸！」哎啊媽啊，想到能扣淑妃的KPI，心裡就舒爽！

謝崢。「……」

媳婦是老闆，婆婆是領俸祿的管事？

他一定是昨天沒睡好，他得先去躺躺。

朝中無大事，承嘉帝與眾大臣議事完畢，發現比平日早了近一個時辰，再看還未批完的奏摺，也比平日少了許多，承嘉帝心情大好，看看外頭的大太陽，索性放下筆，道：「難得好天氣，去園子裡轉轉。」

德慶忙讓人取來大氅，承嘉帝穿戴好後，袖著手走出御書房。

剛出書房門，便看到廊下候著的小太監對著邊上一盆松柏發呆。

聽見他們出來的動靜，小太監瞬間回神，跪下行禮。

承嘉帝沒放在心上，逕自走了過去。

剛走出御書房，又看到一抓著抹布的宮女邊擦欄杆邊喃喃自語，專心得甚至沒看到隔著一排花木的皇帝等人。

德慶眉毛一豎，正欲訓人，承嘉帝擺擺手，繼續往前走，剛拐入御花園，便看到一名拿著修剪花木的太監對著一叢綠葉子搖頭晃腦。

他微微皺了皺眉，倒不是因為逛花園遇到雜役太監……他這是偶然興起，遇到幹活的太監也是普通。

只是，這一個個的，怎麼回事呢？

唔，許是意外。

即便是御花園，在寒冬還未過去的日子裡，也是花木不繁，加上天候還冷，妃嬪也少出來——

承嘉帝看見前邊呆立在光禿桂樹下的寧嬪，想了想，悄無聲息地繞了開，反正御花園大。

他難得出來散散心，不想跟妃嬪們湊一起，回頭要是又哭又鬧的，他嫌頭疼。

這時節梅花應該還開著，承嘉帝索性慢悠悠晃向梅園。

還未近園子呢，就看到兩三群妃嬪分散在園子各處，互不干擾，或蹙眉苦思，或搖頭晃腦，更有甚者還拿著帕子抹眼角……

承嘉帝一驚，忙不迭躲了開去，跟在後頭的德慶茫然不已。

承嘉帝暗自捏了把汗，搖頭。「算了算了，不逛了，回去吧。」那幾名妃子都是他愛寵的，若是哄了一個，其餘的肯定不依。

還是回去吧，回去批摺子輕鬆些！

他如是想著，腳步一轉，快步往回走。

德慶不解，快步跟上並小聲詢問。「陛下，不逛園子了嗎？」

「回去吧。」

原路返回，原來見著的那幾名小太監也都換了位置，活還在幹，人也依然有點……怪異。

承嘉帝回到御書房，脫了大氅還是覺得有什麼地方不太對，遂問德慶。「最近宮裡出了什麼事嗎？」

德慶懵了。「啊？」他果斷搖頭。「沒有。」

承嘉帝皺眉。「真沒有？那為何……」他彷彿自言自語。「似乎安靜了不少？」

對！安靜！

這幾天，連慣常送來御書房的湯湯水水都少了。

他再問：「後宮裡沒什麼事吧？」

德慶丈二金剛摸不著頭腦，他仔細回憶了遍，再次確認。「真沒有。」

「不可能，去查查，淑妃嫻妃榮妃還有安嬪她們幾個，看看她們最近在忙什麼。」是不是在搞什麼么蛾子？

德慶忙道：「這個奴才知道。」

承嘉帝瞪過去。「方才問你不是說不知道嗎？」

德慶抹汗，賠笑道：「奴才以為您是問……」旁的事……收到瞪視，他連忙回答。「淑妃娘娘最近在給《灼灼》徵稿呢，大夥兒忙著寫稿，要是中稿了，除了灼灼書屋的稿費，淑妃娘娘還會另有嘉獎。」

承嘉帝怔住。「淑妃給《灼灼》徵稿？」他皺眉。「她把灼灼書屋的事接過來了？」

德慶忙擺手。「沒呢沒呢。」他笑咪咪。「聽說是祝三姑娘拜託淑妃娘娘幫忙的。」

「祝三？」承嘉帝摸摸下巴，喃喃道：「她在搞什麼？」

德慶還在解釋。「前幾日淑妃娘娘讓人到各宮宣傳了一番，說宮裡藏龍臥虎，有識有才之人數不勝數，她昭純宮現在是《灼灼》辦事處之一，接受各方投稿，倘若中稿，稿酬不拖欠，淑妃娘娘還會有加賞。這不，這幾天大夥都卯足了勁開始準備投稿呢。」

承嘉帝皺眉。「這是說，宮女太監也能投稿？」

「誒。」

承嘉帝微哂。「這能有幾個識字的？」

「娘娘說了，太監宮女都是有家鄉有來路之人，若是還記得家鄉特產食物、特殊風俗，或者奇談怪志，識字的可以寫稿，不識字的就找昭純宮的人口頭投稿，她們會幫著撰寫潤色。」

承嘉帝。「……」

整得還挺像那麼回事的，怪不得方才那些太監宮女都奇奇怪怪的，連妃嬪也一個個傷春悲秋起來，他還以為發生了什麼事……

他眯了眯眼。「那祝三是主動找淑妃幫忙的，還是淑妃想插手？」

德慶似有些遲疑。

「說。」

德慶忙附耳過去，小聲快速地將事情經過說了一遍，完了道：「奴才聽來的消息約莫是這樣的。」

承嘉帝不敢置信。「她真的這樣說？」

德慶忍笑，點頭。

承嘉帝臉色有些詭異。這丫頭……是仗著他跟老三撐腰呢，竟然敢耍淑妃，完了淑妃還美滋滋地給她幹活？

他琢磨不過來，只得搖頭。「罷了，讓她們鬧去吧。」反正也鬧不出什麼么蛾子，他還能清靜清靜。

不過這會兒……

「走，去昭純宮看看。」他倒要看看，領著五兩月俸的淑妃是怎麼幹活的。

德慶忙又讓人去拿大氅。

昭純宮。

「玉扇，沒紙了，再拿點過來！」

「桌子，再來張桌子。」

「排隊，等叫到號再進去！」

「下一個下——陛下萬福！」

「陛下萬福！」

吵吵嚷嚷、亂哄哄的昭純宮院子頓時跪了一地的人。

承嘉帝掃視一圈，扔下句「免禮」便大步走向正殿，恰好與聞聲出來的淑妃對了個正著。

「陛下！」淑妃忙福身行禮。

承嘉帝走過去，親自扶起她。「免禮了。」

淑妃順著他的力道起來，柔聲問道：「陛下，突然過來，可是有何要事？」

嗯？沒事就不能過來嗎？承嘉帝心裡不得勁，面上卻分毫不露，還溫和地道：「恰好今日得空，過來看看妳。」不等她接話，朝外頭點了點下巴。「偏殿那邊鬧哄哄的在幹什麼？」

淑妃僵了僵，避重就輕道：「不過是讓人抄寫點東西。」她扶上承嘉帝胳膊，引著他往裡走。「外頭吵得很，我們進裡頭說話吧。」

承嘉帝順勢往前。

「前些日子臣妾娘家送了些茶葉過來，陛下正好嚐嚐，看看適不適口。」

淑妃將人引至小偏廳，同時朝後邊吩咐道：「玉箋，上茶。」

承嘉帝掃了那名領命下去的宮女一眼，微訝。「怎麼換人了？」似乎有點面生啊。

淑妃頓了頓，道：「沒，玉屏、玉容被臣妾安排了別的活呢。」

承嘉帝挑眉，意有所指地看了眼外頭。「在外頭忙活？」

淑妃抿唇笑笑，然後扯開話題。「陛下有些時日沒過來了，臣妾還以為上回惹惱了您呢。」

她今年不過三十六，正是風情韻味處於巔峰的年紀。似嗔非嗔的鳳眸一睨，空了好些天的承嘉帝頓時有些熱呼。「怎麼會。」他順勢握住淑妃的柔荑，溫聲安撫。「朕再怎樣也不會惱妳的。」

即便知道他只是嘴上說說，淑妃心裡依然熨帖，就著姿勢偎入承嘉帝懷裡，她低柔地道：「陛下您真好……」

承嘉帝伸手圈住那纖纖細腰，笑道：「現在就說朕好，前幾日是誰跟朕鬧小性子呢？」

淑妃扭腰，不依道：「陛下～～臣妾哪有鬧小性子……」挺直腰將身子貼上去，鳳眸水光瀲灩地看著他，吐氣如蘭道：「臣妾那是委屈的。」

承嘉帝被扭得心火直冒。

這是自己妃子，又是在屋裡，他也無須顧忌，手臂用力，將人摁進懷裡，尋著那殷紅便堵了過去。

淑妃嚶嚀一聲，雙手圈上他脖頸，兩人竟是就著小偏廳就胡鬧上了。

德慶暗自咋舌，忙不迭將其他人趕下去，自己親自守在小廳外，不讓任何人靠近。

雲銷雨霽。

饜足一番的承嘉帝身心舒暢，但總歸是大白天，回頭若是讓言官知道，定要參他一本。故而他既舒爽又有些心虛，草草收拾一番，便隨口說有事，急匆匆便離開，出了正殿，看到外頭來來去去低聲說話的宮女太監們，登時懊惱——他竟然忘了問事。

剛說有事，再回頭似乎不太好……唔，改天再來問問吧。

沐浴過的淑妃懶懶走出來，嬌弱無力般靠在軟榻上，問：「陛下走遠了嗎？」

拿了乾布過來給她擦拭頭髮的玉容低聲道：「方才底下人過來報了，陛下已經回去御書房了。」

淑妃鬆了口氣。「那就好。」然後問：「我方才看到一半的稿子呢，拿來，我接著審。」

玉容訝異。「娘娘您剛——陛下剛走，您不歇會兒嗎？」差點將「剛承寵」脫口而出，她背後冒出一層冷汗。

淑妃不以為意。「歇什麼歇，還有四天就要交稿了，這稿子還沒看完一半，外頭還有這麼多呢……」然後捶了捶腰。「唉，年紀大了就是不好，折騰一回就腰痠了。」

玉容有些不忍。「娘娘，您何苦呢……」

淑妃詫異。「何苦之有？」

「小倫聽那地兒……」

淑妃明瞭，莞爾。「妳不懂。」這是魚水之歡，情之所至，哪管得了什麼地方。

玉容不解，卻也乖順地不問，接著問：「那您這麼忙，不能推了嗎？」

淑妃輕笑，笑意卻不達眼底。「推了作甚，我還能伺候，怎能便宜了其他人？」

玉容噤聲。

淑妃卻摸了摸髮尾，坐起來，伸了個懶腰。「再說，我這兒忙著呢，不趕緊把人榨乾弄走，得耽誤我多少時間？」

玉容。「……」

娘娘，您變了！

宮裡如何折騰，祝圓是不管的，她將事兒扔出去，不就是要絆住淑妃嗎？故而她只將稿件要求遞過去，別的什麼都不說，收稿途中會遇到什麼問題、怎麼解決、收稿後如何發放稿費、如何辨別誰是作者……種種問題搞下去，淑妃若是當真有心要做，少說幾個月不得空。

再再不濟，淑妃若是管理奇才，每個月起碼也會忙上十天半月。

她還是管理後宮的四妃——哦不，去年鹽案將安妃拉下來成了安嬪，如今是三妃管理後宮呢。

要管理後宮，少說有幾天不得空吧？再加上平日還要會見官眷，幫皇帝搞搞交際啥的……若是淑妃自己還要寫稿呢？

反正短期內，她是無暇他顧了。

祝圓的算盤打得啪啪響的，搞定了淑妃，她當然要專心搞自己的事業。

幼稚園還在裝修；《灼灼》的日常打理有娘和四美幾人，新刊剛出，下一波忙碌的時候還未到；聊齋的發展方案已經給萬掌櫃了，就等他們自己折騰了；自行車、童車的推廣方案也已經在執行了……

祝圓突然發現，她竟然把事情都扔出去，沒事做了！

這還得了？

祝圓當即開始扒拉帳冊，她要算算過去的春節掙了多少錢，謝崢留下的錢不多了，她得開始考慮各鋪子員工的月銀。

若是有多錢，還可以考慮給忙碌了一年的員工們發個年終獎金啥的——雖然年已經過去了。

正噼哩啪啦撥算盤呢，穀雨急匆匆奔進來。

「姑娘。」

祝圓抬頭，詫異。「這麼快回來？不是讓妳回去幫忙拿——」

「姑娘，出事了！」穀雨神色凝重，附耳過來，低語幾句。

祝圓登時冷下臉。「誰發現的？」

「夏至姊姊。」穀雨擔憂。「姑娘，那些東西……」

祝圓搖頭。「無事。」她想了想，問道：「妳回去有人發現嗎？」

穀雨回憶了下。「應當沒有，恰好是午間，府裡都在午歇，安靜得很。」

祝圓微笑。「那就好。」她招手，讓其再次附耳。「待會妳去找安清……」

將安排如此這般說了一遍，穀雨點頭。「好，奴婢這就去安排。」

待穀雨出去，祝圓想找謝崢商量，卻又不知道其何時才會出現……她皺眉想了半天，起身去隔壁找張靜姝。

寧王府。

一名太監捂著衣襟急匆匆走入謝峸所在的正院。

「王爺，弄到了。」

謝峸正拉著名豐乳細腰的豔丫鬟調笑呢，聽見稟報，立馬斥道：「怎麼回事的，沒頭沒尾的，爺怎麼知道你在說什麼?!」

太監瞅了眼丫鬟，欲言又止。

謝峸皺眉，拍了下豔丫鬟的翹臀，笑道：「去裡頭待著，待會爺好好教教妳！」

丫鬟臉色緋紅，嬌羞地睨他一眼，扭著腰進了內室。

謝峸這才收回目光，看向太監。「說吧，什麼東西弄到了？」

太監想到屋裡頭還有一丫鬟，謹慎起見，伸手比了個三。「那位的字。」

謝峸一喜。「老三的？」繼而反應過來。「他人都不知道去哪兒了，哪來的東西？」

太監見誤會了，忙搖頭解釋。「不是不是，是那位姑娘，祝家姑娘。」既然主子都不在意，想必那丫鬟也是穩妥的。

「哦。」謝峸有些失望。「要她的字有何用？老三那廝成天在書房裡燒筆墨，肯定事關重大，拿他的才有用，你折騰這些有的沒的做什麼？」

「王爺，雖然三殿下的字弄不來……可咱的人發現，那位祝三，也是在自己屋裡安置了爐子，天天燒筆墨呢。」

這下謝峸是真詫異了。「她也燒？」

「燒！三、四月時回到京城就開始燒，一直到現在，大夏天的都沒停，只是次數少了些。」

謝峸摸了摸下巴。「這兩人怎麼都喜歡燒紙？」

「依奴才所見，這兩人肯定是在暗中聯繫！」

謝峸眼睛一瞪，伸手。「那還廢什麼話，拿來看看便知。」

太監忙從衣襟裡摸出一封上了火漆的信箋，恭敬地呈遞給他。

謝峸接過，掃了眼火漆，隨手撕開，露出裡頭帶著燒焦痕跡的紙張。

他迅速將外封扯去，看到那剩下不過巴掌大的紙張，登時皺眉。「就這麼點？」然後凝神細看——

「……妃賞下……養著……莊子……搬空鋪子……」

紙張本就只剩一塊角落，中間還被火燎掉了幾個字眼，這囫圇一看，半點不知道什麼意思。

謝峸勃然大怒，扔下紙張。「就這麼幾個不清不楚的字，看個什麼勁？」

太監詫異，忙跪下去撿起來，一看，也愣住了，哼哧哼哧半天，道：「奴、奴才也沒見過……」裡頭的內容呢。

謝峸怒道：「當爺閒得很呢?!下回看清楚了再遞過來！」

太監連磕兩個響頭。「是！」

謝峸的火氣這才略微下去些。

他背著手轉了兩圈，停下。陰著臉道：「這祝三確實有問題。我就不信她小小年紀能折騰出這般動靜，定是老三在後頭盯著。去，讓人盯住她，不光祝府，往那灼灼書屋也塞點人進去，把她跟老三的筆墨全給爺掏出來！」

「是！」

人走了，謝峸依然覺得堵得慌。謝崢這廝為何做什麼都這麼順？開個店就賺大錢，開個店就賺大錢……再看看自己，鋪子那三瓜兩棗的，還不夠他買個瘦馬！

越想越來火，「砰」地一聲踹飛了邊上椅子。

內室的豔麗丫鬟聽見動靜，嬌滴滴問了句。「王爺，奴婢可以出來了嗎？」

謝峸心裡正窩著股邪火呢，聽了這聲叫喚，登時來勁了，扯著衣領便大步進去。
「啊！」裡頭傳來一聲驚呼，繼而軟下來。「王爺～～啊～～」
「小浪蹄子！」男人喘息著道：「讓妳招爺！讓妳招爺！」

又過了兩天。
照例在長福院齊聚，聊完家常後，張靜姝慣例帶著祝圓先行告退。
還未踏出屋門，祝圓便微微揚聲，假裝跟張靜姝稟道：「娘，待會兒還得帶上夏至，我那邊有點事要她幫忙。」
張靜姝配合。「那穀雨她們呢？」
「都有事忙呢，不然也不會叫上夏至了。」
「行，妳自己屋子鎖好就行了。」
「嗯。曉得了。」
長福院裡未走的大房等人臉色皆有些複雜。
王玉欣酸不溜丟道：「娘，您看，老二一家子可真是忙得很。」
祝老夫人也嘆氣。「忙些就忙些吧，忙些總歸是好事。」她再偏心，也不傻。
如今二房都起來了，還跟三殿下訂了姻親，帶得她這老婆子都進了皇宮幾回——老祝家如今真真是燒高香了啊，她還有什麼可說的。
王玉欣被堵了個正，頓時更氣了，硬邦邦扔下一句。「行，那兒媳也去忙了！」甩頭就帶著祝玥等人離開了。

祝老夫人搖了搖頭，又嘆了口氣。

無人發現，低著頭的祝玥眼底閃過的一抹喜意。

如祝圓所說，二房果真走了個乾淨。

張靜姝三人要去灼灼書屋上班，祝庭方兩個小的也得跟過去，帶著伺候的丫鬟婆子浩浩蕩蕩一大群人走了，只留下幾名留守的心腹，蘅芷院裡自然安靜許多。

尤其是祝圓這屋，連原本留守的夏至也被帶走了，除了個鐵將軍，連個守門的丫頭都沒有。

這會兒正是飯點，蘅芷院裡的下人都去吃飯了，除了兩名守著大門嘮嗑的婆子，院子裡空蕩蕩的。

正當時，遠處走來一名婆子，不知怎的，腳一崴，整個人摔趴在地，慘叫聲震得蘅芷院門口兩婆子都站起來，一看，嚇了一跳，忙不迭衝過去攙扶。

一名人影乘機摸進蘅芷院，熟門熟路地來到祝圓的屋子前。

她先緊張地四處巡視一番，確定無人後，小心地捏出把鑰匙，擰開鎖頭，輕輕推開屋門，閃身便進去了。

進了屋子，她便直奔書桌旁邊擺著的燒紙炭爐，甚至顧不得髒，伸指進去輕輕撥動，試圖翻出未燒盡的紙張——

「二姊姊，沒想到妳還有這種愛好啊！」清脆嗓音陡然從後方傳來。

掏摸著炭爐的人影頓時僵住。

「大嫂，妳也看見了吧？」溫柔的嗓音跟著響起。「全程妳都看見了，可不是我們誣衊了。」

屋裡一陣靜寂，站在炭爐前的人開始發顫。

「大嫂，妳這是在想理由圓過去嗎？我記得妳已經跟太常寺少卿家交換了八字，下月就要訂親了吧？要不我現在送份帖子——」

「不要！不許送！」王玉欣終於回神，她的語氣格外冷靜。「妳放心，接下來，一直到出嫁前，她都不會再走出房門半步！」

炭爐前的人，正是祝玥，聽到這裡，她已渾身脫力，坐倒在地，淚眼矇矓地轉回來，看向後頭，顫巍巍道：「娘……」

可惜，無人應答。

張靜姝同樣一個眼神都沒給她，只朝王氏問道：「那，娘那邊？」

王玉欣深吸口氣。「我自會跟她解釋！」

張靜姝點頭。「那就煩勞妳了。」

王玉欣大步走向癱軟在地的祝玥，狠狠拍了她兩下，罵道：「還哭，還哭？妳去勾結外人的時候，怎麼不知道哭？」

「娘……嗚嗚……」

「跟我走！」王玉欣拽住她往外扯。

祝圓突地站出來。「對了，大伯母。」

王玉欣不想搭理她，繼續拽著哭哭啼啼的祝玥往外走。

祝圓也不在意，慢步跟上去，口齒清晰道：「我似乎忘了說，太常寺少卿是三皇子殿下的人。」

王玉欣僵住。

祝圓笑咪咪。「私通寧王府，給寧王府送消息……妳說這要是被太常寺少卿家裡知道，或者是三殿下知道，二姊姊會是什麼下場？」

王玉欣又驚又懼。「妳、妳想怎麼樣？」

祝圓卻不答，只道：「煩勞大伯母好好說清楚其中的利害關係，否則，要是二姊姊剛過門便沒了性命，我也會很惋惜的。」

王玉欣渾身一哆嗦，差點也跟著軟倒在地。

「我打死妳這傻丫頭！」她轉頭狠狠拍了祝玥胳膊兩下，幾欲氣哭了。「妳明知道圓丫頭跟三殿下訂親了，為何還要去跟寧王府勾結！」

正哭著的祝玥挨了打，氣性頓時起來，她眼睛淬了毒般瞪向祝圓，恨聲道：「我管他是寧王靖王，只要能弄倒她，我就跟誰合作！」

王玉欣不敢置信。「妳是不是傻了？」

祝圓更是不可思議。「我哪裡得罪妳了？」上回她見死不救，這回又直接勾結外人想對她不利……她們是有什麼深仇大恨嗎？

祝玥咬牙切齒。「妳要是不回來，三皇子妃的位置就是我的！那些名聲、那些鋪子也都是我的！自從妳回京，便處處出風頭、處處招蜂引蝶，三殿下怎麼會看上妳這樣的人?!」

祝圓。「……」這是什麼腦迴路？

也無須她多說，張靜姝輕蔑地打量了眼祝玥。「妳算什麼東西？要是沒有圓圓，三皇子壓根不會搭理妳。」她語帶不屑。「三殿下自從在潞州見過圓圓，便一直惦記著，哪裡輪得到妳？」

祝圓。「……」這個就有點誇大了啊，她當時才十一歲呢！

可惜，祝玥這會正激動著，壓根沒聽出不妥，只怒聲道：「不可能！秦家還要了我的畫像！」

王玉欣怔怔地看著她。

張靜姝嘴角銜笑。「為何不可能？妳以為秦家拿了妳的畫像，真是衝著妳？那是秦家擔心我們家圓圓年紀太小，想拿妳頂上，」她笑意不達眼底。「偏偏殿下可是半點也看不上妳，寧願等我們家圓圓長大呢。」

「不可能！」祝玥尖叫。「不可能！」她瞪向祝圓。「一定是妳，一定是妳弄了什麼下作手段！」

祝圓不痛不癢，看著她撒潑。

祝玥最恨她這般淡定模樣，尖叫道：「別以為我不知道，妳對那邱家、劉家的少爺盡使手段，把人迷得五迷三道的，三殿下肯定也是被妳使了什麼下作手段——」

「夠了！」王玉欣心痛極了。

「娘！」祝玥彷彿溺水之人找到浮木般，拽住王玉欣的手開始哀求。「娘，妳要幫我，只要妳幫我，把她弄走弄死，那些都是我的——」

「啪——」

祝玥白皙的臉頰頓時浮現五道指痕。

從小到大，她何曾挨過打？她登時傻了般呆在那兒。

王玉欣痛心疾首。「妳怎會變成這樣？妳是不是魔障了！」

張靜姝皺眉。「大嫂還是帶回去好好教教吧，這般模樣，嫁出去只怕白白送命了！」

王玉欣抹了把淚，朝她點點頭，拽住愣怔的祝玥往外拖。

祝玥跟傻了似的坐在地上，半分不動彈。

張靜姝搖了搖頭，吩咐綠裳。「去搭把手。」

「是。」

終於送走那兩母女，張靜姝嘆了口氣。

祝圓問她。「還要做什麼嗎？」

「不用了，茲事體大，妳大伯母會管好她的。」張靜姝嘆了口氣。「真是，好好一姑娘怎麼會……」傻成這樣。

祝圓不以為意。「從小都被捧著，遇到挫折就容易失衡了唄。」

「或許吧。」張靜姝搖搖頭。「走吧，書屋裡事多著呢，得趕緊去幹活了。」

祝圓在京城轟轟烈烈搞事業，謝崢則在偏僻的小縣城裡混了一個年，也沒白混，好歹是摸清楚這邊的勢力關係。

此處叫栤寧，地處大衍的南端，有多南呢，在數九寒天的冬月，他帶來的兵丁還能直接睡在山野叢林裡。

當然，保暖措施還是做到位的。他與祝圓聊天時曾聽其提過「睡袋」這種東西，他那研發中心養著幾百號的匠人，其中有一組人馬就專門負責暗中研發各種適合軍隊出行的物資，祝圓提到的帶拉鏈的睡袋，自然是其中之一。

拉鏈他不知道什麼東西，但不妨礙匠人想出別的法子取代，牛皮製成的睡袋很快就被研發出來了，外層牛皮防水，內層是塞了棉花的菱格棉布，露宿野地的人躺在鋪開的睡袋上，對折蓋上，並將一整排的搭釦依次扣上，便成了密不透風的袋子，睡在裡頭，溫暖不已。

結果來到栤寧此處，這睡袋竟然讓人熱得睡不著，最後只能將棉絮層取下來，只捲著牛皮睡覺。

聽到彙報的謝崢。「……」

他早就知道這邊暖和，才敢放心把人帶過來扔野外，只是沒想到竟然這麼暖和。

就剩下水土不服了。

眼看倒下的人越發多了起來，他心裡也忍不住有些浮躁，好在沒幾天，祝圓讓人準備的米麵薑糖黃豆和十數頭豬，便抵達他們預定的接頭府城。

有了這些物資，他的手下們可真是好好養了個肥年，那些個什麼水土不服之症也消失無蹤了。

故而，年還未過完，他便行動了——

第三十章

枬寧上下還洋溢著過年的喜慶氣息呢，突然有一天，縣裡所有有頭有臉的人家，全都急匆匆出現在縣裡那有名無實的縣衙前面。所有人臉上皆是複雜難忍的神色，驚慌、緊張、憤怒皆有之，每家還都帶了不少家丁護衛，全都持棍帶棒的。

「老吳你家也——」

「你也？」

「是誰？哪個吃了熊心豹子膽的？」

「讓我找到我定要了他狗命！」

「信中說的是縣令，看來鐵定跟縣令逃不開！」

「還有縣令敢來？」

眾人亂糟糟湊在一起議論紛紛。

有人突然道：「別吵別吵，快看！」

破敗不堪的縣衙大門連石獅子都是缺胳膊斷腿的，懸掛門上的牌匾更是搖搖欲墜，上面字跡幾乎辨認不出「枬寧縣衙」幾個字。

然而這不是重點，重點是，縣衙門口不知何時站了幾道身影。

一高兩矮。

高的那位身著蒼藍色捲雲紋長袍，身姿挺拔，傲立縣衙大門前，其身後站著兩名白面中年人，看模樣只是下人。

他們一群人湧過來，動靜半點不小，這人卻恍若未聞，仍然盯著縣衙裡頭看，似乎裡面有許多好玩的東西。

眾人面面相覷，此時一大腹便便、年近五旬的中年人從人群裡走出來。

「喂，小子，知不知道——」

「放肆！」偏瘦些的白面中年人站出來，板著臉呵斥道：「什麼小子？這是枬寧縣的新任縣令，喬大人。」

語調有些奇怪，卻是當地話。

故而所有人都聽明白了。枬寧縣令？是縣令就對了。

藍袍人轉過身來。

劍眉入鬢，幽深黑眸，鷹鼻薄唇。

俊氣是俊氣，就是渾身氣息冷硬肅殺了點，看著也極為年輕。

此人正是謝崢，自他離京後，不管是對外自稱甚或是與承嘉帝傳信，皆是化名「喬治」，並以一名富家子弟的面貌顯露人前。

那名大腹便便的中年人心中凜然，謹慎地拱了拱手。「這位，喬大人，敢問您可有京中批文和上任調令。」

聽見中年人問話，謝崢淡淡掃過去。「調令文書，喬某只予上任縣令或上司查看。你是誰？」

中年人登時噎住。

謝崢沒再搭理他，看向眾人，低沈的語調帶著與年齡不符的穩重。「喬某剛上任，諸位鄉親便如此熱情，不辭辛勞前來迎接，喬某深受感動。」

眾人。「……」

好不要臉。

又有一人站出來。「咳，喬大人，明人不說暗話，敢問您可知我家幾名孫兒的下落？」

「還有我家！」

「我家三兒四兒也不見了！」

眾人越說越激動，開始擠攘著往前。

謝崢環視一周，坦然道：「在我手上。」

眾人。「……」

謝崢勾唇。「喬某向來喜愛孩子，因賤內身體不好，至今尚未育有一兒半女，喬某到了此處，見各家孩子皆是聰明伶俐、活潑可人，便讓人請回去，權當陪陪喬某那寂寥的內人，若是能給內人帶來福澤，將來喬某必定回以厚禮。」

語氣平鋪直述，半分情緒也不露，不說對小孩的欣喜，連半分誠意都感受不到。

其實，他確實是沒有誠意。

面前這些人，全是盤踞柄寧縣多年的宗族大戶或富紳，他要一舉把這些人拿下，好開展自己的計劃。

可他沒那工夫慢慢來，逐個擊破更容易惹來後患。京城的祝圓說要開幼稚園，頓時給了他靈感。

他來枬寧，別的不多，人，帶了很多。

於是，今天天未亮，各家家主床頭便多了一封信，上面言辭懇切地說，栁寧縣令上任，請某某兄多加關照，云云。

這些大戶都是出來混過些年頭的，雖然信件扔在床頭，有些嚇人，可出來混的哪個沒被威脅過呢？

區區朝廷縣令，來一個他們打一個，來一雙他們幹一雙。

這些人直接把信一扔，準備叫來護衛加強防衛，卻不防後院傳來尖叫哭喊聲，一問，竟然是家裡孫子兒子們全丟了。

這下好了，啥也不說了，帶上人馬便直奔縣衙，也就有了上述一幕。

那名大腹便便的中年人忍住氣，沈聲問他。「敢問喬大人，要如何才會將我們家的孩兒放回來？」

謝崢這回終於正眼看他。「敢問如何稱呼？」

中年人拱了拱手。「鄙人姓錢。」

謝崢點頭。「錢大虎。」

許是多年未有人直呼其名，中年人愣了愣，謝崢已經接著往下說了。

「你看我這縣衙……」他隨手往後指了指。「長得可像你家鋪子？」

中年人張了張口，視線掃向那依舊破敗的縣衙，卻見裡頭不知何時冒出了滾滾濃煙，他瞬間變了臉。「你放火？」

謝崢淡淡道：「縣衙年久失修，野草雜蟲多，索性放火燒了，也省了清理的工夫。」他神色愉悅。「恰好諸位鄉親如此熱誠，喬某才剛到地方，鄉親們便每家捐獻了二百兩白銀，修繕一個小小縣衙及官邸，綽綽有餘了。」

誰說捐錢了？誰說了?!

這分明是綁架，是勒索！

所有人瞪著這名新上任的縣令，恨得牙癢癢的。

「對了，」謝崢想起一事。「喬某家貧，諸位鄉親們的兒孫既然要到喬某家裡做客，那這吃穿用度……」

眾人。「……」

綁架說做客，來堵人說迎接，燒縣衙說他們會捐錢……完了他們還要給綁匪交伙食費？太不要臉了！

雖然聽著很欠揍，謝崢卻是真的在栒寧百里之外的州府開了個幼稚園……哦不對，是幼兒學堂。

沒錯，這些孩子，他壓根不打算還回給這些人家。

起碼，在他收服這些人之前，他不會放人。

除了那些還在喝奶爬行、牙牙學語的奶娃娃，他將那些人家裡從四歲到十二歲的孩子，全都抓了回來。

這麼多孩子，勢必要有個地方安置。為此，他特地與祝圓討論過該怎麼安排。

住宿是一點。

他直接買了處宅子，所有房間改成通鋪，男女分住，再置幾個打掃、做飯的婆子，再請上一名擅兒科的老大夫坐鎮，還有每隔三月換值一回的幕僚充當先生。

這學堂，便齊備了。

當然，還有兵丁裝成普通人隱在暗處護衛。

謝崢甚至連課堂內容都與祝圓商量好了——歷史課：讓幕僚們介紹大衍朝的歷史，教孩子們背誦重要年分、大事件；文化課：修習大衍朝的官話，背誦好詩好詞；而四、五歲啟蒙班的，自然是從千字文、三字經開始學。除此之外，還有算數課、美勞課、體育課。

這些懵懂的孩子猶不知，幕僚們便先頭大起來。

謝崢的幕僚不多，擅計算的留在莊子那邊，還留了幾名擅佈局運籌的給祝圓以防萬一，帶到枬寧這邊的，只有十來人。

初定每三個月要到學堂輪值一次，每次三個人，算下來一人一年就輪一次。

聽起來不多，可這三人要教歷史、文化、算數、美勞、體育……

他們這些人大多出身貧苦，或進士不第，或官途坎坷，或家遭橫禍……總歸，種種原因讓他們投到謝崢門下當幕僚。

可即便他們中間有出身良好的，對上這麼多門的課程，也得撓頭。

尋常人家，哪需要學得這麼駁雜？

謝崢自然知道他們在想什麼，只道：「將來我得登寶座，你們便是我大衍朝未來的築基磚石，若是連區區孩童都無法教導，你們將來如何教化民眾，如何治理地方，如何培養人才？」

話已至此，幕僚們無法，只能硬著頭皮上了。

但有些科目真是抓瞎，早在謝崢開始安排之際，幕僚們便拿出當年科舉考試的狠勁，湊在一起，給各科目制定教材，算數該怎麼考核，歷史該挑什麼重點教，四、五歲該學什麼，八、九歲又該學什麼……

一群年紀不等的幕僚們躲在深山老林裡，天天劃拉著筆墨念念有詞，好不容易弄出一套課程，還要抓著不通筆墨的兵丁教導，把他們當做四、五歲娃娃來啟蒙，擾得兵丁們看到他們就繞道。

好不容易開始行動，抓了孩子，立刻將抽中第一籤的幕僚們一併打包，送上馬車，迅速送到百里之外的學堂裡。

這邊學堂開得叫苦不迭的同時，京城裡的幼稚園也開始招人了。

幼稚園的廣告，祝圓直接打在《灼灼》上。

只招收四到六歲的孩子，每個年紀一個班，總共只招三個班級。

從辰時到申時，包早飯、中飯、下午茶點三頓，帶午休半個時辰，有大夫坐鎮，帶學識啟蒙。

按學期招收，每學期四個月，學費十二兩，平均一月只需三兩。

對於那些請得起先生的人家而言真的不貴，可誰願意去啊？這麼些銀子，還不如自己請個先生呢。

不過，這幼稚園廣告雖然出去了，招收的卻是九月秋季班——

九月？這會兒才二月出頭呢，這灼灼書屋在搞什麼？

所有人都暗自嘀咕，可想到前些日子祝圓拆鋪子他們罵人敗家，轉頭人家鋪子就掙得盤滿缽滿的，打臉太快，這回他們可不敢明目張膽的議論了。

反正還有許久，等著便是了。

二月以來，淑妃已經收了幾回稿子，因祝圓對於稿件錄取要求、內容都做了明確規範，她審起稿子來也越發得心應手，二月刊的時候只中了一篇，然後便慢慢增加。

到了剛出刊的七月刊，宮中已經中了四篇稿子，一篇美食、一篇服飾衣料、一篇首飾，還有一篇美容方——

開玩笑，皇宮集聚了天下最好的華服、美食、玉石珠寶……還有一群最金貴的妃子，倘若這些欄目都拿不下來，這皇宮還像話嗎？

除此之外，因著她負責收稿，忙起來連嫻妃、榮妃她們都沒空搭理，這幾人反倒覺得無趣了，成天跑過來，煩得淑妃沒辦法，只能將規則告訴她們，丟給她們一塊兒審稿。

可別說，因為她這邊中稿率高，內容質量都可靠，再加上她信守承諾，中稿之人都能得到獎賞，或賞銀錢，或送衣料珠寶，更有甚者直接能得到擢升，進入昭純宮幫忙幹活……

林林總總，幾個月下來，宮裡投稿的熱情更為高漲，連那鬥嘴吵架、搬弄是非之事都少了許多。

宮裡風氣彷彿都變得不一樣了，連帶的，淑妃整個人也彷彿溫和了許多。

這日，她正倚在臥榻上琢磨著刊物之事，玉屏一回頭，便看到她皺眉沈思。

她遲疑了下，小心道：「娘娘，如今咱宮裡全都在給祝三姑娘忙活，是不是……」不太妥當？

淑妃輕笑。「誰說我是給她忙活的，我自己樂意。」

若說第一個月她只是圖新鮮，還想乘機把自己的稿子弄上去，忙過一個月後，看到自己選出來的稿子登上《灼灼》，那種心情……她至今還記得。

她平日在忙完宮務後，大半天都是無所事事，如今謝峍都住到皇子院落去了，平日還要去上書房念書，她連逗孩子打發時間的機會都沒了，有事忙活，不比閒著聽嫻妃她們幾個陰陽怪氣的好？

最重要的是，這幾個月她已經嘗到了收稿的好處——別的不說，因著她收稿審稿、又給增加獎賞，轉頭《灼灼》還真登上去了，宮裡的宮女太監們對她這昭純宮都客氣了許多。

不光這樣，連許多原本不站派系的妃嬪、沈寂的老太妃們都對她拋出了橄欖枝。

還有，她原本只能困在後宮，可她選出來的稿子，卻能登上《灼灼》，還能傳遍京城，想到每月有幾萬人、甚至更多人看《灼灼》，她心裡便覺得爽快，半點不想捨棄這種活兒。

假如祝圓在此，定會告訴她，這種感覺叫成就感！

反正呢，雖然每月淑妃都自掏腰包補貼獎勵給中稿之人，她依然做得美滋滋的。

聽她這麼說，玉屏神色有些複雜，她掃了眼四周，壓低聲音。「不是說要給……使些絆子的嗎？」

這幾個月昭純宮裡都忙，她身為大宮女，自然也不得閒，不光要照顧淑妃，還得盯著宮裡的情況，謹防人多口雜，出了什麼亂子。

淑妃怔了怔，有些不自在。「……這會兒又不在京裡，我折騰一小丫頭做甚？」

玉屏捏緊帕子，面上依然溫溫和和，跟著應和道：「奴婢也是這麼想的，許是隔得遠了，最近主子身體都好好的。」

淑妃點頭。「對，我這幾個月身體還真挺好，連……」陛下都多來了幾趟。前兩年，承嘉帝對她已然淡了不少，她以為是自己年紀大了，比不過那些新進的小鮮花呢……

思及此，她忍不住抿唇笑。

「不過，」玉屏輕聲細語。「三姑娘畢竟是幫他管的鋪子，若是生意紅火了，等他回來，接過去，是不是又要……」剋她了？

淑妃登時皺眉，想了片刻，道：「到時再說吧！這才幾個月呢，陛下說了，他少說還得一年半載的才會回來。」

玉屏捏緊帕子，面上卻柔順地「誒」了聲。「奴婢聽娘娘的。」完了她雙手合十，朝著東邊拜了拜，喃喃道：「保佑娘娘平平安安、順順遂遂……」

淑妃臉色柔和下來。「行了，這事我心裡有數，妳也別太擔心。」

玉屏福了福身。「是。」

淑妃看看左右。「玉容呢？」

玉屏笑道：「娘娘您忘了？早上她說了今兒去庫房清點呢。」

淑妃恍悟。「又到月底了啊。」

「還有三姑娘的及笄禮，玉容想去看看有什麼得用的。」

淑妃坐起來。「我還真差點忘了這事。」她笑嘆道：「這丫頭平日做事，哪裡看得出還是小姑娘？連做生意也比旁人老道許多，回頭讓玉容列好單子給我看看，我給挑份厚禮送去。」

「是。」

皇宮，某僻靜小園裡，花木掩映著兩名身影。

「……妳不是第一天當差了，這點小事怎麼都弄不好?!」穿著深藍太監服的身影嗓音陰柔，訓斥的時候那聲線聽得人刺耳不已。

對面的是名紫裳宮婢，只聽她憤怒不已道：「你當我想嗎？以前她遭罪的事情多，我隨便提一提，她自己就會動，如今你們多久沒動靜了，還全推我頭上，我總不能天天提啊，提多了不就疑上我？」

太監似乎被噎住，半晌才悻悻然道：「這兩年咱的人接二連三被弄走，主子這不是沒來得及補上人嘛。」

「那也不能光指望我啊！」

「我的姑奶奶，現在不指望妳指望誰啊？」太監謹慎地環視一周，從懷裡掏出一小巧布包，飛快塞到她手上。「拿著。」

「這是什麼？」

「噓，這是……」陰柔的嗓音越發低了。

宮婢一聽，立刻要塞回他手裡。「不行，萬一被抓到，我腦袋不保！」

太監自然不接。「如今昭純宮天天人來人往，亂糟糟的，不正好方便妳行事嗎？」

宮婢猶豫，搖頭。「不行不行，我做不來！」

太監聲音一沈。「妳不要忘了，妳爹娘還在主子手上。」

宮婢。「……」

見她態度軟下來，太監也緩和神色，輕聲安撫她。「妳放心，這不是什麼要命的玩意，只會讓她頭疼腦熱幾天。要是弄死了，這牽扯就大了，大家都不傻呢。」

宮婢這才鬆了口氣，然後抱怨。「既然不痛不癢的，整這些作甚？」

「妳傻啊？不整這些，怎麼讓她對母子相剋的事信以為真？」太監沒好氣。「咱主子鋪了這麼多年的路，可不能半道斷了，惹火了主子，妳我都沒好果子吃。」

「那以前誰弄的？怎不接著找她去？」宮婢依然不太樂意。

太監比了三根手指。「那位都不知道哪兒去了，最起碼是不在京城裡，咱要是還用以前的手段，假不假？要不是最近幾月祝家那丫頭作妖得厲害，咱這回也能省點心。」

宮婢自然知道，她咬了咬牙。「真的只是頭疼腦熱？」

「真的真的，我的姑奶奶，妳就放一百個心吧！」太監壓低聲音。「妳只需要……」

兩人腦袋靠在一起嘀咕了幾句，那名宮婢終於將布包塞進衣襟，直接藏在胸窩處，掩得分毫不露痕跡。

太監嘿嘿調笑。「姑奶奶妳這胸可真大——」

宮婢啐了他一口。「再大你也硬不起來！」扭腰就走出花木叢。

那張臉，赫然就是玉屏。

只見她左右掃視一番，按了按胸口位置，急匆匆離開了。

這日，祝圓正在忙活，謝崢卻突然冒出來。「圓圓。」

狗蛋？祝圓估算了下時間，詫異道：「這個點你不是正在忙嗎？」怎麼有空跟她聊天？

謝崢不答反問。「祝家大房一事，妳為何不告訴我？」

「啊？」祝圓愣了半晌，才想起兩月前的事。「你是說我二姊姊的事？」

「嗯。」

祝圓無所謂。「都解決了，有啥好說的。」

祝玥被王玉欣壓著，在世安堂關了足足兩個月，如今已然訂親，就等十月好日子到了，就該出嫁了。

謝崢看了眼安清讓人送來的信，微怒道：「她險些害了妳，萬一——」

「沒有萬一。」祝圓打斷他。「安清已經將祝家的釘子都拔了出去，大伯母現在比我們還緊張，她不會再有威脅。」

謝崢不解。「我聽妳所言，她三番五次落井下石的，妳為何如此輕輕放過？」

祝圓沒好氣。「難不成我讓她償命嗎？她才十七歲，還有兩個月就嫁人了，以後不說為難我，連娘家都難得回一次，我做什麼要搭理她？」十七歲，放在現代就是個中學生，她跟一小孩子計較什麼？

謝崢無語，提醒道：「妳今年才十五。」老氣橫秋說人「才十七」，是不是不太合適？

祝圓嘆氣。「攤上你這狗子，我的心都老了。」

謝崢。「……」

等等，狗蛋便罷了，「狗子」是什麼意思？

謝崢瞇眼。「狗子？」

祝圓發現自己不小心吐露了心聲，登時心虛不已。「這是說你長大了，破殼而出，從狗蛋變成狗子！」

謝崢。「……」

祝圓趕緊將話題扯走。「好了，反正這事都過去這麼久了，你大人有大量，別跟一小丫頭計較了唄。」

謝崢皺眉。「妳如此慈悲心腸，將來如何成大事？」

祝圓懟他。「我怎麼做不成大事了？有本事你錢花完了別找我。」

謝崢。「……」

他率先服軟。「妳知道我說什麼。」

祝圓這才放過他。「哼，誰說成大事者一定要這麼趕盡殺絕的？古往今來多少仁君，對人不都是挺仁慈的嗎？」

謝崢。「……」

天真，底下多少齷齪事，只是不為外人知而已。

罷了，還是不要提出來污了她的眼睛，丫頭心善，這些事，便由他來做了吧。

對面的祝圓猶自叨叨。「你啊，教化萬民，發展農業、科技，站在什麼位置，都能為社會發光發熱，不要老想著走暗招，好好幹，你肯定能行的，姊姊看好你！」

謝崢扶額。

「妳這老氣橫秋的性子，究竟哪兒學來的？」他忍不住問。他倆剛接觸的時候，字裡行間，可真是看不出來這丫頭有半分與年齡相符合的幼稚——

思及此，有什麼東西再次在腦海裡閃過，謝崢握筆的手頓在半空。

他初識祝圓的時候，是承嘉九年，那時，祝圓才……十一歲吧？

他終於知道心裡那絲隱隱約約的不對勁從何而來了。

以前，他以為祝圓如此聰慧是受祝修齊的教導，因此他甚至直接將祝修齊調到章口。

祝修齊也確實不負所望，很快便將章口管理得井井有條，在他離京之前已經有了蓬勃發展之態。

而祝圓在京城時，除了一個早在蕪山縣便經營過的玉蘭妝，便再無其他亮眼之處，這讓他更覺得是祝修齊在其中的功勞。

再後來，他的心思被祝圓這丫頭攪亂了，竟然完全沒覺出不妥。

直到如今，他與祝圓的親事已定，他也遠離了京城……

看到安清送過來的這份，明顯受過祝圓指點的各鋪盈虧報表，他終於反應過來是哪裡不對了。

太穩了，也太有遠見了，不管是開鋪子、做月刊、指點研發……

尤其是研發，祝圓指點的每一個方向都是對的……不，應該說，祝圓對自己所說的每一個意見，都是信心滿滿的。

彷彿，她心裡早就知道這些都是對的。

謝崢怔怔然看著紙上墨字飛快浮現。

「什麼老氣橫秋，我那是穩重，穩重知道嗎？再說，你不比我還老氣橫秋嗎？你十四歲的時候不也信誓旦旦說自己年過知天命、兒孫滿堂嗎？還騙了我足足三年！誰才是真的老氣橫秋？」祝圓吐槽他。

謝崢沈默。

他老氣橫秋，是因為他多活了一世……那祝圓呢？祝圓老氣橫秋，緣由何在？

她……也是重活一世嗎？

可是上輩子，他並未聽說過水泥、並未見過自行車，沒有《大衍月刊》，更沒有《灼灼》。

他這邊猶自怔怔然，對面的祝圓寫完一大段，又等了半天，沒等到他回答，忍不住催促。

「狗蛋？狗子？還在嗎？」

謝崢回神，將狼毫摁進墨池，重新落筆。「圓圓，妳對寧王有何看法？」

寧王？謝峸？祝圓茫然。「好端端怎麼突然提他了？」

「我想聽聽妳的意見。」

祝圓撓頭想了半天，才慢吞吞寫道：「我才見過他幾回啊，連話都沒說過，我對他能有什麼看法？」

謝崢皺眉。「那他做的事情，妳總有耳聞吧？」

祝圓詫異。「我一閨閣女子，如何知道他做了什麼？要不，你跟我說說？」

謝崢啞然。

祝圓卻當真被挑起興趣了，她興致勃勃問道：「話說，你的競爭對手是不是老大跟老二？」

「嗯。」

「我記得老四跟你年歲相差不多吧，怎麼就不是你的競爭對手？」

謝崢微哂，傲然道：「老大老二比我先行，才能走到今天這個地步，老四太小了，他來不及了。」

「那老大老二現在是走到如何的地步？」

謝崢想了想，隨手寫道：「老大受去年鹽案牽扯，估計這幾年都得低調些。」

「嗯嗯。」祝圓聽八卦聽得精神奕奕。「然後呢？」

「老二有嫻妃指導，又有母族妻族幫襯，勢力不容小覷。」

「嗯嗯，然後？」

謝崢。「？」

祝圓。「？」

兩人的對話彷彿戛然而止。

祝圓瞪著紙上問號愣了半天，終於回過神來，不可思議地寫道：「就這樣了？」

謝崢不解。「還需要說什麼？」

祝圓怒了。「你這是聊八卦的態度嗎？哪有人聊八卦不爆點秘辛，說點驚天大料的？」

謝崢。「……」

「字太多，懶得寫。」他如是寫道。

祝圓。「……」

懶不死他！

還沒等她寫字，謝崢卻扔下一句「有事，回頭聊」，又跑了，祝圓差點氣得摔筆。

好吧，這個時間點，他平日確實是在忙的。
祝圓如是安慰自己，壓下把人拽出來揍一頓的衝動，繼續埋頭幹活。
祝圓的幼稚園即將開業了。
與她預期不符，首先送孩子過來的，並不是那等富貴人家，而都是平民百姓。
按照她們的話來說，這裡是皇帝陛下庇佑的地方，她們的孩子送過來，將來定能福澤綿長。
也是，她的幼稚園畢竟是開在灼灼裡頭，而灼灼書屋又是打著聊齋的旗號開設，聊齋裡面還掛著皇帝的親筆書呢。這麼一看，可不是皇帝庇佑的地方嘛。
原定只招收三十名孩子的幼稚園，就這麼陸陸續續的招滿了，不過讓祝圓頭疼的是，送過來的孩子，全都卡著六歲的年齡進來，還全是女娃娃。
得，她這是無心栽柳柳成蔭，她想開的女學堂提前開起來了。
這下她乾脆也不叫幼稚園了，直接將其更名為——「萌芽幼學」，原來的小班中班編制撤掉，所有教員加緊培訓。
終於，承嘉十三年九月，大衍朝第一所女子啟蒙學校正式開學。
然而當此時，祝圓卻在準備自己的及笄禮——
若要數風雲人物，往年不是什麼朝中重臣就是皇子皇孫，今年不一樣，接手三皇子殿下生意的祝圓不過半年時間，就折騰出了幾件大事。

包括那滿街「叮鈴鈴」的自行車，包括那眾人眼紅的璀璨之齋，包括那廣受女眷歡迎的《灼灼》，以及低調開業的萌芽幼學。

最重要的是，她是三皇子的未婚妻，因此她的及笄禮，想低調都低調不了。

正賓是秦老夫人，有司是明德書院的山長夫人，倒是贊者讓張靜姝頭疼了許久。

按照慣例，贊者得是笄者的好友或姊妹，姊妹便算了，總不能讓祝玥出來當吧，沒得噁心了自己。

可好友……祝圓這人雖然表面上看著開朗大方，其實生活孤僻得很，除了顧鋪子生意和看書，出門交際也不愛跟別的姑娘家說話，回京一年多，她是半個知交好友也沒交上。

不，應當說，在蕪山縣也沒見她交什麼朋友。

這麼一來，張靜姝自然頭疼不已，她只得求助自家族姊，山長夫人便順勢將自家的小女兒帶出來，當了這名贊者。

除此之外，祝圓還收到了承嘉帝、淑妃的贈禮。

祝圓覺得是自己這段日子送禮送得勤快帶來的效果，旁人卻不這麼想，這般榮寵，滿京城都找不到幾個呢！大家自然是又羨又妒。

除此之外，還有三皇子謝崢派人送來了及笄禮過程中需要的髮釵、釵冠等一套飾物，全套精工雕琢的金絲鏤空嵌紅玉飾物，華貴非凡。

按理來說，女子及笄的髮釵之物應當由親近長輩贈送，可三皇子與祝圓已然訂親，他身分高，由他送飾物，倒也……不算出格。

不過，此舉倒是直白顯露了三殿下對祝圓的看重之心。

旁人對此又是一頓泛酸——不管如何，將來祝圓的正妃之位那絕對是安穩如山啊。

連祝圓自己心裡也複雜不已。雖然不知道謝崢是提前安排的，還是後來準備的，他能在百忙中惦記著她的及笄禮……她心裡確實受用。

此間種種自不必提。

這日，祝圓再次遇到謝崢。

「妳最近少去宮裡。」對面開篇就如是寫道。

祝圓不解。「進不進宮，可不是我說了算呀。」

「妳沒事別去就行了。」謝崢微微皺眉。

他不在的這段日子，這丫頭折騰了多少事情出來？光看她說的都已經夠讓他心驚了，何況他手上還有安清的彙報。

「為什麼呀？」

謝崢猶豫片刻，還是解釋了。「昭純宮以前被埋了許多釘子，我這兩年才慢慢清出去。本以為已經乾淨了，但最近又有異常，安清他們還未找出是誰，為防萬一，妳別去了。」

祝圓驚了。「你那是什麼時候的消息？」她前兩週才進宮了一回呢，也沒發現不妥啊。

謝崢看了眼安清的信件落款，道：「半月前。」

「誒？」祝圓不信。「半個月信就能送到？之前不都要快一個月的嗎？」

「沿途安排了人手，送信就快了。」

祝圓一想便明白了，這時候的野外大都未開發，跑出去連路都沒有，荒郊野嶺，送信的人一不小心就會迷路。

若是沿途設立了站點，每個人只趕自己那一段路，糧草、精力充足，那確實是要快很多。

「哎，要我說，大衍就是少了郵政系統。」她吐槽道：「你要不要寫個信讓你爹搞搞？」

謝崢眯眼。「詳細說說。」

「我不。」祝圓果斷拒絕。

謝崢。「……」

「為何？」

「除非你給我分成！」

謝崢。「……」

「我的鋪子都在妳手裡。」他提醒道。再說，即便這事成了，短期內利潤是看不到的。

祝圓與他都心知肚明，不過是鬥鬥嘴罷了。

「哼，別以為我不知道，你暗地裡還有別的營生！」

「那些生意妳不適合插手。」

祝圓皺眉。「你做的是什麼殺人放火的勾當嗎？」

謝崢。「……」

他扶額。「妳是這般看我的？」

那就是不是嘍？祝圓這才鬆口氣，然後撇嘴。「強搶民女的事你都幹得出來呢，誰知道呢？」

謝崢。「……」

「妳還記仇呢？」

祝圓做了個鬼臉，不再跟他討論這個話題，改口問：「那你說說你暗地裡做什麼生意？」

謝崢遲疑片刻，寫了幾個字。「鹽鐵茶。」

臥槽古代三大暴利行業！祝圓驚呆了。「你不怕被告發？」茶是沒問題，其他兩個都是朝廷明令禁止的吧？

謝崢勾唇。「若是被告發，妳下半輩子或許要跟我一起吃苦了。」

祝圓登時縮了。「算了算了，你這些事還是別告訴我，我這人膽小怕事，隨便來個威逼利誘就能變節，回頭要是不小心暴露就慘了。」

謝崢。「……」

「咱們還是來說說郵政吧，既然你都沿途布了點，不如……」

祝圓將郵政的形式和好處叭叭叭說了一堆。

謝崢皺眉道：「需要耗費大量人力物力，戶部撐不住。」他跟戶部盤過一段時間的帳，清楚這一點。

「通政通商通民呢，搭配水泥路，一本萬利哦～～」祝圓誘惑道：「若是路都打通了，經濟起來了，這稅收又能上去一大截哦！」

謝崢沈思片刻，道：「無事，過幾年我再弄，如今舅舅還在鋪路，等路起來了，郵政再補上就快了。」

祝圓。「……」都忘了這茬了。

「行吧，反正我提過了，做不做在你。」她也管不了這麼多。

謝崢又落筆了。「妳的想法都挺好。」

那又不做。祝圓翻了個白眼。

「我只是名小小縣令，這些牽扯到朝廷稅務，我暫時還做不了主，」謝崢語氣淡淡。「待我登基後再說。」

最重要的是，這段日子，承嘉帝也沒空折騰這些。

祝圓一直忙著鋪子之事，加上她現在不需要相看，偶爾張靜姝去吃酒幫祝庭舟相看媳婦兒，她也不會多嘴去問，沒有消息來源，她自然不知道朝廷中發生了什麼事。

看到謝崢這麼說，祝圓翻了個白眼。「大哥你才十八歲，你的路還長呢！安知皇位就是你的了？」

且不說承嘉帝還正值壯年，他的兄弟們一個個也在長大呢。

不過，不管怎麼說，謝狗蛋也確實牛逼得不像人……

正胡思亂想呢，就見對面的墨字慢慢浮現——

「若是父皇沒有遠見，那這皇位，我會親手取過來。」

向來雄渾的蒼勁墨字陡然變得凌厲，氣勢撲面而來。

祝圓。「……」

謝狗蛋這麼兇殘的嗎？

她猶自愣怔呢，對面的謝崢又寫字了，字體也恢復了平日的沈穩厚重。

「記得燒紙。」

祝圓。「……」

聽起來好像誰死了要燒紙一樣，呸！不吉利！

這邊謝崢才提醒了她別進宮，轉天宮裡就來人喊她進去了。

還是老面孔，淑妃。

兩人幾天前才見過，這會兒也不是收稿的時候，淑妃娘娘找她是要幹麼呢？

想到謝崢提醒的事，她心裡瘆得慌。深宮內鬥呢，誰知道是哪路神仙打架，她只是一無知屁民，害怕！

無奈，正如她跟謝崢說的，對方是長輩又是大老，她不去不行。

祝圓只得老實裝扮好，麻溜滾進宮去見淑妃。

進門先挨了頓冷板凳，祝圓端著茶坐在下頭等著，上座的淑妃眉心微蹙，手裡慢條斯理地處理宮務，彷彿屋裡沒她這個人似的。

她這是哪兒得罪這位大老了嗎？祝圓琢磨著。而且，這位大老今天的妝容是不是……重了點？

想不明白，她索性端著茶盞裝樣，安靜等著就是了。

待手裡熱茶變成冷茶，她扭頭就去找玉容姑娘，小聲請她幫忙換杯熱的——來昭純宮幾次了，這位玉容姑娘對她最和善，也提點她多次。

玉容看了眼淑妃，見她恍若不覺，才笑著接了過去。

待她換了三杯熱茶了，淑妃彷彿才回過神來。「哎，瞧我，忙得都把妳給忘了。」然後佯怒斥了身邊的玉屏一句。「妳怎麼也不提醒我？」

正捧著宮務冊子的玉屏也乖覺，立馬跪下請罪。「是奴婢不好，看到三姑娘在此，竟然還拿宮務叨擾娘娘，請娘娘責罰。」

「算了，下不為例了。」

「是。」玉屏起來，福了福身。「那奴婢先出去安排這些事。」

「嗯，去吧。」淑妃訓完人，轉回來，朝祝圓道：「妳也是，坐了半天怎麼也不知道問一聲？」

祝圓忙賠笑。「娘娘在忙呢，民女反正也是閒著沒事。」

「那可不，我看妳忙得很呢。」淑妃唇角銜著抹意味不明的笑。「連我賞給謝崢的丫鬟都支使得挺順溜的。」不說那是陛下親自吩咐安排下來的，就憑她淑妃賞下去的面子，也不至於被當丫鬟使喚吧？

祝圓。「……」

糟糕！她把執琴幾個給忘了！

心思急轉，她忙不迭解釋。「娘娘說的是執琴幾人嗎？是這樣的，執琴幾個一直被殿下安置在灼灼書屋那邊，民女過去的時候才發現，民女想著，這幾名丫鬟既然是娘娘送來幫殿下的忙的，殿下不在，民女便將其安排到殿下的鋪子裡幫忙。」

言外之意，人是謝崢留下的，她什麼也不知道，還給好好安排了崗位。

淑妃的臉色這才好看些，只眉心依然微蹙。「那他走的時候帶了誰？」十七、八歲的大小伙子，總得有個伺候的。

祝圓小心翼翼。「民女不知。」她也不想打聽。去打聽謝崢帶了哪個姑娘出門？她又不傻，幹麼給自己找虐。

淑妃捏捏眉心。「我都忘了，你們還沒成親。」都怪這丫頭成天來宮裡插科打諢的，整得她以為自己是在見兒媳——好吧，是未來兒媳。

祝圓乾笑，見她捏了許久眉心，忍不住問了句。「娘娘，您可是身體不適？」

淑妃頓了頓，放下手。「無事。」然後道：「妳連執琴幾個都拉去幹活，想必是忙不過來，這樣吧，回頭我讓玉容出去幫妳，妳把琉璃齋跟南北雜貨的帳務交給她。」

站在邊上的玉容一震，急忙跪了下來。「娘娘。」

祝圓也驚了。淑妃好大的口氣，派人出宮幫忙……這跟直接說要把這兩鋪子拿過去有什麼差別？這兩鋪子還是她目前手上最掙錢的，若不是聊齋有皇帝控股，她是不是也想拿走？

她肯定不依。

她語氣委婉道：「娘娘，鋪子是陛下與殿下交予民女的，民女不才，也不願意辜負他們的厚望。」

「那是自然。」淑妃蹙眉輕飄飄掃她一眼。「不過妳年紀小不經事，我讓玉容去幫幫妳罷了，回頭我自會與陛下說去。」

祝圓皺眉。

「娘娘。」玉容膝行兩步，跪到淑妃面前，急切道：「殿下既然委託了三姑娘，便讓三姑娘忙活去吧，您身體——」

「住口！」淑妃厲聲斥道：「我現在是不是使喚不動妳了？妳開口三殿下閉口三殿下的，是不是想跟著執琴她們一起去伺候謝崢？」

玉容臉色煞白，拚命磕頭。「娘娘，奴婢不敢，奴婢萬萬不敢有此想法。」

淑妃發飆，祝圓嚇得站起來，再聽她這訓話，頓時為玉容不值。

但她心知現在的淑妃聽不得勸，她作為當事人，插嘴只會給玉容火上澆油，故而只捏著帕子緊張地等著。

淑妃見玉容磕頭磕得腦門都破皮了，神色微緩，再次捏了捏眉心，擺手。「行了，起來吧。」

玉容微鬆了口氣，卻沒有站起來，咬牙接著勸她。「娘娘，殿下的事情您就不要再插手了，這段日子您不也過得挺好——」

淑妃唰地站起來，柳眉倒豎——

「娘娘，」不知道何時回來的玉屏快步進屋，打斷了玉容的話。「您臉色不太好，奴婢扶您去裡間休息吧。」

站在那兒的淑妃扶著腦袋停了半晌，玉容慌張道：「娘娘，咱們去請太醫吧？您這樣都好幾天了。」

「不必了。」淑妃擺手。

祝圓也看出不妥了，忙跟著勸。「娘娘您身體不適的話，還是找太醫看看吧。」

淑妃掃了她一眼，意味不明道：「找太醫作甚？只要妳少折騰兩分，我這身體健康得很。」

祝圓。「？？？」

跟她什麼關係？

不等祝圓再說什麼，淑妃再次轉向玉容。「若不是看在妳伺候多年，妳怕是早就被我攆去慎刑司了。」

玉容臉色慘白。

玉屏忙勸道：「娘娘，玉容只是太過擔心您，您大人大量，別與她計較了。」

淑妃語氣不佳。「擔心？擔心什麼？跟了我這麼些年，難道還不知道我——」

話語陡然頓住，她腦袋一陣暈眩，站立不穩之下差點摔倒。

玉屏急忙攙住她，連玉容也飛撲過去抱住她大腿。「娘娘！」

祝圓嚇了一大跳，走前兩步。「娘娘，」她仔細打量淑妃那過分濃厚的妝容，皺眉道：

「若是身體不適，不可諱疾忌醫。」

「行了。」淑妃站穩後推開玉容兩人，不悅地看了她一眼。「這事與妳無關。」祝圓。「……」算了，不跟病人計較了。

淑妃看了眼哭哭啼啼的玉容，終歸還是心軟。「讓妳出宮鬆快鬆快妳還不樂意，回頭我讓別人去。」

好歹是不用去當這個惡人了，玉容大鬆口氣，破涕為笑，磕頭道：「謝娘娘不趕奴婢。」

玉屏也彷彿鬆了口氣般。「玉容要是走了，奴婢平日有事都不知道找誰商量去了呢。」

淑妃輕吁。「行了，別再多說了。」她再度捏了捏眉心。「我乏了，扶我去躺會兒。」

玉容忙爬起來，與玉屏一左一右扶著她往內室走去。

被單獨留下的祝圓。「……」

好在還是玉容記著她，頭上頂著血痕過來讓小宮女領她出去。

祝圓原想打聽打聽，看到她神色憂慮頭上帶傷的模樣，只得壓下疑問，乖乖出宮去。

——未完，待續，請看文創風926《書中自有圓如玉》4（完）

2020年12月出版

廚娘的美味人生

文創風 912～913

一點甜蜜，一點酸澀，
適量笑容，少許淚水，
佐以很多幸福，
烹製出屬於他們的美味人生——

有愛美食不孤單／梅南衫

如果人生能重來，何葉想回到父母發生意外前，
但一陣暈眩後睜開眼，人生是重來了，卻不是自己的人生。
她還是叫何葉，卻成為業朝當代第一酒樓大廚的女兒，
不過整天待在房裡繡花、看話本，人生也太過無趣，
為了爭取到酒樓工作的機會，她先是開發以水果入菜的創意料理，
又提議酒樓舉辦廚藝競賽，開放顧客評分，刺激消費，
但父親不肯讓她參賽，何葉決定女扮男裝，偷偷報名，
沒想到那個幾乎天天到酒樓報到的貴公子江出雲，
一眼就看出她的彆腳偽裝，可他不但沒有拆穿，
還幫她向父親說項，讓她順利成為酒樓學徒。
本以為幫著父親研發新菜色，隨著父親受邀四處辦筵席，
就是她小廚娘生活的全部了，
沒想到奉旨進宮籌辦御宴，竟捲入宮廷鬥爭中——

傳家寶妻

文創風 909～911

那年茶樓下，他的一笑值千金，
笑得她從此心海生波，再難相忘……

一笑傾心　弄巧成福／秋水痕

一次戀愛都沒談過就穿到古代當閨秀，小粉領楊寶娘無言極了，
雖然如今有個女兒控的太傅親爹，位高權大銀兩多，可以讓她在京城橫著走，
但高門水深，自家父親的後院不寧，她身為嫡女也別想耳根清靜，簡直心累，
幸好庶妹們與她和睦相處，一同上學玩樂，算是宅門日子裡的小確幸！
原以為千金生活不過如此，沒想到，竟有飛來豔福的一天——
一場偶遇，晉國公之子趙傳煒對她傾心一笑，從此和她結下……不解之緣？!
應酬赴宴能遇到，逛街買糖葫蘆也能遇到，去莊子玩才發現，兩家居然是鄰居，
這且不算，連她出門遇險亦是趙傳煒解的圍，要說他對她無意，鬼都不信！
她的心即將失守了，上輩子來不及綻放的桃花，這輩子該不會要花開燦爛啦～～
可兩家之間有些算不清的陳年老帳該如何是好，她和他，真有可能牽上紅線嗎？

2020年12月出版

將門俗女

文創風 906~908

身為女子，論琴棋書畫是樣樣鬆，但文韜武略可樣樣通，
她上馬能安邦定國、下馬能生財治家，偏看上當朝最不受寵的皇子，
上趕著當他的伴讀還不夠，還想要再一次做他的妻……

將門出虎女，伴君點江山／輕舟已過

歷經國公府遭人構陷、與愛人訣別於天牢的悲劇，
她沈成嵐重生歸來，雖練就了一雙洞燭機先的火眼金睛，
可要命的是，她一個八歲娃也早早就懂得兒女情長，
甚至不惜冒名頂替兄長，以假代真入宮參選皇子伴讀，
就為了這爹不疼、娘不愛、手頭還有點窮酸的三皇子！
明知跟著他混得連肉都吃不上，甚至為伊消得人憔悴了，
她仍是把吃苦當作吃補，一心想與他再續前緣、陪他建功立業，
沒承想兜兜轉轉繞了這麼一大圈，偏漏算了三殿下也再世為人？
更沒想到的是，前世他奪得了天下，讓沈家一門沈冤得雪，
卻因為失去了她，終其一生孤獨，只覺高處不勝寒……
大概是老天垂憐苦情人，給他們機會走出不同以往的路，
他自認對得起朝堂卻唯獨負了她，這輩子就只想守著她，
她出身將門世家也懂得投桃報李，一許諾更是豪氣干雲──
「好，這一次你守著我，我替你守著這江山。」

文創風 925

書中自有圓如玉 3

國家圖書館出版品預行編目資料

書中自有圓如玉 / 清棠著. --
初版. -- 臺北市 : 狗屋出版社有限公司, 2021.02
冊 ; 公分. --(文創風)
ISBN 978-986-509-182-8(第3冊 : 平裝). --

857.7 109021488

著作者 清棠
編輯 黃淑珍 李佩倫
校對 周貝桂
發行所 狗屋出版社有限公司
地址 台北市104中山區龍江路71巷15號1樓
電話 02-2776-5889～0
發行字號 局版台業字845號
法律顧問 蕭雄淋律師
總經銷 知遠文化事業有限公司
電話 02-2664-8800
初版 2021年2月
國際書碼 ISBN-13 978-986-509-182-8

本著作物由北京晉江原創網絡科技有限公司授權出版

定價260元
狗屋劃撥帳號：19001626
網址：love.doghouse.com.tw E-mail：love@doghouse.com.tw